Xianyue Yuanwuqu

血族公主

弦月夜圆舞曲

WEIKE
薇珂/著

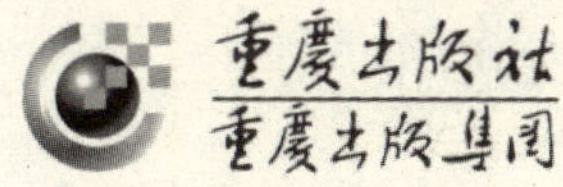

图书在版编目（CIP）数据

血族公主：弦月夜圆舞曲 / 薇珂著. — 重庆：重庆出版社，2011.9

ISBN 978-7-229-03831-1

Ⅰ. ①血… Ⅱ. ①薇… Ⅲ. ①长篇小说－中国－当代 Ⅳ. ①I247.5

中国版本图书馆CIP数据核字(2011)第076871号

血族公主：弦月夜圆舞曲
XUEZU GONGZHU XUANYUEYE YUANWUQU

薇 珂/著

出 版 人：罗小卫
策 划 人：李　子
责任编辑：李　子　李　梅
封面设计：菜包子

重庆出版集团
重 庆 出 版 社　出版

重庆长江二路205号　邮政编码：400016　http://www.cqph.com
重庆五环印务有限公司印刷
重庆出版集团图书发行有限公司发行
E-MAIL:fxchu@cqph.com　邮购电话：023-68809452
全国新华书店经销

开本：880mm×1230mm　1/32　印张：7.5　字数：250千
2011年9月第1版　2011年9月第1版第1次印刷
ISBN 978-7-229-03831-1

定价：25.00元

如有印装质量问题，请向本集团图书发行有限公司调换：023-68706683

目录

CONTENTS

目录

CONTENTS

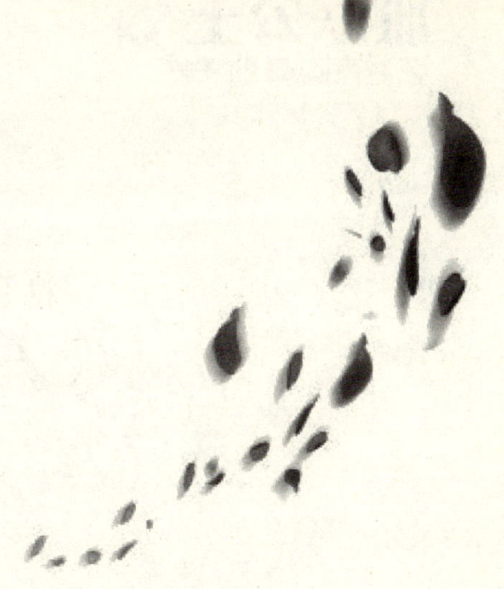

Chapter 01
没有记忆的故土

从有记忆开始，她就时常会做这个梦——纯白的空间、参天的大树、银色的枝叶、水滴声、风声以及一个衣袂飘动的女子……这些场景渐渐变成了她记忆的一部分。

独自飞行

“滴答，滴答……”

清脆的水滴声，透过阵阵风声传来。

波光粼粼的水面中间，一棵巨大的银白色的树，白色的枝条垂落到水面，仿佛有生命一般,随着风有节奏地来回摆动着，菱形的树叶发出银色的光芒，很刺眼。

仿佛没有重力，好似漂浮在某种空间，到处都是白茫茫的一片，很洁净。

树下站着一个白衣女子，一头银色长发就像树枝一样随风摆动。

……

啪！一记沉闷的声响。

空乘小姐迅速走过来，弯下腰捡起掉落在椅子下方的书，放在沉睡的主人身上。

昏暗的灯光中，浓长的睫毛颤动了几下，一双棕色的眼睛缓缓睁开。兰缪有点迷惑，看了看空姐温和的笑容，又看了一下腿上的书，淡淡地点了点头以示感谢。

她拉开一点遮光板，刺眼的光线袭来，这种刺眼的感觉让她想起了刚才梦中的场景。从有记忆开始，她就时常会做这个梦——纯白的空间、参天的大树、银色的枝叶、水滴声、风声以及一个衣袂飘动的女子……这些场景渐渐变成了她记忆的一部分。

兰缪看着机翼平稳地穿越云层，那些白色的棉絮缠绕在机舱外，天色是一种洁净的蓝。

“请问，现在几点了？”兰缪转头问空姐。

“北京时间早上七点。请问您需要喝点什么吗？”空姐的笑容虽然很职业，但是也给独自飞行的兰缪带来一丝亲切感。

“请给我一杯红茶，谢谢。”

兰缪揉了揉酸涩的眼睛，高空飞行的缺氧状态，让她觉得昏昏欲睡。

她回忆自己前几天还坐在爱丁堡卡尔顿山上抚摸着黑灰色砂石修建而成的古老城堡，俯视着整个爱丁堡城区，父亲兰斯维却要她来中国。于是，她便整理好行囊出发——她已经习惯了遵从父亲的话，习惯了从一个城市搬到另一个城市的生活，习惯了不和任何地方的任何人建立任何联系。

兰缪没有见过自己的母亲。从父亲口中得知，母亲在生下她不久后就因病去世了，兰缪从小就与父亲兰斯维以及管家威德生活在一起。父亲以经营古董生意为生，同时也是个珠宝收藏家，经营良好的家族生意使他们过着衣食无忧、堪称奢华的生活。

此时此刻兰缪坐在飞往上海的飞机上，开始怀念爱丁堡的空气，怀念旧城区古老建筑的呼吸。她也爱高地的雪景和尼斯湖的神秘以及朴实热情的苏格兰人民……兰缪叹了口气。

“您的水……”空乘小姐把杯子递给了兰缪，打断了她的思绪。可能是因为她样貌特殊，空乘小姐怀着好奇没有离开，忍不住又说，“您的中文讲得真好！您是哪国人？”

兰缪有些发愣，因为长期随着父亲搬家的关系，她掌握了多国的语言，她对语言有异于常人的天赋。

“我应该算是华裔吧，从小就开始学中文了。”兰缪淡然一笑地说。

“您真像混血儿，眼睛真漂亮，皮肤也好。”空乘小姐羡慕地说。但是兰缪知道自己的肤色是因为生病的关系，父亲说她从小就有很严重的皮肤病，黑色素比一般人都要缺乏，随着年龄的增长，皮肤会越来越苍白，眼睛也会时常畏光。

“我不是什么混血，我只是得了一种皮肤病。”

“对不起……”兰缪的坦然让空乘小姐有些手足无措，她职业性地转移了话题，“您之前来过上海吗？”

“嗯……应该不算第一次，我小时候在这个城市住过很长一段时间。”

“现在和您以前来的时候肯定不一样了。”空姐帮兰缪压了压毛毯道，“请您好好休息，本机将在两个小时后到达上海，希望您会喜欢这座城市。”说完，空乘小姐优雅地转身离开。

兰缪拉紧毛毯，闭上眼睛让思绪休息。似乎每次被提及国籍之类的问题时，她都会觉得很复杂，长着一张东方人的脸，却有着欧洲人的皮肤、瞳孔和发色。

管家威德曾经告诉过她，她出生后在中国生活了很长一段时间，算起来中国是她生活最久的国家。可能因为年龄太小了，她对这段记忆非常模糊，她的记忆是从跟随父亲到欧洲各国做古董生意开始的。借着到世界各地收集古董和珍宝的机会，父亲带着兰缪一路寻访各种名医和偏方，希望可以治愈她身上类似白化病的先天性疾病。

从小体弱多病让兰缪比一般的女孩子更早熟，她总是很安静，甚至每次身体不适的时候总是忍着，不给父亲和威德添麻烦，每次都是威德发现她脸色惨白，冷汗直流，才急匆匆通知兰斯维。

特殊的生活环境使兰缪因祸得福，她有比一般孩子更多的机会接触各种语言，她可以流利地使用法语、英语、汉语对话，甚至认识一部分德文和拉丁文。语言是一种触类旁通的东西，她在这方面的天赋也很快就随着年龄的增长凸显出来。

尽管兰缪懂得不少语言，可是对和人沟通依旧心有抵触，不喜欢生活在人群繁杂的地方，也比较抗拒结交朋友，因为她害怕随时离开的那一刻和不得不惜别的惆怅。

兰缪看着茶匙上自己的影像，有些莫名的沮丧，她觉得身上的症状开始越来越明显——发色、皮肤都开始慢慢变浅，甚至眼睛也渐渐变成了浅棕色，每天照镜子的时候她都会因为看到自己身上的变化感到无比恐惧。她觉得自己的体内似乎藏匿着一个怪兽，在折磨着她的身体，而她却无能为力。还有那个从有记忆开始就伴随着她的梦，随着年龄的增长，梦中的场景越来越清晰。她回想着梦境，头开始隐隐作痛。她为了转移这种莫名的疼痛，打开了刚才掉落的那本书，那是一本中英文版的《艾略特诗选》，随手翻了一页，她轻轻读道：

“是的，我自己亲眼看见古米的西比尔吊在一个笼子里。

孩子们在问她：西比尔，你要什么。

她回答说，我要死……”

上海，飞机降落。兰缪把书捧在怀里，闭上眼睛感受飞机的俯冲，脑海中回想起出发前和父亲的对话，兰缪预感到这次中国之行和以往的旅行有些不同——究竟会发生什么呢？

寻觅圣眼

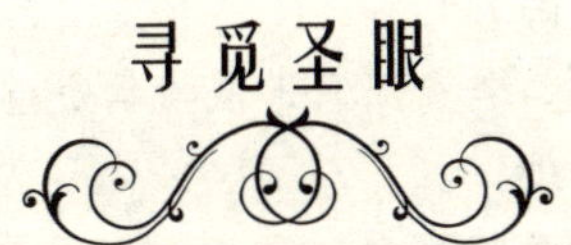

“三千年的历史……我以为这次一定不会错，谁知道还是错了。”兰斯维坐在高背沙发内转动着手中的红酒杯说。他看上去不过三四十岁，体态健硕挺拔，五官刚毅出众，不过嘴角深刻的法令纹却让人觉得他有超越年纪的阅历，可以看出他是一个不苟言笑的人——他的眉间有着深深的纹路，可能是因为时常皱眉的缘故。

“兰斯维，千年在我们身上不过是短暂的一瞬，更何况19世纪它才被镶嵌到戒指上，严格说这枚戒指的历史只有两千年不到。”威德毕恭毕敬地站在一边，只有单独和兰斯维相处的时候，他才会直呼兰斯维的名字。威德的头发已经花白，脸上的皱纹刻着岁月的痕迹，他说起话来和颜悦色，是一个让人觉得亲切的老人。

“你早知道了？”兰斯维喝了一口酒，有些懊恼地说，“但是你没有纠正我的错误。”

老威德安静地站着，用一种慈爱的眼神看着兰斯维说：“你已经大到不需要我插手你的事情了。”

兰斯维叹息了一下，缓缓从椅子中站起来，踱到窗边。窗外夜色漆黑，月亮犹如银盘般挂在空中。

“那天也是这样漆黑的夜晚……威德，时间过得真快。”兰斯维仿佛是自言自语，他端着高脚杯，透过杯中的红酒看着窗外的星光点点，一口喝掉了红酒。兰维斯沉思了很久，才缓缓地转过身，语气冷静地对威德说，“我觉得我所听到的一定是预言的一部分，‘圣眼’如果是类似宝石的形态，它必然需要一种媒介来长期保存，‘既非开始，亦非中间或者结束’，我认为‘戒指’这个线索应该没有差错，但是为何这么多年，辗转世界各地，我始终一无所获呢？”

兰斯维叹了口气，若有所思地低吟着一首歌曲：

“平凡的血肉之躯

拥有珍于万年锤炼的宝石

星之下的圣眼……”

兰斯维的声音慢慢低下去，威德若有所思地说：“一切从哪儿开始，也会在哪儿结束。‘圣眼’必定来自古老的国度，只有超越这个历史的民族才有可能保存它。”

“看来有必要再去一次中国，希望这次去能够再次遇见那个人，或许谜团就可以解开了。”兰斯维眉头深锁，这似乎变成了他的习惯表情，纠结的眉头间仿佛盘绕着巨大的痛苦，无法得到宣泄和解脱。“兰缪的身体……”兰斯维看了威德一眼，没有再说下去。

威德叹了口气说：“你也已经看到了，即使用我们的力量去强行控制，但有些事情总是无法避免的。”

“还能坚持多久？”

“应该很快了吧。”威德口气平静地说，“兰斯维，是不是至少应该让她知道……”

“不，绝对不可以！”兰斯维打断了威德的话，几乎是吼了出来。

威德看着兰斯维略带愤怒的脸，微微摇了摇头说：“你知道，有些事是无法隐瞒的，该发生的总是要来的。这孩子的身体里流淌着不仅仅是你的血液……”

“我知道了。”兰斯维挥手打断了威德的话，他的眼神游离不定，似乎在考虑什么，但又感觉很无力。他又在杯子中加了一点红酒，才慢慢地说道，“晚些时候让兰缪来找我，我有点事情跟她说。你去整理一下东西，提前去打点下，兰缪晚几天过去，我把这里事情处理好，随后就到。”

“好的。”威德转身离开了书房。

兰斯维看着银色的月亮似乎想起了什么，他从颈部拉出一根银色的项链，项链的一头坠着一片菱形的东西，在月光下泛出闪耀的光泽。他看着项链，用手指轻轻抚摸着，把坠子轻轻贴在脸上。他虽然神色沉重，眉头像一个永远无法解开的死扣，但是眼神却很温柔，似乎闪烁着什么。兰斯维把坠子放在唇边亲吻了一下后放入了衣内，用手按住胸口，让坠子紧紧贴在自己的胸膛。他的眼神就像陷入了一个历史的旋涡，整个人仿若飘入其中。

光明之山

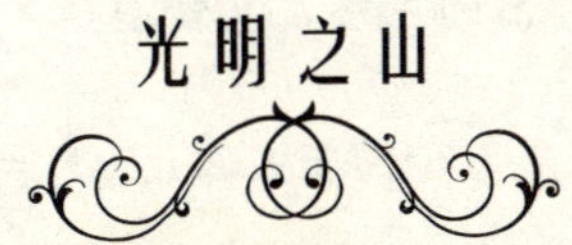

威德正在整理行李，被一双手蒙住了眼睛。“小姐，不要闹了。”威德把兰缪的手拉下来，转身看着她，微笑道，“老爷回来了，他说有事情找你，赶快去书房吧。”

“爸爸这次又找到了什么珍宝？”兰缪似乎没有立即离开的

意思。

“光明之山。”威德语气平静地说，仿佛只是回答了晚饭要吃什么。

“哦？”兰缪略感惊讶，“维多利亚的皇冠？”

“不，依然是戒指。”

“可是，史书上记载，科依诺尔……”兰缪搜索着脑中的古董资料说，“Koh-I-Noor，在波斯语中意为‘光明之山’，是最古老的钻石，相传已有3000年的历史。印度教经文中说‘谁拥有它，谁就拥有整个世界；谁拥有它，谁就得承受它所带来的灾难。惟有上帝或一位女人拥有它，才不会承受任何惩罚’。后来历经战乱，几世流传，被英国维多利亚女王收藏进国库，并镶嵌在了自己的皇冠上。这顶皇冠一直被珍藏在伦敦塔里，象征着英国君主至高无上的地位。难道是我记错了？”身为古董收藏家的女儿，兰缪一直对这方面的知识很有自信。

“您记得没错。”威德听完兰缪如数家珍，微笑道，“但是，小姐，您要记住，所有古籍史册都是真假掺半的，您要做的并不是去相信，而是去寻找线索，挖掘真相，不要被一些表面的现象所迷惑。”威德朝兰缪慧黠地眨眨眼继续说，“不仅仅是书籍，还有这个世界，其实它不一定是您看到的面貌，有些围绕在您身边很普通的东西，可能蕴含着无比强大的力量，包括人也是这样。”

威德看着似懂非懂的兰缪，溺爱地揉了揉她的头发，不再多言。

“整理行李干吗？我们又要去哪儿？”兰缪语气平静，这种场面她已经见了很多次。

“老爷说要去一次中国，我先去打点，您晚几天过来。”

“中国？”兰缪对于这个国家感到惊讶，“我从来都没去过呢。”

“小姐，您很小的时候，老爷就抱着您去过中国了。只是您太小，不记得了。”

“是吗？我一点印象也没有。”兰缪若有所思地说。

“小姐别让老爷久等了，快去吧，我还有很多东西要收拾。”听了威德的话，兰缪急忙去书房找父亲兰斯维。

“进来。”兰缪敲了敲门后，听到父亲熟悉的声音。

兰斯维站在书桌旁，神色冷峻，一动不动地盯着手上一枚闪闪发亮的戒指，然后叹息一声，把戒指扔进了外壳雕花精美、内里铺有绒布的米色象牙盒中。他倏地转过身，望着缓缓走进来的兰缪，表情是一贯的平静，眼神中却充满着一股父亲特有的怜爱。

“越来越漂亮了。”兰斯维边说边走向兰缪，伸手轻轻地抚摸着她的头，眼眸散发出特有的温柔。

“爸爸。”兰缪略带腼腆地叫了一声，面对自己的父亲她反而有些莫名的拘谨，“那枚新收藏的戒指，如何？”

“乏善可陈。”兰斯维摇了摇头说，“不过是镶嵌了颗大一点的石头。”

“光明之山，105克拉，不止是大一点吧？”兰缪的语气惊叹，看了一眼父亲，又瞄了一眼盒中闪烁的结晶体，她的脸上露出了疑惑的神情，“但是这个……明显没有那么大，为何不是镶嵌在皇冠上？难道记载错了吗？”

“前半段没错，后半段被刻意隐藏了。”兰斯维牵着兰缪的手，在沙发上坐下。

“但它确实被维多利亚女王收藏了，不是吗？”兰缪看着兰斯维，神情困惑。

“对！这位号称‘大不列颠和北爱尔兰联合王国女王和印度女皇’的女君主，喜好收藏珍宝。她搜罗从各地的奇珍异宝，得到了‘光明之山’之后，她先让人把钻石镶嵌在胸花上，后来又被用作皇冠上的主钻。从此，这位女王的统治一帆风顺，打造了最强的‘日不落帝国’时期。但‘光明之山’仍然不被看作是一块吉祥石，维多利亚女王曾因它遭受到多次袭击，几乎丧命。后来女王逝世，皇室怕再无人能镇住这颗最古老的钻石，于是请了一位印度的得道高僧。那位僧人说，唯有将这颗钻石切割成108颗小钻，其中一部分埋于印度古城戈尔康达，剩余的部分珍藏于伦敦塔内，才能逢凶化吉。而其中磨砺得最漂亮的那颗，玛丽女王甚为喜爱，就镶嵌在了她的戒指上。但由于大英帝国不愿外界知道皇室因为鬼神之说切割了世界上最大的钻石，并将一部分奉送给印度，所以对外宣称已镶嵌于玛丽新的皇冠上，长期珍藏，不再轻易对外界展示。”

“可是如何解释在威斯敏斯特教堂王后棺木上展示的‘光明之山’的皇冠？”

“眼睛看到的，不一定是真的。”兰斯维抚摸着兰缪苍白的脸颊，眼中闪过一丝惆怅。

“您的意思是赝品！”兰缪睁大了双眼，她不敢相信堂堂皇室竟然会在如此重大的场合向全世界展示赝品。

“从这个戒指看来，即使是真品，也是被人夸大其词了。”

“难道它不美吗？”兰缪望着象牙盒中雕刻精美的金色戒环，更不用说戒托上每个切割面都灼灼生辉诱惑世人的“光明之山”钻石。

“戒指的意义不在于它的美感。”兰斯维扫了一眼盒子说，“戒指衬托着宝石浓缩了文化的一部分，具有非常神秘的意义。宝石本身亦存在一种力量，所以往往被用来当作护身符和王权的象征，而且要让能够欣赏它能力的人来使用。如果只是装饰，它们和一块普通石头没有区别。”

“您相信有所谓的神秘力量？”在兰缪的印象中，尽管父亲疯狂地收集着古老的镶嵌着各种宝石的戒指，但是从来不曾告诉她详细的情况，甚至很抵触和兰缪交流这些神秘的东西。父亲每次出去收集宝物，少则几天，多则几个月，虽然都有联系，但是父亲的行踪总是很神秘。偶尔他也会带着兰缪一起寻访古迹，但是在兰缪看来，更像一种补偿，而不是父亲真正意义上的工作。比起这些神秘古老的迹象，她觉得父亲似乎是一个崇尚科学的历史学家。从小到大，每次她身边发生古怪的事件，她怀着想象力和父亲分享的时候，却只会得到父亲斩钉截铁的回答——他坚称那是她的生病或服药产生的幻觉。

“我相信科学，虽然世界上有很多非科学所能解释的奇异现象——这些人类未知的力量，并非因其荒诞而不存在，或许是因为人类的能力过于迟钝而不被察觉。”似乎觉得自己说得有些多了，兰斯维停了下来看着兰缪。他的女儿已经出落成一个亭亭玉立的少女，不再是那个呱呱吵闹着需要抱在怀中的小婴儿了。兰斯维看着兰缪越来越神似一个人，他轻轻地叹了口气。

“爸爸，这次我们要去中国吗？”兰缪打断了兰斯维的思绪。

“是的，去上海。我让威德先过去打点，你晚几天过去吧。”

兰斯维的心中一直有着无限的愧疚，女儿从小就一直跟着他一路奔波，但是如果不带着她，让其远离自己的视线，他又觉得不放心——每个陌生的环境都存在太多不安定的因素，一不小心就可能给兰缪带来威胁。这个孩子需要他的保护，这是他用生命许下的承诺。他的指尖掠过颈部的项链，自然而不露声色。

“爸爸，您不和我一起去吗？”兰缪把头枕在兰斯维的腿上撒娇说。

“等我把这里的事情处理完，我会尽快过去的。”兰斯维摩挲着兰缪的长发，浅棕色的发丝缠绕过他修长的手指，记忆就像电闪雷鸣一般刺激着他的神经。他感觉体内莫名一阵剧痛，不禁抽搐了一下。

兰缪似乎感觉到父亲的神色变化，抚摸着兰斯维苍白的脸说：“爸爸，你不舒服吗？”

“没有，我只是想到了一些事情。”兰斯维佯装轻松，微笑着回答。

“什么事情？”兰缪睁大了眼睛，露出好奇的神色问，“你看你的眉头都打结了。”兰缪说着，用手指轻轻把兰斯维皱起的眉头抚平，这个举动让兰斯维陷入无法自拔的伤痛。

“以前你的母亲也会像你这样，帮我抚平眉头……”兰斯维的声音慢慢低沉，没有说下去。

兰缪感到父亲眼中的悲伤。每次提到母亲，父亲总是流露出无比的伤感，所以这个话题变成了这个家庭的禁忌，于是兰缪也习惯不再询问母亲的情况。她看着父亲如一潭池水般无法预测的眼眸，忽然想到了什么，抬起头窃声问："爸爸……我是不是快要死了？就和妈妈一样……"

兰斯维愣了一下，随后嘴角微微上扬，露出一个神秘的笑容。这种难以察觉的微笑就像一个武艺超群的战士面对一个需要他帮助的妇孺，显得如此灿烂和笃定。

"不许乱说！"兰斯维拍了拍兰缪的脑袋，把她抱在怀里，就像儿时哄她睡觉一样说，"你怎么会死呢？你不会死的，因为你是我的女儿。傻孩子！"兰缪觉得父亲说到这里的时候，脸上露出无比自豪的神情，似乎闪出了耀眼的光芒。

顺利抵达

机场外，一辆黑色轿车已经停妥。威德西装笔挺地站在车旁，看到兰缪走出机场，他满含微笑地朝兰缪走过去，接过她手上沉重的行囊。他按照兰斯维的要求，已经提前到达上海打点好一切，就等着他们两人的到来。

兰缪轻轻抱了抱老威德，脸上露出灿烂的笑容。从小到大，都是威德悉心照料着她的生活。父亲常常为了生意不在家，少则一周，长则几个月以上，威德始终陪在兰缪身旁，无微不至地照料着她的衣食起居，治疗着她与生俱来的疾病，传授她宗教、语言学及文化方面的知识。比起时常经年累月见不到面的父亲，年老的威德更让兰缪觉得亲近，而且可以偶尔撒娇，发发小姐脾气。

"小姐，长途飞行很累吧？"

"还好，习惯了。爸爸还没有来吗？"

“是的，好像有点事情耽搁了。我们这次住的地方，您一定会喜欢。”

“真的吗？”

“嗯，我选了很久。”威德帮兰缪带上车门，车子驶离机场。

兰缪让自己尽可能舒服地躺在后座，闭上眼睛，放松因长途飞行而紧绷的神经，脑中却依然想着最后和父亲的话。“光明之山”或者叫“科依诺尔”，最后一次出现是在伦敦威斯敏斯特教堂举行的王太后葬礼上，父亲究竟是怎么收藏到它的？一直以来父亲都可以收集到世界上著名的宝石戒指，究竟是怎样做到的？当然最挥不去的疑惑就是父亲的戒指情结。

她知道除了生意需要，父亲兰斯维从不收藏其他物品，只对那些镶嵌了各种名贵宝石的戒指充满热忱，他对宝石戒指的偏爱简直到了痴迷的地步。他可以耗费多年时间去研究资料，花钱派人到处探查，甚至大费周章地举家迁移，只为了能得到那些古籍圣典、稗官野史甚至神话传说中惊鸿一瞥出现的古老戒指。然而更奇怪的是，他并不像大多数收藏家那样得到梦寐以求的收藏品后就爱不释手，视若珍宝。兰斯维每次费尽心机得到一件收藏品后，反而显得十分懊恼，总是随意地把那些戒指放在一套定制的象牙盒中，不再表示关心。那些大大小小散落在书房各个角落的象牙盒和戒指变成了兰缪从小的玩具。

每当父亲在书房里看书或者休息的时候，兰缪就会趴在柔软的地毯上，把父亲给她的象牙盒和戒指全部倒出来，然后根据她的喜好再一个一个放入象牙盒中。每隔一段时间，总是会有新的戒指出现，于是她又会把戒指重新整理一遍。她觉得那些形态各异、颜色不同的宝石放在一起犹如彩虹一般闪耀。

“爸爸，这些闪着不同颜色的石头是什么？”

“是各种各样的宝石。”

“爸爸要这么多宝石做什么呢？”

“我的小公主，每一颗石头都有不同的力量，以后你会明白的。”

“什么时候才会到以后呢？”

……

回忆着往事，兰缪笑出声来。她觉得身体有些乏了，关于童年的思绪渐渐飞散飘远。这座城市昏热的午后让兰缪沉沉睡去。等她缓缓醒来的时候，车子正在一条幽静的道路上行驶着，两边的梧桐树交织在上方，犹如一个天然的屏障隔离了炙热的阳光，周围都是一些格调优雅、红墙白瓦的小洋楼，花园里花团锦簇，甚是可爱。车子在一个街角转弯，她看着转角闪过的路牌“汾阳路”，很好听的名字。车子缓缓开进一条狭窄的弄堂，在一幢三层楼高的红墙房外停了下来。威德还在等停车，兰缪已经迫不及待地从车上跳下来，打量着周围的环境。

楼房底下两层是红色的清水砖墙，第三层是黑色水泥的墙面，在第二和第三层之间有一圈隔断，第四层有个尖顶的小楼，铺着黑色瓦片。进门的门檐是个尖尖的小屋顶，门牌写着“154”，旁边挂着几个很旧的信箱。

“威德，我好喜欢这栋房子，旧旧的，但是很可爱。”兰缪又看到旁边还有一扇巨大的铁门，透过铁门里面有一栋非常古色古香的小楼房，她好奇地问，“那儿又是什么房子？”

威德笑呵呵地从车上跨下来说：“本来我是看中里面这幢的，据说还是上海一个名人的公馆。后来去交涉的时候，才知道已经改成私家会所了。哎，没办法了。”威德耸了耸肩，脸色略有无奈。

“没关系啦，威德，这幢也很漂亮，我很喜欢，谢谢你。”兰缪摇晃着威德的手臂，撒着娇安慰威德。

“把整栋租下来的时候，房客搬走没多久，我还来不及打扫得很干净，委屈小姐了……”

“没事的。”兰缪打断威德的话说，“我来帮忙，等爸爸来的时候，一定非常漂亮了。”

“我可舍不得让小姐动手，还是我这把老骨头来吧。”威德看着兰缪充满斗志的眼神，忍不住笑了出来。

兰缪听到威德的话，有点不服气，一把抢过威德从车内拿出来的行李，头也不回就冲进楼去了，跑到二楼的时候，她从窗口气喘吁吁地探出头来，冲着威德做鬼脸。

威德微笑着摇摇头，把剩下的行李一件一件拿出来，嘟囔着：“有其父必有其女，都是一个倔脾气。”

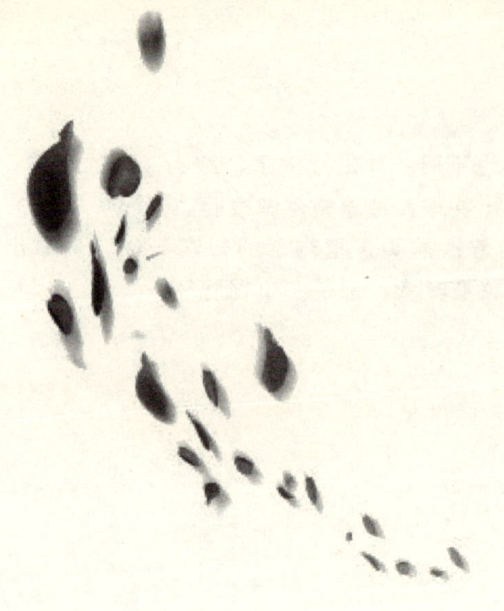

Chapter 02 使命让我们重遇

风划过窗帘，隐藏在黑暗中的气息仿佛被吹散了。镜面恢复了平静，照出一张年轻俊朗的脸，五官犹如古典雕塑一般完美。

神秘镜语

漆黑的夜晚，云层盖住了星空。这个季节正逢多雨时节，一场淅沥的小雨下了一个下午，刚刚停歇，有些微凉的风吹过，空气中飘散着潮湿的泥土气味。

上海西区的圣约翰大学校园内一片宁静，只有零星的灯光，偶尔有一些学生相伴走过，轻声细语着。

一幢两层楼的红色砖墙建筑隐藏在几片矮树丛后，房屋已经非常陈旧了，墙面被茂盛的爬山虎遮盖着。晚风袭来，叶片如浪，沙沙作响，让人感觉一丝诡异。底楼的一个窗户微微开启着，窗帘随风摆动，透出一些奇异的光线。

一个黑发男子站在一面巨大的落地镜前，他的侧脸让人惊叹，仿若希腊雕像一般完美。

“林，那个孩子已经来了。”落地镜里一片黑影模糊，一个鬼魅般的声音从镜中传出来，在漆黑空旷的房间里回荡，“别忘记了你的任务！如果失去这次机会，你很清楚将失去什么。”那个声音继续说着，仿若来自世界的另一端，带着阴森森的寒气。

“嗯。”黑发男子习惯性地撇撇嘴，冷哼一声作为回应，仿佛对镜中人说的话漠不关心。

“我已经派修伊过去帮你了……”

“我不需要。”声音还没说完就被镜前站着的这个叫做林的男子冷冷打断。

“林，这么多年了，你还是这么任性……呵呵呵……”镜中传来让人毛骨悚然的笑声。

林露出鄙夷的眼神，岔开话题问："老头子还好么？"

"雷穆大人身体很好，他可是对你充满期望，千万不要辜负他哦。"

"这个就不劳您操心了。"林语气阴冷地说。

"呵呵呵，好自为之吧……"尖锐的笑声在屋里回荡着，缓缓消失。风划过窗帘，隐藏在黑暗中的气息仿佛被吹散了。镜面恢复了平静，照出一张年轻俊朗的脸，五官犹如古典雕塑一般完美。他穿着米色棉质的修身衬衣和深褐色的帆布裤子，显出健硕匀称的体型。他刚毅的嘴唇紧紧抿着，神色冷峻。他看着镜中的自己，仿佛在思考着什么。

林在黑暗的屋子里徘徊着，打开了桌灯，看得出这是一个宽敞的工作室，有很多医学仪器。林在书桌边坐下，喝着自己泡的锡兰红茶，茶已经有点凉了。忽然他的动作停住了，侧头瞟了一眼门口，嘴角闪过若有若无的笑容，眼神中充满了戏谑。他将手中的杯子放下，稍一使力转动椅子，将自己正对着门口说："门没有关，既然来了，就不要躲躲藏藏了。"

部署任务

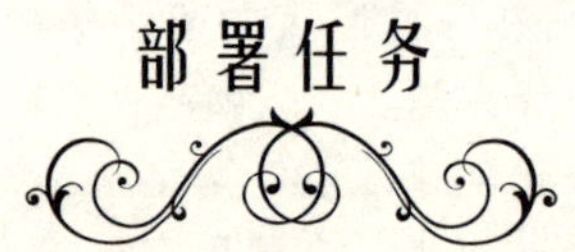

"肖龙，我们的计划还顺利吗？"书桌后的沙发椅慢慢转过来，一个头发略微花白的男人一脸傲气地问正站在书桌前的中年男子。他低头垂肩站立着，很是恭敬，额头右侧有个扭曲的怪异印记，就像一个褐色胎记，使得他整个脸看起来狰狞凶狠。

"雷穆大人，目前一切都在我们的计划之中。"肖龙抬起头看了看坐着的男人，他微眯着眼睛，配合着额头上奇怪的胎记，让人心生寒意。

头发花白的雷穆深深地吸了一口手上的雪茄，吐出一串白色烟圈，脸上不露声色地说："这是一个很好的机会，如果成功将会稳固我们在血族的地位。同时这也是一个公平的竞赛，让元老们看到我并无偏心。"

"雷穆大人的计划是一箭双雕。"肖龙附和着说。

"不过我还是比较担心林……"雷穆脸上闪过一丝犹豫说，"你也知道他那个性格。"

"我已经有所安排了，我会让人去助他一臂之力。"肖龙自信满满。

雷穆看着肖龙，露出了满意的笑容，向肖龙点了点头，以示赞许。

"我真的很期待这次计划的成功，等得到那个孩子后，或许我们会成为世界上最强大的种族。"肖龙的眼中闪着狂妄的光芒，充满了暴戾之气。

"哼哼！"雷穆似笑非笑地看着肖龙张狂的表情说，"我没有这个野心，我只想使我们辛摩族稳固自己的地位，仅此而已。"

肖龙觉察出雷穆的语气变化，他屈下了身子，低着头不敢再多言半句。

"你出去吧，肖龙，我累了。"雷穆挥了挥手，把身体陷入靠椅中，开始闭目养神。

肖龙弯腰行礼，咬了咬嘴唇，缓缓退了出去。肖龙转身关上门的时候，一个仆人神色匆忙地前来向他轻声禀告："肖龙大人，您等的人已经到客厅了。"

"知道了。"肖龙加快脚步向客厅而去。

客厅里，一个浅棕色头发的年轻男子坐在沙发上，他穿着考究，皮肤白皙，有着令人惊叹的美貌，正抚摸着怀中一个猴脸狮身的动物。

肖龙走了进去，年轻男子转头看了肖龙一眼，露出迷死人不偿命的微笑。年轻男子立即站起身，放下身形怪异的小兽，向着肖龙弯腰行礼说："肖龙大人，有些日子没见了。"

肖龙看了一眼趴在地上的小兽说："这些日子没见，它又长大了。"

"是的，大人。"年轻男子转头呼唤那个趴在地上的小动物道："琪琪，快给肖龙大人请安。"

那个被叫做琪琪的动物，非常有灵性地对着肖龙点头，发出"咕咕"的声音。肖龙微笑了一下，走到沙发前转身坐下，示意年轻男子也坐下。仆人送来茶点后就缓缓退了出去。

"修伊，我们长话短说，你应该认识林少爷吧。"肖龙喝了口茶，抬眼看了看坐在他对面的修伊。

"那当然，虽然我们很多年没见了。"修伊略带沉思地回答。

"那就好。"肖龙默默点了点头，看了修伊一眼说，"如果没有什么重大事情，我是不会找你的。这次林少爷有个重要的任务，我想派你去贴身保护他，我要随时知道他的情况。你可以去圣约翰大学找他，他没有离开过。"肖龙说完，挑眉看着修伊，似乎想看看修伊是否能够领会他的意思。

"我没有林大人的能力，太接近人类我怕违反血族的潜藏戒律。"修伊正视了一下肖龙，侧头召唤了一下琪琪。这个乖巧的小动物看到主人的手势，跳到了修伊的腿上，享受着主人的抚摸。

"我对你有信心，而且此次任务重要，暂时无法顾及这么多。"肖龙佯装轻松地说，但是听到修伊提到潜藏戒律还是忍不住神色畏惧。

"以林少爷的能力，能够伤害到他的人，十个修伊加在一起恐怕都无能为力。不过既然是肖龙大人的命令，我至少可以帮您把后半个任务办妥。"

肖龙的脸上露出了满意的笑容，意味深长地问："你就不想问问更详细的内容吗？"

"我只需要知道我要做什么，对于为什么并不感兴趣。"修伊抚摸着琪琪，语气平静。

“有你这样的人才在身边，我真是感到骄傲。”肖龙的语气让人无法揣摩。

修伊听了肖龙的话微微皱眉，他念了一声咒语，琪琪瞬间缩小，就像一个巴掌大的玩偶。修伊把它放在肩头，站起身说：“如果肖龙大人没有其他的事情，我就退下了。”

“修伊，希望你不会忘记……”肖龙没有说完，故意停顿下来。

修伊看了他一眼，笑容灿烂地说：“那是当然的，肖龙大人……”

肖龙看着修伊远去的背影，脸色凝重，陷入沉思。

童年景象

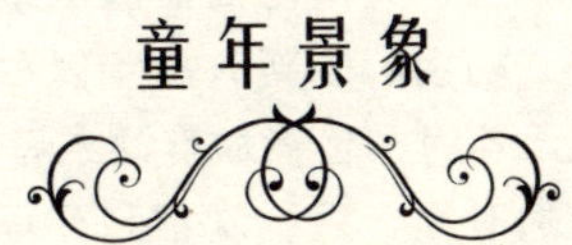

“我怎么会忘记自己的救命恩人呢！”修伊转身离开，心中默念着。他的眼前闪过一片战火血光，那时正是肖龙的一双手将自己抱出了几乎被焚毁的房子，而他的父母却被永远地埋葬在了倒塌的废墟中。对他来说，肖龙赐予了他第二次生命。想到这里，修伊握紧了拳头——对于血族，他不知道是应该感谢还是憎恨。

成为血族以后的修伊反而不知道怎样和人类相处。人群之中充满着新鲜血液的味道，让他觉得很为难，也有些不知所措。当然这些气味的确比野外的走兽气味能够刺激他的神经，不过对他来说也没有任何过分的惊喜，可能他太过于珍惜人类的记忆，不想遗忘，所以让他陷入一种游走边缘的窘迫。

虽然可以抵抗日照，但是为了避免让自己觉得不舒服，修伊选择了夜幕降临后再去拜访他的目标。他很快到了目的地，在一群各式的建筑中间很容易就辨认出了一栋两层楼的红砖小洋房——这座房子与周围的气息不同。修伊嘴角闪过微笑，因为这是族人的气味。楼外满是几近枯萎的不知名的植物，还有满墙的爬山虎，远处的一扇窗户隐隐透出一点光亮。修伊悄悄踱步到窗口，他看不清楚房间里面的情况，附耳听到了屋内有两个人正在对话，其中一个声音仿佛来自很远的地方，他听出那是肖龙的声音。

“我不需要。”另一个声音这样说道，修伊笑了笑，这种讲话的语气让人终身难忘。

修伊的脑中出现第一次遇到林的场面，他也是用这样孤傲和冷漠的语气说话。那还是在十年一届的血族庆典上。

每次血族庆典仪式的时候，各个血族的族长都要带着自己族群里地位崇高的元老参加，共同协商血族的事宜，然后举行一个新人竞技。那些受过“初拥”的新人成年以后，经过本族元老的推荐，可以和各族的元老们一起参加辩论或者格斗比赛。

修伊记得自己小的时候，每一次都和族里的孩子们争先恐后地去看。那些体格健壮的格斗者和滔滔不绝的辩论选手都让他看得羡慕不已，他幻想着自己有一天也可以站在这个竞技场上展示自己的才能。

“很羡慕吗？”一个声音从他的耳边传来。修伊转头看着说话的小孩——乌黑的头发，俊秀的容貌，和自己差不多高，但是眼神里有一种超出年龄的冷漠，从他衣服上的绣纹可以看出来自地位尊贵的血族。

“是啊，我觉得他们很厉害，你不觉得吗？”修伊回答的时候，眼里满是憧憬。

“不觉得。”黑发小男孩的回答让修伊愣住了。他禁不住反问：“难道你不想有一天像他们一样成功吗？”

“我不需要。”黑发小男孩微微摇了摇头，眼神闪过一丝压迫的气息。

修伊有点畏惧这种光芒，他冲着小男孩一笑，带着孩子特有的青涩和纯真问：“你叫什么名字？”

“我叫林。”

“你好，林，我叫修伊。”

“我知道，你是肖龙带回来的孩子。”林很坦然地念出肖龙的名字，让修伊一惊，使得他更加确定林的地位非常尊贵。

“肖龙有没有安排过你什么？”林上下打量着修伊，毕竟都是孩子，一下子就能亲近起来。

“大人说为了避嫌，决定将我送到托瑞族。”修伊一脸灿烂的笑容。

林听罢皱了皱眉。修伊不知道他为什么皱眉，后来才知道，托瑞族是血族中一个以艺术化生活出名、不问世事的种群。或许肖龙大人是想让自己远离族群间无谓的厮杀吧，至少修伊一直都是这样认为的。

修伊回想起来，这应该是他第一见到林的场景。之后没多久，他就被肖龙正式收养，随后也就自然知道了林的真正身份。这第一次的见面，应该说是他们唯一一次平起平坐的对话。在血族这个讲究地位和阶层的种族里，你的父辈决定了你一生的命运，而你，根本无从选择。

旧友新貌

“门没有关，既然来了，就不要躲躲藏藏了。”男子的声音从屋内传出，音量不高却带着极强的穿透力，直刺修伊的耳膜。修伊的思绪被瞬间拉回到了现在，他不禁一颤。

修伊忍不住戚戚笑了起来，推开半掩的门，看到一个黑发男子坐在椅子中，脸色不悦。修伊习惯性地环视了一下屋子，有点惊讶屋内的摆设，完全没有血族一贯的奢华风格，只是有一些简易的工作台，还有着很多奇怪的机器。

“我们的林大人就住在这种地方？”修伊的神色略带鄙夷，一边走一边避让着，以免弄脏自己的衣服。

林听到修伊的讽刺，一脸不耐烦地看着修伊说：“我已经和肖龙说过了，这里不需要你。”

“这么多年没见，难道林大人不想见到修伊吗？修伊可是很想念大人呢！”修伊迈着妖娆的步子，顺势往林的肩膀上靠去。

林一把推开他，修伊一个踉跄。突然间，一个猴脸狮身的灵兽出现在修伊的身边，对着林张牙舞爪恶狠狠地怪叫。林知道修伊所在的托瑞族里每个族人都拥有一个属于自己的灵兽，是他们灵魂的一部分，任何一方的受伤或者死亡都是命脉相通的。所以当主人遇到威胁的时候，灵兽拼了命也会保护主人。

“琪琪，不可无礼！”修伊斥责道。灵兽立即安静下来，靠在修伊腿边，一脸无辜地看着两个人。

“在这里不要随便让灵兽现形。”林语气冷漠地说。他从座椅里站起身转而眺望向窗口，透过星光，能看到远处影影绰绰的路人。

“有什么关系呀！你住的地方这么阴森恐怖，哪会有人来？”修伊甩了甩手，又往前走了几步说，“放心吧，我不会违反潜藏戒律的。”

“废话少说，你就直接告诉我你来的目的吧。”林转过头直视着修伊，他的眼神犀利，但是带着一丝无法察觉的柔软。

“我是来帮您的，大人！”修伊一点也不畏惧，面对林的质问依然满脸微笑，这种笑容让人无法生气和怀疑。

“对别人可以，对我你就不用和我玩这套了。”林挥挥手，戏谑地问，“照你这个说法，我是不能拒绝你的好意了？”

“恕我直言，您……没有选择。”修伊依然保持着那张让人几乎愤怒的笑脸。

“哦？”林的声音瞬间变得低沉了，透出一股迫人的寒气，“就凭你？”他的眼睛有些变红，眼神里顿时充满了戾气。

“这房间怎么这么热？”修伊拿出一块丝绸手绢，自顾自地擦起了额头和鼻尖的汗水，完全无视林尖锐到要杀人的目光。修伊知道以林在血族的能力和身份绝非一般人可以冒犯，就算是托瑞族的族长也要让他三分，就算是旧友，他也不想惹怒眼前这个人。

“我要赶在天亮前回去睡觉，睡眠不足会有黑眼圈的。”修伊说着，夸张地指着自己苍白的脸，瞪大眼睛一脸天真地望着林继续说，“我奉肖龙大人的命令来帮助你，所以你赶快告诉我有什么需要我做的，完全没必要把时间浪费在用眼神杀死我上面。”

幸亏林了解修伊的个性，而且受限于血族的戒律，不然以他的个性，肯定不会容忍修伊这样荒唐且肆无忌惮的话语。林也知道肖龙不会这么好心让修伊来帮助他，说穿了就是想用旧友的障眼法，严密监视自己的动向。而这一切背后的原因，林也不是不清楚。只是，这些并不妨碍他和修伊之间非敌非友的奇怪关系。从能力上来说，修伊绝对是一个得力的帮手，不然肖龙也不会一直留他在身边。要怪就怪肖龙的心怀鬼胎，使得他和修伊彻底失去了做朋友的机会，虽然这只是他的个人想法。

“这是我们此次目标的资料。”林从书桌上的文件堆里抽出一个文件夹交到修伊手中说，“情况了解得越详细越好。”

修伊翻看着资料，露出灿烂的笑容说：“我对这个目标有兴趣！放心吧，我会进一步打探消息，等消息确实后，再来向您汇报。”修伊将资料还给林，懒洋洋地踱步至门口。琪琪晃了一下脑袋，又恢复成巴掌大小，三蹦两跳地爬到了修伊的肩上，端坐着打了个哈欠。

“再见，我尊敬的林大人。”修伊冲着林，眨了个眼，挥了挥手，随话音消失在了门口。

林看了看时钟，已经凌晨两点多了，他的狩猎时间已经过半了。现在这个季节的太阳总是很早升起，他抓紧时间穿上外套，离开了屋子。

小洋房的外墙旁边有一只浑身黑到发亮的猫正紧贴着墙壁向前走动，眼珠像一颗蓝黑的宝石般闪着幽冥的光芒，让人觉得毛骨悚然。

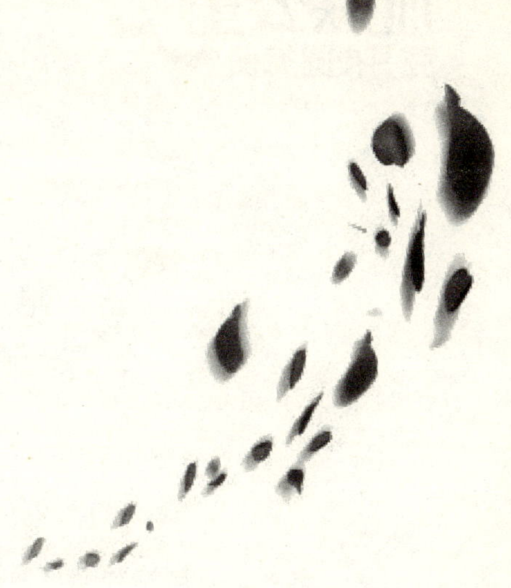

Chapter 03 隐藏背后的交易

月亮皎洁地挂在树梢，一个看上去只有十来岁的漂亮小男孩坐在高高的树枝上，摇晃着两条腿。

地下会议

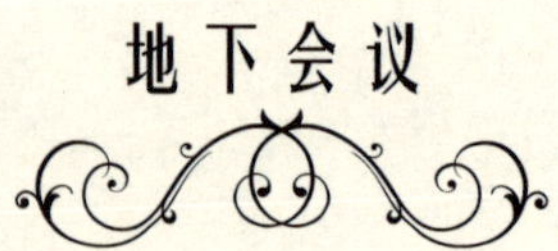

夜深了，刚刚还是月朗星疏的天空飘起了灰蓝色的雨。微弱的月光下，一个黑影迅速地在郊外泥泞的草坪上移动着，仔细看，依稀可以辨认出是一个穿着破烂的黑衣人。他走路的姿态非常奇怪，手脚并用，半爬半行，一瘸一拐，但又非常迅速。

黑影悄无声息地靠近下水道口，左右环顾，探了探四周，除了雨拍打在泥泞地上的啪啪声，没有任何其他的动静。他鬼鬼祟祟地蹲下身，摸索着什么，又拨弄了几下，地面突然出现了一道极狭小的暗门。黑衣人不知道用什么方法，快速地钻进了看上去比他实际身体小得多的暗门，暗门在他身后迅速地合上了。

他缓缓地从暗门后的一个楼梯爬下，站稳后，从怀里掏出一小截干柴，吹了口气，柴片燃起了火光，昏暗的通道立刻亮了起来，也映出了他的脸——与其说是一张奇丑无比的脸，不如说这根本就是张怪物的脸。这张黑乎乎如同月球表面坑坑洼洼的大脸上，有着一对老鼠般闪藏不定的眼睛，一个塌鼻子，还有兔唇，五官仿佛被什么挤压在了一起。他的衣服破烂不堪，裤脚几乎是由扯破了的布条组成。那握着柴片的手像骷髅一般，每个关节处都鼓起来，指甲又黑又长。他似乎不能直立行走，即使站直了，也始终屈着膝盖，左腿一瘸一拐的，走过的地方水花四溅。他有一种极为诡异的表情，猥琐又凶悍。他的丑陋和下水道的肮脏相得益彰，好像生来就属于这个地下世界。在火光的引导下，他佝偻残缺的身影迅速向前移动，行动倒是异常灵活。通道的尽头有一堵墙，他伸手点了一下，墙从中间分开向两侧移动，显现出另一道门。黑衣人穿过门，眼前豁然开朗，是个阴冷空荡荡的房间，没有任何摆设，只有中间一个大圆桌，顶部一个悬线的灯泡，来回晃动着，闪动着暗绿色的光，十分诡异。圆桌周围坐着两个同样丑陋不堪的人，当看到黑衣人进来，他们一度焦虑的脸上立即露出了松懈的神情。

“登戈，你迟到了。”一个看似长者的丑八怪不悦地抱怨着，他的头上凹凸不平，就像生了毒疮一样，头发也快要掉没了，只剩下几根灰白的发丝耷拉在头皮上。

“在路上碰到一个异域的族人，如果没有认错，可能是羲太族。”迟到的黑衣人伸手抹了把汗说，声音中带着一种令人不快的金属摩擦声。

“羲太族？他们不是被放逐很久了吗？而且不允许他们再踏入血族的管辖之地，为何在这个时候出现？”剩下的一个长着猪鼻子的怪物嘟囔着，转向登戈问：“我们的事情打探得怎么样？”

“那孩子已经到了上海，而且我也已经打探到他们一行人的住所。”

“有什么异样吗？”

“暂时还没发现，被人用古老的结界保护着，没有办法靠得太近。”黑衣人登戈蜷着身子用奇怪的方式坐下来说，“不过我还是觉得很奇怪，连从不接触的神族这次都来和我们交易，说想收集最近有哪些信息在血族流通，看我们给的信息来给报酬。我觉得应该有什么重大事件要发生了。”

“有关那孩子的消息要快点卖，隔夜消息不值钱。”光头说。

“还用你说，等消息一到，我立即就派手下去交易。嘿嘿嘿……”登戈咬着指甲，奸笑着说，众人也附和着笑起来。

“是谁？”三个人的笑声戛然而止，三个畸形丑人的视线齐刷刷地转向登戈刚才进来的洞口。

过了一会儿，听到水花频繁四溅的声音，一只如同被放大了几圈的灰色老鼠从洞口迅速窜进门来，然后停在门口抖落着身上的雨水。忽然，灰色的外衣被掀开，一个蜷缩着的人迅速站立起来，也是一个容貌极其丑陋、衣衫褴褛的年轻男人，一看就知道来自同一个种族。

“我……我回来了，任务完……完成。”男子喘着粗气抹了抹汗说，从衣服内袋中取出一个银色的小袋子。

“干得好，辛苦了。”登戈斜着眼笑嘻嘻地问，“报酬都拿到了吧？”

年轻男子恭恭敬敬地把手上的袋子放到桌上，登戈打开系绳，倒出一些菱形的片状东西。每一片都不一样，上面有着清晰的脉路，就像叶子一样。这些菱形叶子亮得刺眼，只倒出了几片就把整个屋子都照亮了。

众人惊呼着，不禁用手遮住眼睛抵挡刺眼的光芒。

“神族的东西果然不一样。”围绕在桌边的几个人发出啧啧的惊叹。

“还有这个！”年轻男子又从怀里掏出一个古色古香的瓶子交给登戈说，“这是辛摩族调配的顶级血液，传说有神奇的功效。”

“辛摩族一向以研究血液出名，看来血族这次出手也很大方啊！没想到这个孩子的消息那么值钱。”猪鼻怪人看着瓶子舔了舔嘴唇说。

“那当然，让神族和血族同时都出动了，必定有一次好戏！我们就等着生意源源不断地上门吧！嘿嘿嘿……”登戈笑了起来，其他几人也跟着大笑，幽暗房间里回荡着一阵又一阵尖锐的怪笑声。

探子交易

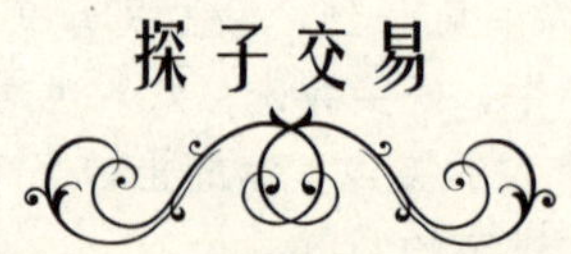

“琪琪，你跑哪里去了？”修伊伸手摸向身侧，却没有发现

琪琪的身影，于是他一边伸着懒腰，一边呼唤着他的灵兽。

修伊很早就放弃了那种坚硬的棺木，他钟爱人类的柔软床铺，他觉得那些到目前为止还把自己装在棺木中的血族实在太顽固不化了，如果不在这么舒服的床上睡觉简直是亵渎了神圣的睡眠时间。他为自己定制了超大的复古雕花大床，上面有布满蕾丝的被子和床垫。他的房间充满了奢华的装饰：白色烛台、巨型水晶灯，地上到处都是厚羊毛的地毯。

修伊从床上起身，穿上睡袍，此时却听到门外院子里琪琪愤怒的叫声。修伊透过窗子向外看，只见琪琪在和一个巨型灰色老鼠对峙着。琪琪浑身的毛发都竖了起来，冲上去对着灰老鼠一阵撕咬，灰老鼠在地上打了几个滚，发出凄惨的叫声。修伊推开门，琪琪看到主人出来了，蹦蹦跳跳地跑到主人身边，发出咕噜咕噜的欢悦叫声，就像在邀功，仿佛自己打败了一个强大的入侵者。

修伊扫了一眼灰老鼠，对着琪琪略带斥责地说："你是高贵优雅的灵兽，不要欺负别人，而且很脏啦。"琪琪明显有点失望，哀怨地叫唤了一声，绕到主人身后趴下不动了。

灰色老鼠看到修伊，挪动着被琪琪抓伤的身子爬到修伊的面前。修伊觉得灰老鼠的举动很奇怪，他揉了揉惺忪的睡眼，又仔细看了一眼灰老鼠，突然大呼小叫起来："我的天呐，是诺费族！"他又赶紧压低声音说，"赶快进来吧，别在外面现形。"等灰色老鼠跑进屋子，修伊谨慎地打量了一下周围后，紧紧地关上了门。

灰色大老鼠到了屋内，抖动着皮毛，就像脱下衣服一样，一个人影站了起来。修伊虽然完全了解诺费族的丑陋，但是依然不习惯和他们近距离接触。他走得远远的，皱眉看着这个衣衫褴褛的年轻人，他的脸实在不是一般的丑。

琪琪在这个丑陋的人身边绕圈，发出挑衅的喉音，直到修伊呼唤它，它才乖乖地躺回了修伊的脚边。

修伊走到琉璃台边，倒了一杯红色的卡波诺，鲜艳的颜色在酒杯中泛出诱人的光芒。他看了一眼颤颤巍巍的丑陋男子问：

“要不要喝一杯卡波诺？1/3代血红素，1/3薄荷以及1/3伏特加，压惊最好。”

男人迅速摇了摇头，脸上流露出惊恐，他结结巴巴地对着修伊说：“登戈大人派我来给您送信。”他咽了下口水继续说，“希……希望，我们说好的价……价格不变。”

“当然，只要消息属实。”

男子从衣服里面掏出一个信封，递给修伊说：“这个是详细的地址。”修伊接过信封没有立即拆开，他微笑着甩了甩信封，转身从后面柜子中拿出一个感觉很古老的小瓶子交到男子手中。男子捧着瓶子，脸上露出惊喜的笑容，就像看着稀世珍宝一样。

“问候登戈大人，希望我们还有机会合作。”修伊冲着男子调皮地一笑。

“一定！一定！”男人点着头说，“修伊大人，如果没事，我就先回去复命了。”看到修伊摆了摆手，男人弯腰行礼后又蜷缩成一个大型的灰老鼠，从开着的窗户缝中一跃而出。

调皮男孩

“即使天使犯了罪，神也没有宽容，曾把他们丢在地狱，在黑暗坑中，等待审判。《彼得后书》第2章第4节。”一个稚嫩的童声打破寂静。

月亮皎洁地挂在树梢，一个看上去只有十来岁的漂亮小男孩坐在高高的树枝上，摇晃着两条腿。他的皮肤雪白，穿着祭司一样的长袍，一双大而圆的眼睛炯炯有神，粉色的嘴唇撅着，显然有点不开心。他的身边站着一只眯缝着眼、昏昏欲睡的猫头鹰。小男孩敲打着身下的树枝问猫头鹰：“你觉得神这么做好吗？”

猫头鹰被树枝震醒了，睁了下眼很快又合上了，没有给予任何回答。

小男孩有些无趣地自言自语说：“当然是不好喽。怎么可以把人家丢到这种地方来作为惩罚呢？人类密集的地方让我觉得呼吸困难。”小男孩做了一个夸张的表情，用双手掐了掐自己的脖子打趣地示意，继续说，“我又没干什么坏事，我只是不小心把长老推进了圣泉，干吗非要让我来将功赎罪不可？”

“啊啊啊——真无聊啊——”小男孩哗地站起身来，在粗糙的树干上如履平地，来回走动几圈后又倒挂在树枝上来回张望。一根银色项链从他白色的袍子中垂落下来，一个菱形的坠子发出了银色的光芒。

“怎么还不来呀？”小男孩蹿上蹿下，没有一刻消停。他看了一眼打瞌睡的猫头鹰说，“我再给你出个选择题，你最喜欢以下哪位大人？A.四眼田鸡特纳大人；B.大冬瓜伍兹大人；C.讨厌鬼卡特尔大人；D.聪明伶俐的尤吉大人。快回答！快回答！”

猫头鹰再次睁开一只眼，朝着远方咕咕地怪叫了两声，又闭上了眼。

“笨蛋，没有F选项。”他用手指点了点猫头鹰的脑袋，继续自说自话道，“正确答案是D，当然是我这位聪明伶俐、人见人爱的尤吉大人啦！哈哈哈……”

“我再给你猜个谜语，好吗？如果你答不出来，就输给我十片圣叶子？”尤吉继续骚扰着猫头鹰。

“我说，你就不能安静会儿吗？我已经两天两夜没睡了。”猫头鹰终于忍无可忍，发出了抗议。

“不要嘛，睡觉有什么好玩的？陪我聊天嘛。”尤吉一脸天真地看着猫头鹰。

“这两天祭祀大人发现星相不对，我陪着护法两天，都没办法睡觉。”猫头鹰一脸不满地对着尤吉抱怨道，“这类事情本该是你这个一族之长负责的，可你总是推卸责任。”

“我又不想担这个担子，是长老会一致决定的。”尤吉拍着脑袋，一脸沮丧地说，“我都没啥心理准备。”

“唉！”猫头鹰叹了口气，闭上眼睛继续睡觉。

“对了，亚特，诺费族究竟是什么样的种族？”尤吉问。

“是血族的一个分支，俗称下水道的老鼠。”猫头鹰微闭着眼睛说，“这个族由于被诅咒了，所以族人外形都很丑陋，但是他们却是最出色的探子。诺费族遍布世界的每一个暗巷每一寸角落，没有他们查不到的事。”

“我们历来和血族没有瓜葛，为什么这次要依靠血族的力量？”小男孩疑惑地看着亚特。

“没有比血族更适合这个工作了，而且这背后有更大的渊源……”亚特的话没有说完，远处传来一阵　　　　的声音转移了他的注意。“他来了。”猫头鹰突然张开了炯炯有神的眼睛，打开棕色的翅膀，闪电般地俯冲向地面，扑向那个移动的灰点，瞬间变成了一个银色长发的男子，身材修长，穿着和尤吉一样的长袍，眼睛泛着蓝紫色的光芒。那个目标灰点慢慢站立起来，容貌年轻，五官却十分丑陋。

“两位大人好，我是奉命来送信的。”年轻男人微微行礼说。

尤吉从树上一跃跳下，轻轻落在地上，站到银发男子身边，他水灵灵的大眼瞅了瞅灰衣男子，露出了嫌恶的表情问：“你是诺费族人？”

“是的，我……我奉了登戈大人的命令而来。不过……不过酬劳……”灰衣男子话说到一半故意没有说下去，脸上露出贪婪的笑容。

尤吉从腰带上解下一个预先准备好的钱袋扔给灰衣男人说：“神族向来说话算话，希望你们诺费族带来的消息值这个价格。”

“不会让两位大人失望的，都记录在这个信上了。”笑容丑陋的男子将一个信封递给银发的亚特，他掂了掂手中沉重的袋子又说，“登戈大人说了，神族如果酬劳丰厚，不妨再附赠一个消息给你们。”

“噢？”亚特挑眉道。

“我们在打探过程中，遇到了被血族驱逐的羲太族。”

“羲太族？”听到这个名字，亚特的眉头一皱，脸色凝重。他看了一眼尤吉，那张稚嫩的脸上也是一层乌云。

“如果没有其他事情，小的我就回去复命了。”灰衣男子从两人的视线里消失了。

尤吉不自禁地抖动了一下肩膀说：“竟然这样丑陋，确实让人浑身发痒。”

亚特打开信封，抽出一张米黄色的信纸，他沉默地阅读片刻，然后递给尤吉。尤吉瞄了一眼，接过信纸轻柔地甩了甩手，信纸发出了蓝色的火焰，犹如一阵烟花消失在空气中。

“那个孩子又一次回到了我们的视线。”亚特嘟囔着，“羲太族竟然也在同一时刻出现，星相又如此躁动，到底是怎样的情况呢？”

看到尤吉沉默不语，亚特不禁问：“你在想什么？你觉得黑暗势力究竟会怎样？”

“嗯——对了，亚特，我有个问题问你，其实我觉得你这样很帅，为啥你总是要把自己变成猫头鹰呢？你变成猫头鹰是为了经常偷懒睡觉吗？或者说变成了猫头鹰，你的视线就会比平时好一点？

“……”亚特无语，用无可救药的眼神看了一眼尤吉，瞬间变身飞走了。

“喂，别以为你长翅膀就了不起啊！”尤吉的声音消失在一阵烟雾之中。

不知何时，乌云升了上来，眼看就要下雨了……

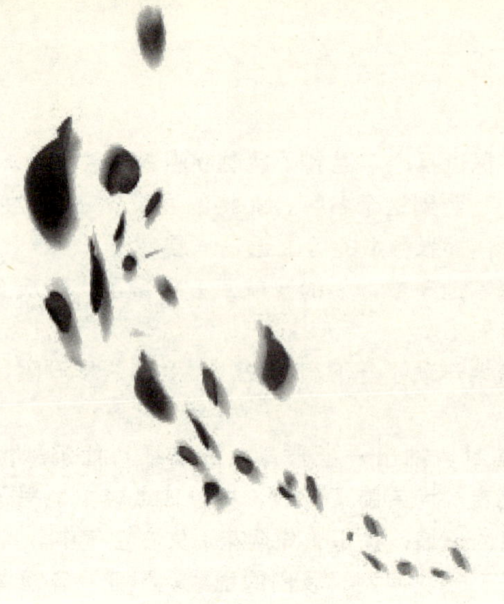

Chapter 04 那些看到的幻象

空气流动，抚摸过她的肌肤，她发觉自己的皮肤变得越来越敏感了。看似平静的空气，她会觉得有一股股暗流从身边经过。

迷路偶遇

上海的夏季赤日炎炎。炽烈的热气蒸腾着这个世界，知了也聒噪个不停。

兰缪好不容易趁威德出去办事的时候，偷偷溜出来看一下这个城市。到上海已经几天了，父亲依然没有消息，闷在家里也确实无事可做。这几年的夏天让她越来越感觉身体不适，她的眼睛已经开始渐渐畏光，尽管如此，她还是被这个城市的独特所吸引。街道两旁的梧桐树叶仿若天然的屏障，遮挡了一些太阳的光线，弄堂里有一些老人摇着蒲扇聊天，讲着兰缪不懂的语言，吴侬软语的，她觉得很好听。

空气流动，抚摸过她的肌肤，她发觉自己的皮肤变得越来越敏感了。看似平静的空气，她会觉得有一股股暗流从身边经过，有的是黏稠令人不快的，有的是清新爽朗的，有的又是神秘充满魅惑的。不知从什么时开始，她觉得自己对周遭的一些事物有了无法言明的感觉。当她询问父亲兰斯维或者管家威德，他们都说是因为她身体的原因，也可能是因为药理产生的幻觉。

她停在一个十字路口，忽然觉得皮肤的感觉变得强烈起来，啊……那个人！兰缪看到不远的拐角处有个长发的孩子经过，散发着隐隐的光芒。怎么回事？难道是错觉吗？兰缪揉了揉自己的眼睛。孩子的四周确实有一圈光晕，那种暖色调让人感觉平静，没有一丝威胁。

绿灯亮了，兰缪忍不住追了上去，悄悄跟在那孩子的后面。

从身材来看，那是一个女孩子，留着及腰的长发，很瘦弱，论年纪应该比兰缪小几岁。兰缪跟着她刚转进了一条弄堂，那孩子就消失了。兰缪突然间觉得自己迷路了，她就这样冒失地跟着一个孩子，甚至都不知道自己住的地址，任凭她在世界各地多年的生活经历，也依然觉得有种莫名的恐慌。

“姑娘！”一个慈爱的声音从身后响起，兰缪转头看着来人，是一位满头银发的婆婆，而搀扶着她的就是她跟随着的那个孩子。

“你？”兰缪有点不知所措。

“你好，我是白卉，她是攸婆婆。婆婆说今天会有一位很特殊的客人来，让我去迎接。”白卉的声音甜美，典型的鹅蛋脸，吹弹欲破的肌肤，眉眼之间犹如水墨画中的仕女，看上去十三四岁，却已经出落得亭亭玉立。

“我叫兰缪。”兰缪虽然回答着，但依然是一脸不解。

攸婆婆微笑着点了点头，就像听到一个已经知道的答案。

兰缪看着攸婆婆始终闭着眼睛，一副精神矍铄的样子。她脸上的皱纹很少，如果不是满头银发泄漏了她的年纪，兰缪一定会怀疑“婆婆”这个称呼是否正确。

攸婆婆对着兰缪说：“姑娘如果不介意，不如去舍下坐坐吧。”她用拐棍指了指旁边的一扇雕花大门。

兰缪觉得奇怪，刚才她走来的时候，没有发现这里有这扇大门，也不知道哪儿来的动力，她没有任何拒绝就跟着白卉和攸婆婆走了过去。她侧头看着领路的两个人，白卉总是小心翼翼地搀扶着那个婆婆，而老婆婆拄着一根造型奇特的拐杖。她豁然开朗，婆婆一直闭着眼睛是因为她失明了。

院子里种满了造型奇特的花草树木，兰缪来不及细看，刚迈进屋子就被一阵香气吸引，忽然间觉得心情开朗。

“是不是很好闻？”白卉搀扶着攸婆婆坐下后，把兰缪拉到一边的座位上。

“确实很好闻，而且让人觉得心情很平静。”兰缪慢慢坐下，看着白卉问，“是什么呢？”

“是攸婆婆自己调制的香薰，可以安神，压制人的心魔。”白卉边说边开始沏茶，青葱玉指在茶具间流转，手法十分熟练。

“心魔？”兰缪觉得这个说法很有趣。

“每个人都有自己的心魔。”白卉把泡好的茶递给兰缪，她的眼神清澈得让人有一丝难以名状的畏惧，仿佛她能看透人的内心想法。

“对了，我很好奇……”

“为何我会知道你来？你是想问这个吗？”攸婆婆还没等兰缪问完就打断了她的话。

兰缪点了点头，惊讶不已。

攸婆婆和蔼地说：“因为我可以听到你内心的疑惑，呵呵呵。”

“我内心的疑惑？”兰缪看着攸婆婆，一脸茫然。

“兰缪姑娘的心中充满了很多疑惑。”攸婆婆说。

“确实有些疑惑，但是又说不清……”兰缪低头呢喃着，又抬头对攸婆婆道，“我不明白，我从来没有见过婆婆，但是您似乎知道很多事情……”

“从未见过啊？”攸婆婆停顿了一下，她仿佛望着很遥远的地方说，“有些在记忆之前，所以我们忘记了。”

“嗯？”兰缪不明白攸婆婆的意思，她的脸上充满了迷惑。

“兰缪，有些事情是命中注定的。”攸婆婆继续说，“但是只要你内心强大，就不会被心魔蒙蔽了双眼。婆婆有件小礼物要送给你。”攸婆婆转向白卉说：“小卉，把我前几天编好的头绳送给兰缪姑娘。”

“婆婆，我实在不懂您的话。”兰缪摇着头，思绪如麻。

“以后你会懂的。我有些倦了，小卉记得把兰缪送回去。”攸婆婆说完就向内屋走去，再也没有出来。

“给，婆婆亲手编的头绳呢！很多人都来求的。”白卉把头绳塞到兰缪的手里，冲她一笑。

“这……”兰缪看着手中朱红色的头绳，尾部有个奇特的结。

“可以用它扎头发，会帮你阻挡厄运的。”白卉甜美地笑着说。

“白卉，我总觉得攸婆婆好像知道我很多事情，这是为什么呢？”兰缪忍不住问。

“因为攸婆婆是非常伟大的占卜师，没有什么她不知道的。”白卉露出崇拜的神情，然后拉起兰缪的手说，“我带你回去吧，上海的弄堂不好认，不要又迷路了。”

兰缪被白卉拉着走出了那道门，左一拐右一拐地穿过了几条街道，不知为何，她有种很不真实的感觉。当她看到自己住的小楼时，却发现白卉早已不见了，只有手里那根朱红色头绳能证明她的所见所闻是真切发生过的。

父亲到来

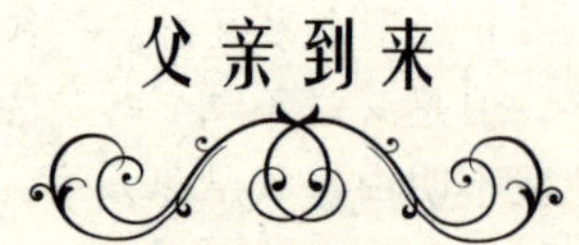

水滴声，风声，夹杂了一种呼唤。

白色的枝条垂落到地面，它们仿佛有生命似地随着风的揉抚有节奏地来回摆动，菱形的树叶散发出银色的光。它们似乎在吟唱，又似在轻声哭泣。这是在哪里？完全感觉不到重力，好像飘浮在某种空间里，到处是白茫茫的一片，没有天，没有地，只有一棵白色的巨树。树下站着一个女人，瀑布般的银发，素色的长袍在风中飘动，她显得格外瘦弱。

她似乎听到了声响，转回头，怔怔地望着，那是一双罕见的蓝紫色瞳孔。她的容貌美到让人窒息，皮肤白皙到透明。她的眼中含着泪水，张开双臂想要拥抱什么。树枝开始狂躁起来，一阵光线打在白色的树上发出了强烈的光芒，阻断了所有的视线，就像突然掉入一个深渊，一切都消失了。

兰缪一下子清醒过来，又是那个梦，始终是同样的梦境，从她有记忆开始，她就时常会做这个梦。随着年龄的增长梦境越来越清晰，但是背景永远是那个未知的空间、巨型的白树、素衣的美丽女子。这个银发的女人究竟是谁呢？为什么总是这样哀怨地看着我？为什么她的眼泪让我感到如此悲伤？兰缪闭上眼睛想要努力穿透梦境找到答案，但每次都一无所获。

她从床上微微坐起，透过窗帘已经能感受到太阳的威慑力，夏天的阳光让她浑身都觉得不舒服。威德找的这栋小洋楼有着很久远的历史，阳光透过加厚的窗帘照射到老式木地板上。她记得楼下有一棵已经枯掉的树，整个枝干都倾斜了。很多次回家的时候，她都会抚摸着粗糙的树皮，发出感叹，连生生不息的植物也会这样消失了。阳光如同在屋子里画出了条条射线，灰尘在光线里闪烁翻腾，如同蝶舞之后散落的蝴蝶鳞。

来到上海已经有些日子了，这些天兰缪把周围的许多小洋楼都探访了一遍，这里的每一处都深深吸引着她。这是一种与生俱来的熟悉感吗？或许真如父亲和威德所说，她对这个城市的记忆正在被这里的空气慢慢唤醒。

一阵轻缓的敲门声，兰缪知道肯定是威德，她从床上坐起身，对着门口道："进来吧，威德。"

"早安，小姐，没打扰到您吧。"

"当然没有，我已经醒了。有事吗？"

威德憨厚地笑着说："老爷凌晨的时候已经到了，看到您睡得正香，就没有叫醒您。"

"爸爸来了，在哪儿呢？"兰缪从床上跳起来，冲过去拉着威德说，"这次他倒是挺快的。"

"老爷正在书房整理东西，我想您肯定很高兴，所以就早点来告诉您。"威德一边笑着回答，一边把睡袍递给兰缪。兰缪来不及穿好睡袍，甩着袖子就往楼下书房跑去。

威德乐呵呵地帮忙收拾，整理床铺的时候，他在兰缪的枕头边发现了一根朱红色的头绳，两端各打着一个奇怪的符号结。威德握着头绳，脸色顿时惨白。他把头绳捏在手心里，嘴唇轻微动着，等再打开手心的时候，朱红色头绳化为一阵灰尘，飞散消失了。

兰缪敲开书房门的时候，兰斯维正在整理东西，看到门口还在穿睡衣的兰缪，笑着说："不用这么着急，我又不会逃走。"兰斯维脸上满是笑意，却掩盖不了满脸的疲惫，"我的小公主，这几天都在忙什么呢？"

"对这个城市很好奇，我在附近逛了几天，建筑很美。有一次迷路，遇到了一个失明的老婆婆和小姑娘。"

"哦？失明的老婆婆？"兰斯维露出了相当惊讶的神情，他立即停下手，盯着兰缪问，"是怎样的人？"

"老婆婆说了一些奇怪的话，我不太明白。小女孩很漂亮，比我小几岁。老婆婆还送了我一根头绳……"兰缪伸手摸着头发，略有遗憾地惊呼道，"哎呀！好像掉了，不知道掉在哪儿了。"

兰斯维没有说话，他的眼神闪着一种无法捕捉的光芒，自言自语着："我就知道，我就知道。"

看着父亲脸色有变，嘴中念念有词，兰缪有点不知所措地问："爸爸，您怎么啦？"

"没什么，只是想起了一些事情。"兰斯维朝着兰缪笑了笑，继续收拾东西。

兰缪没有说话，很安静地站在一边看着父亲整理东西。兰斯维抬头看了她一眼，兰缪似乎欲言又止。兰斯维忍不住问："是不是有什么事情要告诉我？"

兰缪点点头说："爸爸，还记得我一直和您说过的梦境么？"兰斯维微微点了点头。

"我已经能看清那个女子的面容了，梦境已经越来越清晰了。"兰缪若有所思地说，"那个女子对着我流泪。看着她，我感觉很难受，很难受，就像心里被一块大石头压着。她到底是谁呢？"

"那不过是你的梦吧。"兰斯维脸色平静地说，但是兰缪听到了兰斯维隐约的叹息声，她略带疑惑地注视着父亲。

兰斯维沉默了一会儿，转移话题说：“小公主，我已经帮你联系好学校了，在家也是无聊，不如去上海的学校看看吧。”

“啊？太好了！”兰缪拍着手，走到兰斯维身边，撒娇说，“谢谢爸爸！”

“你可以去选修一些短期课程。我打听过了，圣约翰大学是上海非常著名的大学。既然来了，就不要错失了学习东方文化的绝好机会。”

“我可以选自己喜欢的课程？”

“嗯，任何你感兴趣的方面。”兰斯维笑意盈盈地拉着兰缪的手说，“不过还是要当心身体，威德说你最近病情加重了？”

“还好，爸爸。”兰缪皱了皱眉，“就是有些奇怪的感觉，很难形容。”

一阵敲门声响起，威德的身影出现在书房门口。兰斯维望了一眼威德转而对兰缪说：“你去准备准备，过些天让威德送你去学校看一下。”

“是的，爸爸。”兰缪走过威德的身边冲他做了一个鬼脸。

等威德把门带上，兰斯维语气有点激动地说：“果然出现了，没想到这么快。”

威德神色凝重地说：“我也是刚才发现了头绳尾部的六芒结才知道的。我已经销毁了头绳，避免不必要的麻烦。”

“总算有点眉目了，也算是一件好事情，只要不把兰缪牵扯进来。”兰斯维的眼睛闪过凛冽的光芒，“无论怎样，人类都不算是我们的大敌，有时候防不胜防的是我们自己的血族。这次一路过来，我能感觉到血族有点不安分了，我还不确定是什么原因。而且辛摩族也开始蠢蠢欲动，我不清楚他们究竟想干什么，但是我绝对不会允许……”

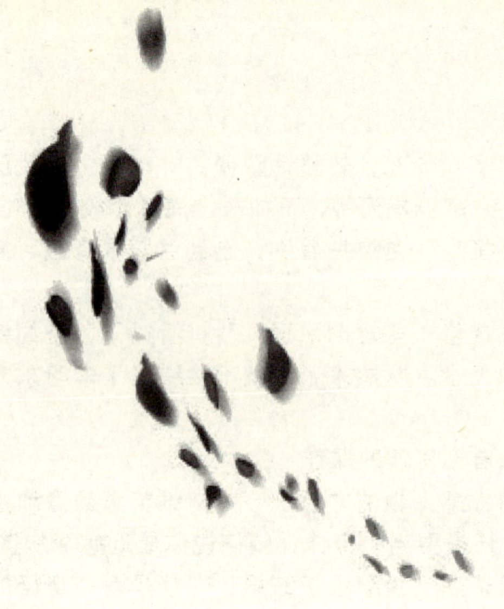

Chapter 05

如果是一场注定的相遇

黑猫一动不动，直视着兰缪，姿态傲慢。当兰缪伸手想去抚摸它的时候，黑猫警觉地转身逃开了，沿着墙角迈步离去。

初到学校

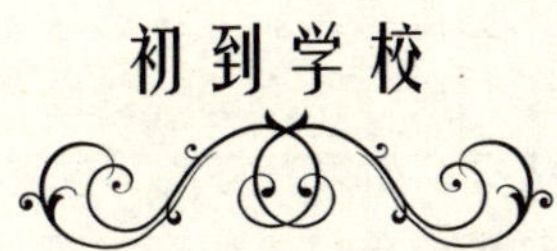

车子停在宏伟庄严的校门前，兰缪默默跨出车门。听维德讲，这是一座古老的学院，早期由美国圣公会上海主教创办，是上海历史最悠久的教会学校之一，现在虽然不受教会管理了，却依然沿用着当时的名字——圣约翰大学。校园内保留了很多欧洲古老建筑，融合进很多东方元素，中西结合，相得益彰，在建筑学上也具有非比寻常的意义。

兰缪抬头望了望蔚蓝无云的天空。上海的夏天确实让人感觉不舒服，太阳灼热，空气中流动的都是一股热浪，她已经很多次在这样热辣的阳光中感觉晕眩。

校园里有不少来自世界各地的学生，兰缪感到一丝莫名的欣慰，这样她的外貌就不会招来好奇的目光或者受到不必要的注目。她只想在人群中成为毫不起眼的一个学生，想来父亲为了帮她找合适的学校，确实大费周章。

询问了几个校工后，兰缪很快就找到了新生注册的地点。她没有急着去办理手续，而是在校园里漫无目的地散着步。她喜欢学校的气息，她经常因为父亲的生意而转学，所以几乎没有稳定的学校，也常常因为身体原因休学在家，但这些并不影响她求知的欲望和惊人的天赋。

大草坪上有很多学生在阳光下踢球，空气中散发着天然的青草味，让她觉得神清气爽。不过她也意识到，自从她走进校园以后，一直有一种奇怪的感觉，觉得似乎有什么人在注视着她，而且用眼神锁定了她。她环顾左右很多次，都没有发现可疑的人，但是一股压迫的气息总是围绕在周围，让她觉得不安。

简单的手续办完，离开大楼时，太阳已经缓缓西下，夕阳变成了柔和的橙色，让人觉得惬意。兰缪选了一些东方文学的课程和一些药理医学，她想，或许东方的一些医疗手法和观点可以帮助她了解自己的身体状况，如果有可能，说不定还能治愈。

学校钟楼里的古钟开始敲打，声音洪亮，穿透整个校园。兰缪抬头往钟楼看去，不知道是幻觉还是被太阳晒得视线模糊，她觉得钟楼上好像站着一个人。正当她想看清楚的时候，忽然一阵黑影扑面，让她脚步踉跄了一下，差点摔倒。

钟楼观望

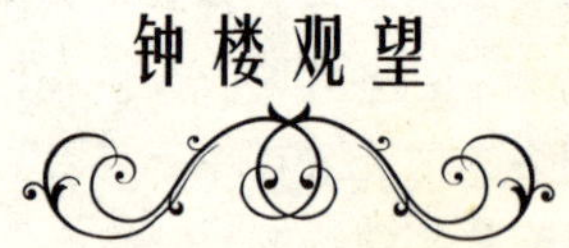

他最喜欢站在这个角度俯看整个校园，特别是夕阳西下的时刻，没有了毒辣的阳光，他觉得空气都清新了很多。校园里一如既往地繁忙着，然而今天的校园因为一个人的出现变得不同寻常。

她刚刚出现的时候，他差点以为自己看错了，她竟然就这样轻而易举地出现在了他的视线之下。他计划过的所有方式，都被她意外的出现打乱了。他没有调节好惊讶的神情，但是心中已经开始窃喜：难道老天也在眷顾他，特地把羔羊带到他的面前，根本不费吹灰之力。

从她出现的那一刻开始，他的目光一直锁定着她。她在校园中漫步，但是行动格外小心翼翼，即使在问路的时候也是，难道她也对周围有特殊的感应？这难道就是她的能力？

不过他不得不赞叹，看她走路的姿态和言语，就知道一定受过良好的家族教育，姿态高贵，礼仪得当。

在观望过程中，他的嘴角慢慢露出狩猎前坏坏的笑容。他抬头深深地吸了一口气，他爱极了这太阳落山的一刻，就像一场告别，却宣告了另一个世界的开始。身边的钟声敲响，当他收回视线，再次看向目标的时候，发现她的视线直射过来，他忽然觉得心中有个地方被触动了。他定了定神，一个纵身从钟楼消失了。

等他再次出现的时候，已经在她的身边，扶住了她摇摇欲坠的身体。

“你没事吧？”他扶正她的身体，眼神关切地问。从近处看，她的皮肤闪烁着奇特的光亮。

“我没事，谢谢你。”兰缪从他的手臂中挣脱出来，努力站直身体，看到面前是一位年轻的男子，有些惊讶和羞涩。

他有着古铜色的肌肤，身材挺拔修长，一头浅棕色的自然卷发，五官有种说不出的高雅，仿若从屏幕中走入生活的明星。他的脸靠得如此近，兰缪可以看到他那双琥珀色的眼眸，带着调皮天真的眼神。他的笑容如同阳光一般温暖，没有任何威胁感。

“你是新来的学生？英国来的吗？”他微笑着问。

“你怎么知道？”兰缪心生警觉，反射性地退后一步。

“如果你是我们学校的学生，以你的外貌，我绝对不会忘记。”他的笑容有种让人无法抗拒的温暖，甚至可以忽略他语气中的调侃，“至于后者，你衣服上的镀金袖扣，只有爱丁堡王子街的店才买得到，我家里有相似的。”

兰缪不由自主地摸了摸衣袖上的纽扣，爱丁堡的盾形徽印就和它城市的形状一样。

“呵呵，忘了自我介绍了，我叫凡恩，是这所大学生物系的学生。”

“你好。”

“你还没有告诉我你的名字。”凡恩略微板了一下脸。

“兰缪。”兰缪说完，向凡恩点头微笑一下，准备离开这个尴尬的场面。

“为什么来上海呢？你怎么会选择来圣约翰大学呢？”凡恩紧追不放，嘴边划过一丝难以揣测的笑意。

兰缪礼节性地对着凡恩微笑点头却不回答，她始终不习惯和陌生人打交道，尽管这个人没有带给她任何不安的气息。

“第一天来吗？你学什么专业？”凡恩不死心地追问。

“我只报了短期课程，选修一些东方文化和医学。”

“医学？但愿不是那个怪物给你们上课。”凡恩撇撇嘴，眼神中有一种无法察觉的冷漠。

“怪物？”

“医学系的助教。现在很多医学课程都由他来代课，他的教授只做科研了。”

“那怎么能说是怪物呢？”

“上过他的课你就知道了。”凡恩的眼神闪过一丝无法捕捉的邪恶。

“抱歉，我想我要回去了……”兰缪有些不好意思，她不太习惯和一个刚认识的陌生人接触太多。

“好啊，请便。如果有什么需要可以来找我，我在生物楼的实验室。”凡恩微微弯下身，这样他就可以正视着兰缪的眼睛。兰缪被他看得胸口微微发热，躲开了他的视线，仓促地表示了谢意之后就转身离开了。

凡恩看着兰缪浅棕色的头发以及洁白无瑕的肌肤，有一丝走神。直到她消失在一个转角，他的嘴角泛出难以解读的笑容，眼中充满了狡黠，自言自语道：“既然是老天把你送到我的面前，那我就不客气了。”

奇异黑猫

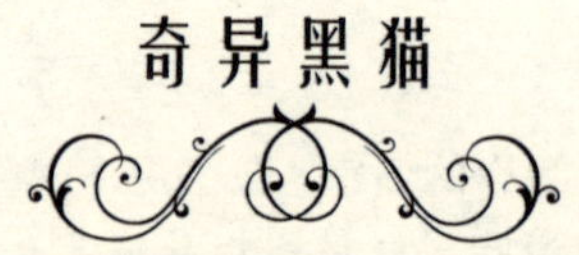

学校里随处都是让人惊叹的古建筑，连植物都是年代久远，

兰缪甚至觉得校园里流动的空气里都有一种古老的味道。不过校园诱人的景色还是没能把她从刚才的邂逅中拉回来，她回想着遇到凡恩的那一刻，进入校园的压迫气息瞬间消失了，究竟是什么原因呢？而且凡恩身上所带的气息，让她觉得有种无以名状的熟悉。

正当兰缪出神的时候，一个黑影从她脚边窜过，吓得她一声尖叫。她定睛一看，正前方的台阶上停着一只猫，眼珠泛着寒冷的绿光，毛色黝黑发亮。那只猫仿佛也在看着她，那种眼神让她感觉背脊一阵阴冷。

兰缪从小就很想养宠物，但是父亲不允许，怕宠物会对她的身体有所影响。兰缪悄然走到小猫身边，隔着一点距离向它打招呼。

“你好，我叫兰缪，你叫什么名字？”比起和人接触，兰缪似乎更愿意和动物或者植物沟通，虽然不能了解它们在想什么。

黑猫一动不动，直视着兰缪，姿态傲慢。当兰缪伸手想去抚摸它的时候，黑猫警觉地转身逃开了，沿着墙角迈步离去。兰缪跟在它的后面，黑猫的速度越来越快，兰缪几乎要跟不上它的脚步。当她找不到黑猫踪影的时候，才发现自己停在一幢色调暗沉的二层楼前。

绿色的藤叶匍匐缠绕在这栋建筑物坚固而苍老的墙上，透出迷乱的气息，墙上雕刻的诡异图案忽隐忽现，也许是因为被覆盖的原因，它们历经岁月却未被人为破坏，只是被风化，模糊了一些。兰缪用手拨弄着藤蔓和爬山虎，透过这些缠绕纠结的枝叶，依稀可以看到下面的图纹。图的中间是一个类似三角的形状，三条边上都有着不同体态的人，尽管当时雕刻的线条非常简单，却栩栩如生地画出了人们拿着火把围着中间的某样东西在跳舞，似乎是一场祭祀，亦或是某种仪式。每一排跳舞的人中间还有一个人捧着一个火球似的物体，图的下方还刻了一句拉丁文，兰缪艰难地辨认着上面的字，轻声读道：

“你们便如神，知善与恶。然黑暗混沌，愁肠重结，太息不已。”

这也是当年的教会刻下的吗？很有趣的句子。不知道哪儿来的勇气，兰缪走入了这栋小洋房。刚才外面还是夕阳正浓，楼内却有着一股阴冷的气息，这里光线也非常差，和室外的日光形成强烈反差。往前走去，空气中飘散着一股福尔马林的味道，带着特有的诡秘气氛。刚走了几步，兰缪就倒吸一口冷气，楼里所有的橱窗内都是标本，甚至还有动物的，看上去逼真到感觉那些标本要跳出那个玻璃器皿。兰缪虽然感觉不安，却没有逃离。她发现再前面有一个房间里闪过一点亮光，一股莫名的好奇涌上心头，促使她慢慢走了过去。透过半掩的房门，兰缪看到一个黑色背影俯在书桌前，房间里只有一盏紫色的壁灯亮着，感觉森然。

“有事吗？”黑色的人影没有回头，突然开口说话，让兰缪差点灵魂出窍，一下子陷入失语。

“你是哑巴吗？”黑色人影转过身，房间内的顶灯瞬间亮起，光线让兰缪睁不开眼。

“我跟着一只黑猫……迷路了……实在不好意思，打扰您了。”兰缪觉得自己有些口齿不清。强光之下，她终于看清了这个黑影的真面目。一个黑发的男子，让人为之惊叹的面容，充满了东方的气息，却拥有欧洲人那种刚毅深邃的五官，他的唇角曲线微微向下，仿若生来就没有笑容。更让人觉得不寒而栗的是，面对这个男人，她感觉有一股强烈的压迫之气，让她觉得呼吸也被压制了。

男人双手相抱，站着身子靠在桌子一角，微微斜头看着兰缪，眼眸深不见底。空气中可以听到风吹过的声音，兰缪感觉站在她面前的更像一头沉默的野兽。

“希望没有打扰你。”兰缪微微鞠躬，转身缓缓退出。

“等等。”男子叫住了兰缪，兰缪看着他，不解的神色中带着畏惧。

“我叫林，记住我的名字。”这个把自己称为林的男子像传达命令一般，带着一股威严之气，让人无法反驳。

“我叫兰缪。”兰缪礼节性地回应，声音是唯唯诺诺的。

“Je Sais!”男子习惯性地说了一句法文，然后优雅地转身回到座位上，房间的灯光暗了下来。

听到兰缪将门咔嗒一下关上，房间的角落里突然出现了一个人影，清脆的笑声在房间内回荡。

“林大人，这样的结果，对您来说就简单很多了。”

“确实有一点诧异，不过我相信惊喜的不止我一个。”林意味深长地说。

“这让我不得不相信命运了，果然有这么巧合的事情，她偏偏到了圣约翰大学。”

林点了点头说：“修伊，你这几天有什么新消息？”

修伊看到林向他询问事情，脸上笑得灿烂无比：“我打听到了他们住的详细地址，前些日子我已经派人去查看过了，没有任何怪异的情况，房屋外有一种非常古老的结界。还有……”

“还有什么？”林皱起眉头追问，他实在很讨厌这样故弄玄虚的讲话。

“据诺费族人说，神族在打听我们血族最近的动态，还说竟然看到了羲太族的动态。”

“神族？羲太族？这是什么状况？”林顿了顿，“血族和神族向来没有瓜葛，羲太族也已经被放逐很久了……”

“确实很不寻常。我会继续调查的。”修伊坚定地说。

林若有所思地点了点头。

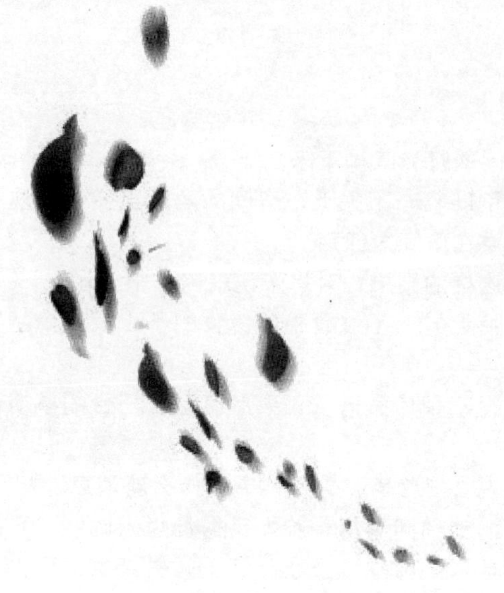

Chapter 06
慢慢拉开的序幕

兰缪看着窗外阳光灿烂，她觉得自己的心中一团乱麻。这次的上海之行，不知道还会有怎样的事情发生。

白血梦境

水滴声，雾气氤氲。

一棵参天的白色巨树伫立在一片茫茫之中，除此之外，别无他物。一切宁静，树枝没有随风起舞，银色的叶子也没有齐声吟唱，没有喃喃自语。它们都一动未动，仿佛屏住呼吸。只有轻轻的水滴声，如同没有形体游荡在空气中的微粒，轻飘飘地落在树下。周围分外平静，平静得令人感到不安。银发女子还在树边，衣袂翩翩，距离之近，可以看到她眉心。她紫蓝色的眼睛含着泪水，微启朱唇，在说什么，但是听不见。想问她是谁，却发不出声音，想走近，也动弹不得。她惨淡地望着，抬起手臂，白玉般的手臂上有一道深深的伤痕，让人惊讶的是她的血，从那个伤口源源不断滴出来的不是艳红的鲜血，而是白色的液体。它们滴落下来，划过雾气，就像水滴落入湖面，荡起一道道涟漪。突然有一股冲动，想要冲上去抱住那个银发女人，可是无论怎么挣扎，身体依然无法迈开半步。菱形的树叶突然都竖了起来，仿佛从睡眠中苏醒，树枝疯狂摆动起来，尖锐的声音袭入耳中，气流乱窜，仿若又一次坠入无穷的黑暗……

不！不！

一声尖叫，兰缪从梦中醒来，满头大汗。这次的梦境和以前大不相同，她告诉自己，从来没有这样接近过那个银发女子。她可以看清银发女子的表情，洁白的手臂上竟然流淌着白色的血液！

兰缪感到头疼欲裂，她坐起身，蜷起双腿，双手捂住脸，脸上全湿了。她摊开双手，那不是汗，全是泪水，她无法控制，泪如雨下。到底为什么会做这个梦，为什么自己在梦中会哭得如此伤心，连醒来都感觉心中充满了无限的悲伤?

她记得今天一早有医学的选修课程，对于这第一次的医学课程兰缪充满了期待，其中包括凡恩渲染讲师的这个部分，倒是真的勾起了她对教师的好奇心。

想到学校，她又想起那天傍晚在那栋奇怪小楼中遇到的那个叫林的男子。现在想起来，她的脑中还会跳出他犀利的眼神，特别是他最后说的那句话，在兰缪脑中反复回响："Je Sais!"是法语，意思是：我知道。法语几乎可以算是她的半个母语，她没有向林表达自己听懂了这句话，也没有向他提出自己的疑问，这个男人为什么会知道她的名字?还是他只是一时兴起，开了一个玩笑?但是兰缪不觉得林是一个会开玩笑的人。她回想着那天的所见所闻，遇到凡恩，还有那只神秘的黑猫。她觉得这个校园蕴藏了太多不可测知的神秘，好像有一股神奇的力量把这一切都拉到一起，隐隐中像有一双手在操控着这一切。

第一堂课

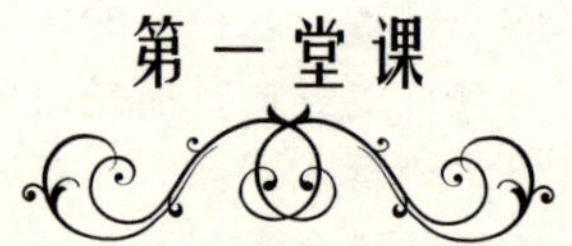

医学选修课偌大的阶梯教室里几乎满座，而且一半以上都是女生。兰缪以为自己走错了教室，枯燥乏味的医学课程在女生中这么流行?

兰缪坐在后面一个靠近窗口的位置，听着周围女生一刻不停地叽叽喳喳议论着，话题都是围绕凡恩嘴中被称作怪物的老师。

"我听说这个老师超级帅呢。"

“我也是想看看这个号称全校最帅的老师长什么样。”

“听说他是我们学校最年轻的助教呢！而且相当有能力，教授把所有讲课任务都交给他了。”

女生们啧啧称赞的对话，整个教室的空气中都飘散着赞赏和崇拜之词，这让兰缪感到有些困惑。

突然一阵轻呼声，刚才还议论声此起彼伏的教室突然死一般地静寂下来，所有人不约而同地盯着教室门口。当兰缪看到了那个口碑不一的医学老师出现时，她觉得自己更倾向于凡恩的观点，那人确实是个怪物——林！那个强迫她记住名字的男人，再次出现在她的眼前。而且他在的地方，空气就好像冻结了一样，到处都是压迫感。

当兰缪的眼神紧盯着林的时候，林也看到了坐在一角的她。他挑了挑眉又慢慢纠结起来，眼神如一道寒光般射向兰缪，让她不禁打了个冷战。

林环视了一下教室说：“我不管大家是因为什么目的来选修这门课，我想说，医学是一门非常严谨的课程，是一门科学的艺术，我希望各位同学给予尊重。在此我也要申明，这门选修课程的考试我绝对不会手下留情，请没有充分心理准备或者已经开始犹豫的同学听好了，我给你们三分钟时间退场。”林的开场白让整个教室顿时像炸开了锅一般。

“早就听说这个老师变态，没想到这么变态。”

“不过他依然是学校最帅的老师，不是吗？”

“万一不能通过，还要重修学分，岂不是得不偿失？”

“我想放弃了。”

“就算不能通过，每个星期看一次林老师的风采也是一种享受。”

……

兰缪就这样听着周围同学的纷纷议论，慢慢觉察出林在男女学生中间所得到的不同评价，渐渐地有一些学生退场。林站在讲台上一言不发，偶尔用手指敲击着桌面，偶尔用眼神扫向兰缪，迫使兰缪不得不转开视线。教室里的嘈杂声在经过了一阵喧哗后恢复了平静。

“既然在座的同学们都已经决定留下，希望大家都可以好好听课。第一章我们来谈论有关血液的知识……”林顿了顿，有意无意地望了一眼兰缪说，“血液是一种流动在心脏和血管内的不透明红色液体，是一种非常奇妙的东西，占人体体重的百分之七到八。”他平静而又镇定自若地讲解着，言语并不热烈，却对所要讲的东西有一种完全的控制感，“血液的主要成分是血浆、血细胞，以及血液中含有的各种营养成分。”不知道为什么兰缪觉得林在提到这里的时候有一种讲解美食的感觉，使她的每一寸皮肤都不寒而栗。

“血液除了主要成分血浆、血细胞外，还含有如无机盐、氧、代谢产物、激素、酶和抗体等成分，有营养组织、调节器官活动和防御有害物质的作用。人体各器官的生理和病理变化，往往会引起血液成分的改变，故患病后常常要通过验血来诊断疾病。”兰缪认真地作着笔记，只是每次抬头看着讲课的林的时候，都会被林活生生地捕捉到目光。兰缪就像是猎鹰视线范围内的食物，是否猎杀就要看猎鹰的心情了。兰缪搞不懂为什么有这么多的女学生盲目崇拜这个怪物，难道没察觉到他有一种让人窒息的威慑力吗？兰缪无法集中心思听课，只是强迫自己记下了所有的笔记。

不得不承认林的课讲得非常出色，再难的理论从他口中娓娓道来就变得浅显易懂了，不过这一个小时的课程对兰缪来说就是一场煎熬了。散场的时候，兰缪尽量把自己淹没在人群中，准备离开教室，她并不想和那个男人有任何接触。林斜斜地站在门口的一边看着众多学生散场，有些学生鼓起勇气跟他道别，他也是一副爱理不理的表情。兰缪低头走过的时候，林的脸上露出一个坏坏的笑容，他轻声对兰缪说了一句："Je suis très content de vous connatre。"

兰缪浑身一震，她抬头看向林。他的神色里看不出一丝变化，还有一种让人恼恨的无辜。兰缪停在门口被后面的学生抱怨着推出了教室。她在走廊中走得很慢，他刚才又讲了句法语，

“Je suis très content de vous connatre”的意思是“见到你很高兴”。这是一种巧合吗？还是这个人对自己的情况真的有所了解？这个叫林的男子为何总会对自己说一些带有暗示的话？这些问题在兰缪脑中来回盘旋，却没有答案。他说很高兴见到自己，但是她从来没有感觉到他们之间的相见有任何快乐的成分。为什么自己面对他时总有一种被压迫的感觉？或许应该问问父亲，如果父亲感觉她受到了威胁是否代表又要离开这个学校？她在这个学校的生活才开始不久。或许应该先问问威德的意见，兰缪边走边想，没有回头，但是她感觉到身后有一束目光一直看着她，看得她觉得自己整个后背寒意阵阵。

蓝色纸条

兰缪走进住处所在的弄堂后，发现威德正站在门口等她，他的脸色充满了焦虑的眼神。兰缪有点心慌，小跑着到门口，看着威德。

“小姐，老爷不见了。”

“我不明白你的意思。”兰缪摇摇头困惑地望着威德，一脸质疑地问，“不见了？这是什么意思？”

“昨天晚上他还在，早上我去看的时候，他已经不在了。床也没有睡过的痕迹，我等到现在都没有他的消息。”甚至都感觉不到他的气息，维德没有说出这句话。以他的能力，不可能感觉不到兰斯维的气息，除非他已经不在这个城市了。

“可是我们昨天还在一起，他没有说过要离开啊！他没有和你说过什么吗？没留下信吗？”兰缪觉得这一点也不像父亲的风格，尽管他长期在外行踪不定，却从未不告而别，哪怕一两天的离开，他都会交代威德。这次如果是威德觉得情况不对，那肯定是发生什么事情了。

“什么都没有告诉我，所以我才着急。”威德脸上的烦躁让兰缪开始相信父亲的失踪。

“房间里什么都没有留下么？我去书房看看。”兰缪奔上了楼，直冲兰斯维的书房。书房的窗户开着，经过一夜的风吹，地上散落了一些书和纸片，书桌上也被风吹得乱七八糟。她掀开了一些散乱的报纸和文件，书桌中间是父亲喜欢的淡蓝色便条纸，端正如许，仿佛从未有人触碰。阳光从窗户中照射进来，在光洁的书桌上反射着光芒。

“那是什么？”兰缪拿起蓝色的便条纸，在光线的折射下，便条纸上隐约透出若有似无的字痕。

兰缪仔细打量，应该是上一张纸写字后压出的痕迹，隐隐可以看出是几个奇怪的字母。兰缪抬头看了一眼跟进来的威德，迅速从笔筒中抽出铅笔在这张纸上涂了起来，灰色的铅粉盖满了整张便条纸，凹陷的字母显露了出来。

“这应该是爸爸写的。”兰缪晃了晃手上的纸，“虽然字母很奇怪，但是可以看出是他的笔迹。”

威德接过便条纸，看了一眼，眉头一皱，似乎在克制什么，又一言不发地将字条递还给兰缪。

纸上紧密地排列着几个奇怪的字母：

ε ο η

ν ι κ α ν

ο δ ε λ

Cη ο ρ ε

η α φ α λ

β υ β λ ι ο ν

“有点像古希腊语，但我一个也不认识。”兰缪揣摩着纸上的符号，皱眉摇了摇头说，“这个β υ β λ ι ο ν很像希腊文中的“biblion”，但是拼写又不正确…… ”她指着其中一个词说，“别的单词也完全不对。”兰缪困惑地抚着额头，求助地看着威德。威德耸耸肩，做了个爱莫能助的表情。

兰缪无力地坐了下来，学校里面发生了这么多奇怪的事情，父亲又不告而别，究竟是怎么回事？父亲去哪里了？这些奇怪的字符和父亲的离开有什么关系吗？兰缪觉得自己脑子一片混乱。

威德弯下腰，抚着兰缪的肩膀说："不要担心，小姐。或许老爷有非常紧急的事情需要处理，我相信他不会有事的，你就不要太担心了。" 威德的声音仿佛有一种魔力，让兰缪平静了许多。

兰缪看着窗外阳光灿烂，她觉得自己的心中一团乱麻。这次的上海之行，不知道还会有怎样的事情发生。

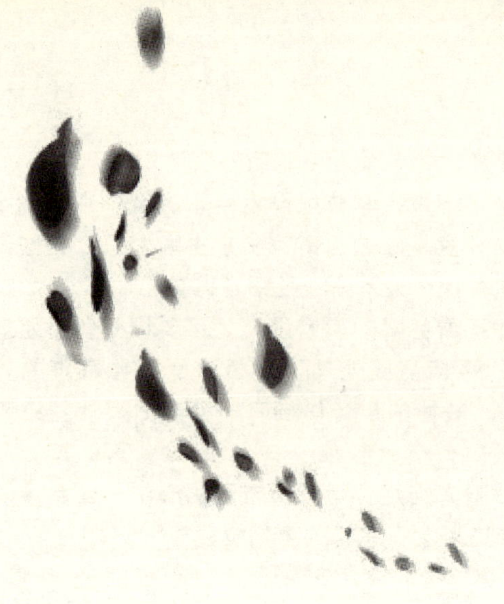

Chapter 07
字母中蕴含的秘密

凡恩也似乎心事重重起来，不知道在思考什么。收起笑容的他，显得有些与以往不同。他的眼光掠过兰缪苍白的皮肤时，停留的时间更长了。

伺机而动

周末的校园比平时安静许多，一个男人纹丝不动地站在高耸的钟楼上望着远方。风吹乱了他浅褐色的头发，吹过老式古旧的铜钟，发出嗡嗡的哽咽般的回鸣。哥特式的钟楼挡住了夏日的阳光，阴影笼盖住了他的身体。他脸上没有表情，紧闭着双唇，琥珀色的眼睛少了平时的温和，多了一丝冷漠和轻蔑，俯视着一切。

视线穿过宁谧的校园，围墙外是这座城市车流不息的繁忙街道。凝视着这一切，如同看着那种会下雪的玻璃球，繁华美好，都有一种不真实的感觉。人们的叹息淹没在滚滚的车流尘埃中，他们盲目地生活着，对真相视而不见。然而，究竟是这样比较幸福，还是和他们一样才算是比较快乐？永远，又能代表什么呢？幸福，又算是什么东西？他已经回忆不起自己在被收养之前的事了，也不记得身为人类是何种感觉。在被七位长老初拥之后，时光就被冻结了，不知道爱或者恨，不知道归属或者向往之心，还有不会腐朽的生命……他的眉头抽动了一下，随后伸出手指放在嘴中咬破，看着血液滴在地上，渐渐地手指的伤口凝固了，就像倒退的时光，手指上没有任何痕迹，仿佛什么也没有发生过。

身为血族是多少幼稚人类的梦想，而他就这样轻而易举地停顿在了时间的长河中，所有的生活就像一个周而复始的轮回。其实，他也不是全无向往之心，他觉得自己有期望的目标，而且这次的任务对他来说是一个最好的契机，只要能顺利完成，不仅可以博得父亲的信任，获得更高的地位，更重要的是可以打败他心中永远的芥蒂，所以这次他不允许任何人来破坏他的计划。他的眼神转向隐藏在校园后方的一座红砖楼房，眼神犀利，即使在夏季也会让人感觉刺骨。

收回游荡的视线，他转向那扇窗口。从钟塔可以看到学校大多数的建筑，而这个角度正好可以看见那扇窗，可以看见那个女孩纤弱的身影。她一大早就神情恍惚地跑到了学校，进了图书馆。现在，她正埋头在一堆书中，蹙着眉头，不知道在查什么，显得心烦意乱，时而翻阅着手上的资料，时而又盯着电脑，手上还涂涂写写的。

男人饶有兴趣地看着她，时间一秒一秒地就这样过去。临近中午，阳光有些刺眼了，她还在那里奋笔疾书，他决定去拜访一下他的猎物。凝神的一瞬间，钟塔上一片空荡，只有雀鸦飞过。

安静的图书馆里，一排排书本寂寞地躺在架子上，没有人发现书架后多了一个身影。他随便抽了几本书抱在怀里，神情自然地走了出来，穿过三三两两的学生，从背后靠近了她。

她正在看一本厚厚的希腊语字典，边看边做一些摘录。她不时地翻着泛黄的书页，又不时抬起头来看着电脑中希腊文的网页，歪着脑袋思考着什么，一脸的困惑不解。她所散发出来的味道，让他靠近时不禁头晕目眩。透过发丝可以看见她颈部白皙的皮肤和淡若似无的血管，他感到自己脑中嗡嗡作响。

学校解密

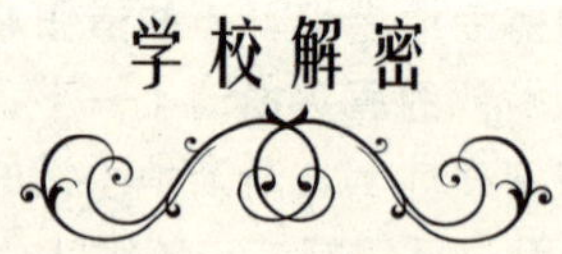

兰缪在家休息了两天，没有父亲的任何消息，威德显然也很沉默。兰缪实在没有心情去学校上课，她每天都看着手中的六个

字母，一点也没有头绪。

不过她忽然想起曾经在学校的图书馆有各国字典以及许多语言符号学方面的书，与其毫无目的地乱猜，不如尽快解开这些字谜。和威德打了招呼之后，她急速向学校而去。

兰缪认为她的判断没错，在无数次地对照字母表以及查阅资料后，纸条上其中几个词确实是古希腊语，确切地说，它们属于一种非常古老的雅典方言——爱奥尼亚语，只有这种几乎已经废弃不用的古方言才会把i和u混用，也就是把biblion写成bublion（βυβλιον）。然而6个词中只有3个符合这个方言，νικαν（Nikān 征服）、γηορε（Chōrē 国家)、βυβλιον（bublion书），其余3个词在这个语系中毫无意义。

花了整整一个上午，兰缪也无法查出其余三个词究竟是什么意思，她感到无比懊恼。εοη νικαν οδελ Cηορε ηαφαλ βυβλιον，这句话究竟是什么意思，她在纸上随手涂鸦着：εοη征服οδελ国家ηαφαλ书。完全没办法破解这句话，她感到陷入了瓶颈状态，歪着脑袋沉思着，忽然有人轻轻拍了她一下，打乱了她的思索。

“嗨，兰缪！”从兰缪的背后传来一个温柔的男声，好像在哪儿听过，“复习功课吗？”

兰缪转头一看，窗台旁正是凡恩，他沐浴在柔和的光线下，闪动着温柔的笑容。

“啊，是凡恩啊，吓了我一大跳。”兰缪抚着胸口略带责备地说，“你走路怎么一点没声音？”虽然兰缪正处于焦躁不安的状态，却一点都不反感看到他，甚至有一丝安慰，可能因为他是这个学校里她第一个认识的朋友吧。

“不是我走路轻，是你太专注了！”凡恩拉了一把椅子坐在兰缪的身边，微笑地问，“这几天都没有在学校看到你，你在忙什么呀？脸色怎么那么差？很远就看到你皱着眉头，发生什么事了吗？”

“有一些难题，你知道eoh是什么语言吗？”或许在欧洲和亚洲都生活过的凡恩会认识这些奇怪的字，兰缪想。

“E-O-H? ”

“嗯，认识吗? ”

“死亡，或者再生。”他淡淡地说。

“什么? ”

“eoh表示‘死亡’或者‘再生’的意思。”凡恩笑着说，“你对占卜也有兴趣吗? ”

“为什么那么问? ”兰缪困惑不解地问，“占卜和这个问题有关系吗? ”

凡恩拿过纸笔写下了eoh这几个字母说：“因为这不是词，是如尼字母。”

“如尼字母? 从未听说，那和占卜又有什么联系? ”

“因为这套字母是经常被用于占卜的。”凡恩说，“如尼字母属于1500年前的北欧和日耳曼人。Rune一词就是表示‘神秘’和‘隐蔽’的意思。”

“嗯，德语中Raunen的含义是‘密探’，看来就源自于rune这个字。”兰缪曾经在德国生活过一段时间，因此对德语也有些了解。

“而这套字母除了标准的24个字母外，有时还有第25个如尼字母，叫做Wyrd，是命运和报应的象征。”

一直对文字有所偏爱的兰缪饶有兴趣地听着凡恩对这种古文字的解释。

“如尼字母之所以一直用来占卜，是因为它被认为字母中包含着某种神秘因素。你刚刚问我的eoh……”

“你说了，是‘死亡’或者‘再生’的意思。”兰缪激动地打断了凡恩的话，她开始觉得解开谜语有点眉目了。

“嗯，最初是紫杉树的意思，它象征着死亡或再生。紫杉树终年常绿，因而永不死亡，它代表在北欧的瓦尔哈拉殿堂的再生。瓦尔哈拉殿堂是北欧神话中主神兼死亡之神奥斯丁接待战死者英灵的殿堂。”

“这么有趣的文字，为什么我从来不知道? ”兰缪自信自己多年周转于各国，在文字方面应该比很多人涉猎都广，为什么完全没听说过如尼字母？

“那是因为天主教会的原因。如尼字母曾经盛行于斯堪的纳维亚，占卜师都用它作为某种媒介，而普通人们则像携带珠宝饰物一样携带如尼字母作为驱邪物或护身符。但是天主教会却认为这是一种邪恶的文字，是不圣洁的，所以拒绝承认它的合法性，并且一直致力于毁灭如尼字母，所以欧洲后来的语言学上鲜少有提及这套文字体系。”

兰缪突然想到，莫非另外两个无法辨别的词也是如尼文字？

“那么Hagal（ηαφαλ）和Odel（οδελ）呢？它们也是如尼字母吗？”她急切地问。

“Hagal表示‘冰雹’，暗示突然而不可预料的困难或者阻遏。而Odel则表示‘财富’或者某种珍宝。”

“死亡、再生、征服、国家、珍宝、书……”究竟是什么意思呢？还是无法理解那些字母的寓意，兰缪紧锁着眉头不断思索着这些文字之间隐藏着的关联。

一直耐心回答问题的凡恩突然横过书把脸凑近兰缪，严肃地问：“你为什么会问关于如尼字母的事？”

兰缪被突然凑过来的脸吓了一跳，头往后靠，只迟疑了一刻，便毫不示弱地反问道：“你又为什么会认识失传已久的如尼字母？”

“呵呵，因为家族原因。”刚才还眼神犀利的凡恩又迅速恢复了阳光灿烂、嘻嘻哈哈的样子，双手交叉在胸口，躺在椅背上一摇一晃地说，“莫非你也是因为家族原因？”

“不……不是……”兰缪还不愿意告诉别人父亲失踪的事，“有教授给我们出了些好玩的字谜，我在想办法破密。”她闪烁其词地回答。

“哦？谜语？我也很喜欢，我帮你破解吧。”凡恩说。

兰缪犹豫了一下，没有拿出原纸，从笔记本中撕出一页，写下了父亲留下的六个字符：εοη、νικαν、οδελ、cηορε、ηαφαλ、βυβλιον，然后对凡恩说：

“就这些信息，你能解出谜底吗？”

凡恩盯着纸条面色凝重，沉默不语了片刻，然后缓缓读道：“eoh，nikān，odel，chōrē；hagal，bublion……”

兰缪简直不敢相信自己的耳朵，她研究了一上午的几个字符竟然被凡恩轻而易举地读了出来，甚至她始终无法参透的词也被他辨识出是如尼文字。这家伙究竟是什么人？来自哪儿？为什么会知道这种文字？这些问题在兰缪的脑中来回盘旋。

“死亡或者重生、征服、国家、珍宝、书，你们语言学教授出的题目还真是有趣啊！”凡恩抬起头来意味深长地对兰缪笑了笑。兰缪脸红了一下，她并不是个惯于撒谎的老手，甚至可以说是非常不善于撒谎，而且她觉得凡恩似乎已经识破了她的谎言。

“怎么样？你能破解吗？每个词的意思都出来了，可是根本不成文啊。” 兰缪觉得自己的头都快想破了。

凡恩放下纸，盯住了兰缪浅褐色的眼睛，眼神似乎透过兰缪穿越到了遥远的地方，然后他喃喃自语道：

“混沌初开的远古时代
没有山或者海
没有天或者地
只有那寸草无生的鸿沟
跨越万年 祈求重生
太阳之下征服的国土
血液在美轮美奂的天地间萌芽
让我们膜拜的宝物
将开启沉睡的神秘之门……”

“你有没有听说过这首诗？”凡恩问。

兰缪摇了摇头问：“这是……”

“这是一本古书中的诗歌，有人说，是一首预言诗。”

“什么书？”

“以——诺——书——”凡恩一字一顿地说出了答案。

《以诺书》！

Bublion！

纸条上提到的“书”难道就是《以诺书》？兰缪强忍住内心的惊喜，这下总算有线索了，她感慨万分地盯着这些字，突然灵光一闪。她用红笔把每个字的首字母都圈了起来，eoh、nikān、odel、 chōrē、hagal、bublion……

“天啊，凡恩，你看。 E-N-O-C-H BOOK，就是《以诺书》！答案其实早就藏在里面，我竟然笨到一直没看出来。”

凡恩似乎并不惊讶，仿佛一切理所当然应该这样，他反而变得沉默阴郁起来。

父亲的失踪一定和这本书有关，兰缪心里涌出了勇气，已经破解出信的内容了，只要再继续追查书的事，一定能找到爸爸不告而别的原因。

她埋着头用笔记本电脑在学校的数据库中搜索起关于《以诺书》的资料来。她读着查到的资料：“《以诺书》是一本启示录，内容记载了大洪水之前以诺与上帝同行三百年所见的异象，大部分的基督教会以及现代的犹太教会都视为伪经。”

读到这里的时候，边上的凡恩冷哼了一声说：“人类还真是能编故事。”

“你说什么？”兰缪没有听清凡恩的话，她看到凡恩摇摇头，于是又把注意力集中回资料上。

“《以诺书》一直被各方教徒视为伪经，严禁对该书进行抄录。不知道出于什么原因，据说在流传过程中，《以诺书》变成了上下两个部分。后来教会和某个神秘家族展开了长达几个世纪之久的斗争，最终教会取胜，在该家族的收藏物中发现了《以诺书》的上册，却一直没有透露收藏的地方，直到不久前德国的德勒斯登博物馆发生了一次小规模的火灾，才透露出这本上册《以诺书》一直在馆中保管着。这次泄漏，引起了广大民众和一些考古学家的关注，所以德勒斯登博物馆承诺展馆一旦修复完毕，就将展出这部古老的作品。不过《以诺书》的下册，始终没有踪迹……”

只有上册？线索到这里就断了，该怎么办？兰缪心乱如麻地想着。

不远处传来了大钟古朴沉重的声音，不知不觉天色已经暗了。

“我准备回去了。你呢，凡恩？”兰缪决定回去和威德商量再作决定，不过能知道一点线索，她觉得心头轻松很多了。

“我陪你一起走，天色已经晚了。”凡恩也似乎心事重重起来，不知道在思考什么。收起笑容的他，显得有些与以往不同。他的眼光掠过兰缪苍白的皮肤时，停留的时间更长了。

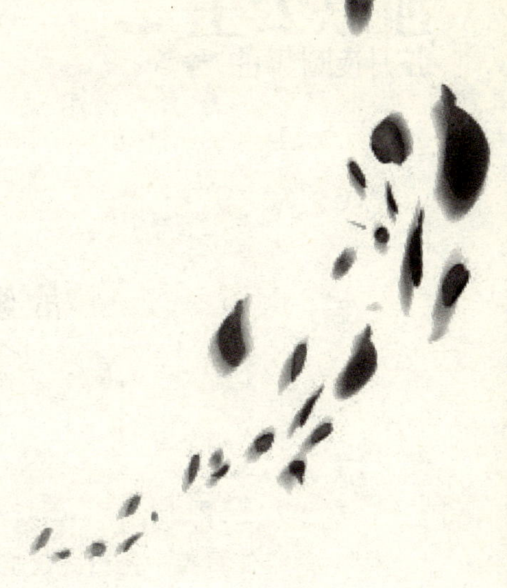

Chapter 08
即将开始的争夺战

在倒车镜中，他几乎是惊讶地看到了自己久违的微笑——车厢里飘散着兰缪留下的特有香气。

吊线木偶

黑暗笼罩着一座旧式建筑，从墙上斑驳的花纹和建筑的结构来看，它曾经华丽而辉煌，而今却颓败不堪。月亮从灰蒙蒙的云后投射出清冷的光芒，照在院子里。

院子的外面围着几个住在附近的孩子，好奇地向里面张望着。

一个声音打破寂静的夜晚："当地狱没有空间时，死亡者就会行走到人间。"

锋利的木桩被缓缓举起，然后迅速落下，刺向一口棺木。就在那个时候猫头鹰的叫声突然从远方传来，尖锐刺耳。孩子们发出了害怕的尖叫声，其中一个带着哭腔说："这个木偶剧一点也不好玩，太吓人了。"另外两个年龄稍大的孩子拍了拍说话的小孩，但他似乎没有离开的念头。

惨淡的月色下，被刺中的棺木自行缓缓打开，里面什么也没有，而木桩仍不知疲倦地一下又一下地刺着。拿着木桩的是一双提线木偶的手，而操控着木偶的则是一双人的手。手的主人完全隐没在黑暗之中，看不清面孔。

那双手忽然放下了人偶，舞蹈般轻轻挥动了几下，木偶就径直飞回了箱子。他把棺木、木桩等道具全部收回了箱子后说道："今天的表演结束了。"

观望的孩子们略带遗憾地走开了，只剩下这个操纵木偶的人站在诡异的院子中。他缓缓走出黑暗，月光照射到他的身上。他的五官并不难看，有着深色的皮肤，红色的头发，金色的眼睛用炭笔描过，瞳孔透出一种野兽般的敏锐和凶狠。他穿了一件皮质的背心，上面挂着一些异域风情的饰物，裸露的手臂上有着诡异的纹身。

就在此时，一条金色的蛇妖娆地爬到了他的脚下，沿着男人的身体爬到了他的手掌中，轻吐着蛇信，发出嗞嗞的声音。

“有信？念吧。”红发男子对着蛇说。

金色的蛇扭动了一下身体，嘴中吐出了阵阵黑烟，那些烟飘浮在蛇的头顶上方，形成了一张模糊的人脸。

“芒，已经查到那个孩子的下落了，去试探她一下。”

“需要做到什么程度？”芒冷漠地问。

“不用伤害她，只是想看看她究竟是怎样的情况，有什么发现及时向我汇报。”

“可以。希望如你所说，我们的契约不会不变化。”

“一言为定。”黑烟说完缩回了金蛇的嘴中，金蛇沿着男人的手爬了上去，缠绕在上臂，斜着头不再动弹，仿若一个金色的饰环。男人沉思了片刻，走向屋内锁上了门，走到一个安置在墙角的棺木前面。棺门吱呀一声地打开了，他面朝外地靠了进去，双手在胸前交叉，闭上双眼。棺门在第一缕阳光照进房间之前砰地合了起来。

路遇偷袭

宁静的校园里传来了大钟古朴沉重的声音。夕阳西下，从一块四周被藤架隔离的人迹罕至的果园里发出了几下轻轻的声响，所有植物颤了一下，随即又恢复了正常。藤架下走出了一个不知道从哪里冒出来的红发男子，他抖了抖肩膀，往前跨了几步。他穿着古怪，手臂上绕着一圈金色的饰环，配合着他金色的眼睛，在灰蓝的天空下显得很不寻常。

天色比往常暗得更快。他望向不远处，两个人正慢慢向他的方向走来，空气里飘浮着一种异样的感觉。红发男子皱了皱眉头，竟然不是一个人！更重要的是，边上那个浅褐色头发的年轻男子显然也非普通人，他身上有一股和他一样的气息，那种永恒而糜烂的味道。

既然来了，就一起会会吧。红发男子在心底盘算着，并不准备撤离，等着目标的接近。

“是谁？”年轻男子在几码远的地方就警觉地发现了红发男子的存在。女孩显然被眼前的样貌怪异的人吓了一跳，本能地往后一缩。年轻男子看来早有预感，没有丝毫惊慌，只是把女孩轻轻地拉到背后，然后不悦地直视着这个陌生人。他身上有一股强行压制的力量，看来能力并不在红发男子之下。

红发男子眯着眼睛打量着躲到年轻男人背后的女孩。从外表看来，她不过是个纤弱的普通人类，并无什么特别之处，只是有人在她身上下了古老的保护结界，神魔不侵，内灵不泄。

“放心，我不会伤害她。”红发男子率先发声，但语气明显带点不屑，视线掠过女孩自顾说道，“你就是兰缪吧，还真是一个小女孩。”

“你是谁？”兰缪探出脑袋窃声地问。

“我叫芒，羲太族的芒。”

“你忘了潜藏戒律了吗？”女孩的保护者压低声音质问道，“第一条就是避世。你不怕元老会的调查和制裁？”

“哦？看来你对戒律很了解嘛！虽然我不知道你的身份，不过我觉得我们很有渊源。”芒上下打量着他的对手说，“我现在只关心这个女孩。顺便说一句，六大戒律实在太无聊了，早就被我们羲太族摒弃了，况且在这个女孩面前出现怎么能算违背戒律呢？”

“凡恩，你们认识么？羲太族是什么？”兰缪好奇地问。

“当然是血……”

“别再说了。”芒的回答被凡恩打断，声音里有一种不怒而威的气势。

“人类真是蝼蚁般无用的东西，潜藏定律根本毫无必要。反正就算我们站在他们面前，他们也看不到异象，你何必那么在意呢？”芒无视凡恩威胁的语气，故意挑衅道，“这早就不是圣战时期了。”芒盘算着，虽然没有摸清对方的底细，不过若能激怒对方打一架，以对方显露出来的能力来看，未尝不是件有趣的事。

凡恩眼中闪过一抹奇异的神色，嘴角反而挂起了浅浅的笑容道：“早听说羲太族狂放不羁，从不遵守纪律，看来以后是需要整顿一下了。”还不等对方给出回应，他厉声问，“你今天到底有什么目的？”

芒摸了摸脑袋，语气轻松地说：“就是来看一看她。”

“我？为什么来看我？”兰缪轻声地问，不过她的声音隐没在这种僵持的气氛中。她的视线在芒和凡恩之间徘徊，她觉得自己没有刚才那么害怕了，只是对于眼前的一切充满好奇。

“哦？那么看过了，请回吧。”

“我突然有了兴致……”芒邪邪一笑，他手臂上的金蛇开始扭动身体，吐出舌信来，以飞快的速度向兰缪窜去。

兰缪惊叫一声。凡恩想要挡住金蛇，又怕芒从另一边偷袭兰缪，正在他左右为难的时候，眼角旁闪过一道黑色的影子。凡恩的嘴角露出一丝微笑，他脚下一顿，直扑芒而去，没有一丝犹豫。就在那一瞬间芒感到自己被一股巨大的力量笼罩着，毫无破绽。尽管他从一开始就做好了被攻击的准备，却没料到对方出手竟然如此之快，甚至轻易就放弃了金蛇这个目标，直奔他而来，难道他就不怕金蛇攻击那个女孩？

芒一个疑惑，身法慢了几拍，他告诉自己如果分心，必然不是这个男子的对手，这一仗势必要全力以赴。芒和凡恩转眼之间，已经对峙了好几个回合，双方都有点放慢了身法。凡恩的嘴角露出了欣喜的笑容道：“羲太族就是羲太族，果然不同凡响。”

芒也开始对面前的男子产生了敬意，交战了一段时间后，他一个后跃跳离，慢慢把招式拉开。凡恩也没有继续跟进的意愿，于是双方都停下了战斗，两人隔着一段距离伫立在原地，彼此望着对方，没有言语。

急出援手

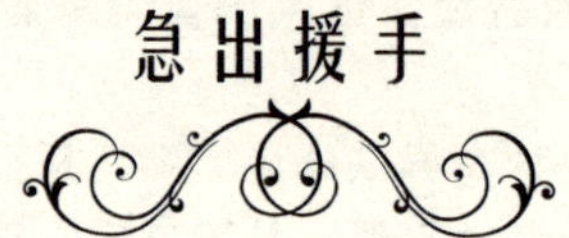

校园的一个角落，一个黑发男子站着，沉默不语地看着远处的三个人。其中一个红发男子着装怪异，显然并非来自本土。

“林大人，您也太有谦让精神了。”突然一个妖娆的声音轻声说着，声音的主人不知何时已经靠在了林的身上，并用一种调侃的眼神望着他。

林拧着眉头，顺手把修伊推开说：“你不是不喜欢太阳么？怎么这个时候出现？”

“没办法，为了配合您的时程表。”修伊装出一副可怜兮兮的样子无奈地抱怨道，“不过我涂过防晒霜了，托瑞族元老赠送的产品，绝对能抵挡任何时间段的太阳……”

林白了他一眼，继续观察前方三人的动态。

“那个红头发……”修伊说着，记忆深处闪过一些隐隐约约的画面，一时半会也说不清。他只觉得这个红头发的男人很眼熟，但是又想不起来在哪儿见过。

“这大概就是诺费探子说的羲太族人了吧。不过羲太族为什么会对那个女孩子有兴趣呢？”林一脸疑惑。

“应该就是这个人。至于羲太族这次回来，应该有更重要的目的，我会再详细调查。”修伊揣测着说。

“现在还不清楚情况，千万不能大意。”林忽然态度认真地说。在局势尚不明朗的时候，他从来不枉下定论，这是他一贯的作风。

“林大人不用这般多虑！过分小心谨慎是无法成就大事的，而且在这场较量上，我一直都替您着急。”修伊变脸的速度永远无人能及，一副让人哭笑不得的死忠表情。修伊的话触动了林的神经，如果这次任务失败，他必须付出一生的代价。想到这里，他又锁紧了眉头，四周的空气也仿佛冻结住了。

“ 嗦！”林真的很想把修伊扔出几丈远，“你从肖龙那儿过来，他又指派你什么任务了？”林冷冷地问，但是眼神始终没有离开正在对峙的三个人。

“又被林大人您看穿了，嘻嘻……”修伊气定神闲地说，笑呵呵地看着满脸怒气的林，“肖龙大人也没有其他的意思，就是让我辅助你完成这次的任务。我也询问过他有关羲太族的事情，他说会和雷穆大人商量后再决定怎么处理这个叛逆之族。”

突然之间，修伊的脑中好像闪电般亮起一个画面——那天他正准备去向肖龙汇报一下情况，刚走到门边，就遇到一个疾步冲出来的人，穿着带帽子的黑色斗篷，和修伊几乎迎面相撞。修伊一个闪身，黑色的斗篷中飘出几缕红色的发丝，但黑衣人一言不发，身形迅速地离开了。当时他就觉得奇怪，血族之中从未见过红色头发的人。之后肖龙出来见到修伊，神色一冷道："你今天怎么来了？"

“前些天收到诺费探子的特殊消息，想来和肖龙大人商量下，顺便汇报一下行动的情况。”修伊说着，眼神瞟向离开的黑衣人问，“我好像没见过那个人呢。”

肖龙挥了挥手，一脸平静地说："不过是我找的秘密探子。"

修伊点了点头，跟着肖龙进屋。

现在看到的这个羲太族人倒让修伊有点疑惑，也是一头红发，这仅仅是巧合还是……修伊有点不敢发挥联想，至少目前，他需要守口如瓶。

林看到修伊正在神游，不知道他和肖龙在盘算什么，略带烦躁地皱了皱眉。

修伊急忙拉回神，看到林正略带愤怒地看着自己，就冲他顽皮地吐吐舌头。忽然他幸灾乐祸地指着前方说：“快看，林大人，羲太族放暗器了。”

“糟了！”林暗叫一声。修伊话音未落，林就如一阵疾风般消失在修伊面前。

修伊抚摸着琪琪，喃喃着：“羲太族来了，所有的人都带着面具。事情变得越来越有趣了，琪琪。”

灵兽琪琪在主人的抚摸下，在修伊的肩膀上跳来跳去，发出嗤嗤的叫声。

劲敌撤离

芒看着凡恩一脸轻松地站在自己的面前，他们之间仅隔着几步，但是双方都没有再动手的意思。芒的视线跃过凡恩，看到了兰缪的身边站着一只眼光凶恶的黑猫，他的金蛇一度被黑猫咬在口中。他趁着黑猫把金蛇吐出来的瞬间，念着咒语，只见金蛇像被牵线的木偶，瞬间被拉回来缠绕到他的手臂上。现在他终于了解凡恩刚才为何会如此果断地直扑而来，出击的那一瞬间他竟然一点都没有察觉到隐藏着的黑影。如果黑影直接冲他偷袭而来，他必定受伤不轻。虽然和凡恩的打斗没有分出胜负，但是他心中依然有种强烈的挫败感，或许对于羲太族来说，不胜即败的观念是根深蒂固的。

“羲太族一向和血族关系疏远，这次远道而来，我很好奇到底是什么原因，应该不仅仅是为了这个女孩吧？”凡恩站在原地，似笑非笑地问。

芒没有回答的意愿，他扫了一下这个场面，想到即使再战也无胜算可言，于是他徒手甩出一阵烟雾迷住了凡恩的视线，等凡恩挥手打散烟雾，芒已经失去了踪迹。凡恩不禁咬了咬牙，转头看时黑猫也已经消失。可能刚才兰缪吸到了金蛇喷出的烟雾，他看到林已经把她抱了起来。凡恩的眼神变得非常诡异，就好像猛兽被掠夺了即将到口的美食。

“我是不是应该感谢你呢？”凡恩走到林面前语气挑衅地问。

林看了一眼怀里的兰缪，又看了一眼凡恩说：“没有必要，我不是想帮你。”他的眉头深锁，略带愤怒。

“速度很快，结界防御也很完美，她应该没有大碍。”凡恩看着林的眼神中燃烧着隐秘的火焰，但他佯装轻松地和林对话，仿若一切尽在掌握。

“不用恭维我，是你自己太大意。”林说完，抱着兰缪转身就走。

“你准备带她去哪儿？”凡恩疾步上前质问。

“不用紧张，我又不会吃了她，只是带她去实验室。我不清楚这个烟雾除了迷药外还有什么成分，万一对她身体有影响，对我们双方都没有好处。”林一脸平静，带着一种轻视的语气。

凡恩看着林的背影，面对冷嘲热讽，他的眼神变得犀利起来，冷笑了几声说：“伤害了她对你也没有任何好处，你能照看她，我最放心不过了。不过你也别想利用这个机会带走她，我会看着你的。”

对于凡恩的挑衅，林习以为常。从小到大他们都是在竞争关系中慢慢成长起来的，虽然他一直不想去证明或者争抢什么，但是每次看见凡恩的时候，心中难免不甘，这种情绪从第一天见到他的时候就在心里生根发芽了。为了不引起矛盾，他更多时候会选择逃避，然而当看见荣耀和地位随时可能离他而去时，他又陷入挣扎，或许这次一切都该有个了结。

林看着怀中温热的兰缪，心中越来越多的疑团无法解开。究竟这个女孩身上蕴含着怎样的秘密，从来不参与种族斗争的他被迫要求加入这场竞争，而且围绕在这个女孩身边的突发事件越来越多，就算她不是直接目标，也定是一个关键。他想知道，这个女孩究竟会给世界带来什么？是灾难还是福音？

林把兰缪带回到了自己的实验室。他看着兰缪几乎透明的肌肤以及皮肤下若隐若现的血管，充满生气的肌体，他感到体内有一股力量在膨胀，他努力克制自己这种本性的欲望。他觉得周围都弥漫着年轻生命的香味，这种香味仔细感觉和一般的人类又有所不同，很亲切，又很神秘，好像蕴含着无穷的力量，来自陌生的国度，他的记忆中从来没有这样的味道。

经过他的仔细检查，确实如凡恩所说兰缪没有任何外伤。从肢体症状来看，黑烟中的确只有迷药成分，没有任何毒素，虽然来自异族的药性非常难解，不过对于他来说，无非就是多费一些时间。

他需要采集一些血样，来确认这个烟雾对兰缪的体质没有其他影响。林拿出了简单的采血仪器，在兰缪稚嫩的手臂上寻找血管扎了下去，针筒慢慢吸满血液。林看着那些缓缓流出的血液，表情越来越惊讶。他抽出针筒对着灯光，似乎有点明白血族倾巢出动的原因了。

兰缪获救

一条闪着金光的小蛇吐着舌信直扑过来，她尖叫一声往后急退。蛇口中喷吐出一阵黑色烟雾，迷住了她的双眼，她感到一阵头晕，脚下无力。在她觉得自己快要倒下的时候，身体仿若掉入棉絮之中，缓缓下沉，没有受到任何猛烈的撞击。她的视线慢慢模糊了，但是仍可以隐约看到她见过的那只黑猫冲过来咬住了那条金色的小蛇，一双猫眼发散着幽绿的寒光，牢牢地盯住了她的眼眸，让人觉得害怕。她觉得浑身都开始刺痛，血液像燃烧起来似的，她感到背部被一种力量托着，意识越来越混沌了……

兰缪感到头痛欲裂，眼睛被光线一阵一阵地刺着。她费力地张开眼睛，感觉自己正躺在什么地方，但是浑身酸痛，一动都不能动。她觉得自己快要死了。

“你最好不要动。”一个冷冰冰却又熟悉的声音从旁边传来，兰缪微微侧头看到了那张冷漠的脸——又是林。

“看你的表情好像很不愿意见到我。”他走到床边，从头到脚仔细观察着兰缪，时不时张开掌心在上方移动。

“究竟发生了什么事情？我在哪儿？”

兰缪脑中还停留在和凡恩一起在图书馆研究父亲留下的奇怪文字，之后，瞬间就一片空白了。

“你贫血，晕倒了。这里是我的私人实验室。”林语气平淡地说。

“可是我看到一个叫芒的男人，说来自羲太族。”

“那不过是你贫血后的幻觉。”林看着兰缪，听到她口中说出的名字，有些愤怒，明显可以感觉他眼神中无法掩饰的不悦。

“是我的幻觉么？”兰缪摸着自己的头，仍然有一种从内而发的刺痛。

“凡恩呢？”兰缪怯生生地问。

“你好像很关心他？他把你送来后就走了。”林正视着兰缪的眼睛，一股寒气直逼兰缪，让她的头痛加重了。

“也不是……我还记得和他在图书馆，然后……”兰缪闭上眼，想要从记忆中挖掘一点什么真实的东西出来，但毫无头绪。在林的阴影之下，她觉得自己手无缚鸡之力。

“他回去了。你可以在这里休息，一般不会有人来打扰。”

“我必须要回去，不然我的管家威德会担心我的。”兰缪想撑起身，一阵难以名状的疼痛从身体内部扩张开来，让她又倒回病床。

“如果你坚持的话，我送你回去。”

“不……不用了。”兰缪惊慌地拒绝。

“那你自己走给我看。”林略带嘲讽的语气，让兰缪气得牙痒痒，这个男人在这种时候还要欺负她。

还没等兰缪反应过来，林就很快穿上外套，一个上前把兰缪抱起。兰缪被吓得不轻，反射性地想要挣扎着保持距离。从小到大除了父亲和威德，她没有和任何男性有过如此亲密的接触，这种肌肤的触感，让她产生了一种恐惧，她觉得浑身细胞都开始战栗，头皮也一阵发麻，瞬间失去了开口的能力。

“你最好抱紧我，如果你继续挣扎，我只能把你扔在地上。”林的话就像不能违抗的命令一般，兰缪不情愿地在他的臂弯里安静下来。她抬头看着林如雕刻般的下颚，感觉胸膛狂跳不止，又怕这种节奏被林听到，忽然感觉双颊火烧一般，她只好把头埋得很低很低。

“记得告诉我你的地址。”林把兰缪放进车里，动作轻柔，还帮她整理好衣服。兰缪因为这个动作，对林的傲慢稍稍改观。她转头看着这个专心开车的男人，他的侧脸轮廓清晰，像极了希腊神庙中的雕像，浓密的黑色睫毛，紧闭的嘴唇刚毅性感，她觉得自己竟然有些看上瘾了。

“我的脸有什么问题么，兰缪小姐？”林瞥了一眼兰缪，嘴角闪过一丝坏坏的笑意。

兰缪像被人抓住了把柄一样，脸色绯红，一脸窘迫，她迅速将头转向窗外，不再言语。

林看着她在阳光下闪着光芒的侧脸，忽闪忽闪的长睫毛，皮肤吹弹可破，他萌生了怜惜——就是这样一个单纯的女孩，却不知道自己即将背负起怎样的重担。如果可以，他愿意保护她，虽然他也有自己的使命，但是如果可以有两全其美的方法，他一定会尽自己之力保全她。

车子一个转弯，兰缪看到了熟悉的法式小洋楼。林将车子停妥，兰缪还来不及阻止，就被林抱出了车子。刚走到门口，威德已经打开了大门。两个男人四目相触，兰缪觉得空气瞬间凝结，感觉风都停住了，她听到树叶哗哗作响，仿若有什么东西被撕裂着。威德的脸色凝重，是兰缪从未见过的，眼神更是布满寒霜。

“威德，我又晕倒了。”兰缪想要打破这种尴尬的场景，她的微笑显得很无力。

威德急忙从台阶上冲下来，几乎是掠夺般地把兰缪从林怀中抢夺过来，一个转身向屋内走去。

“威德，刚才是林在照顾我。”兰缪觉得威德的举止很反常。他向来都是一个极度注重礼节的人，面对一个帮助她的人，却满脸愤怒。她想或许是因为她没有照顾好自己，让威德担心了。

“林？”威德停在门前转身，目光直射向林，“让您费心了。”

林看着威德眼中燃烧的火焰，感受到他身上不同寻常的气味，有点亲切，又显得很遥远，带着让人窒息的强烈的压迫感。

能在对峙的环境中使得周围的空气都发生异化，不知道他身上有着怎样的能力，林这样想着，觉得自己的血液不禁开始沸腾。他目送着威德抱着兰缪走进了屋子，看着环绕着屋子的闪光结界。能如此长久维持这么巨大且完美的结界，没有一丝空隙，就算是发展至今的辛摩族都没有人可以做到。

这个屋子里的人究竟有着怎样的能力，是刚才叫威德的仆人，还是隐藏着更强能力的人？林想着，转身离开去发动车子。在倒车镜中，他几乎是惊讶地看到了自己久违的微笑——车厢里飘散着兰缪留下的特有香气。

Chapter 09

记忆中翻腾的碎片

他不想要权力，不想要任何虚无缥缈的东西，他只想要他的家庭，和他爱的人。为了他们，他可以放弃复仇，他只想带着他们远离这纷乱危险的一切。

满腹疑问

昏昏沉沉从床上苏醒过来，兰缪感到阳光异常刺眼，虽然威德已经把她的窗帘加厚，她依然感到了太阳的力量。总有一些场面在她的脑中回荡着，如此虚幻又如此真实，她感到自己虚弱到无法起身，只好躺在床上看着天花板上闪耀的光斑。那些刺眼的光斑，让她又感到头疼了。

她最后的记忆是林把自己送回来，威德的表情是她从来没有见过的阴郁。他什么也没有问，只是给她喝了一杯安定的药剂，她就沉沉睡去了。她觉得自己仿佛睡了很久，好像又梦到了那棵银色的树，那个美艳的白衣银发女子，还梦到了林的黑发飞舞，凡恩的微笑。她觉得记忆中有太多痕迹，几乎要冲破她的大脑而出，太多的问题，几乎要让她抓狂。她按响了床头的呼唤铃，很快就听到了敲门声，威德走进来把餐点放在一边的桌子上。

“威德，昨天发生了很多事情……”

“小姐，已经不是昨天了。”威德打断兰缪的话，看着她一脸愕然的表情说，“您已经昏睡了两天两夜了。”

“原来我睡了这么久……”兰缪叹了口气说，“威德，我脑中有很多问题，你能坐下来听我说说么？如果你知道什么，请一定告诉我。”

“如果小姐的身体可以，请说吧。”威德帮兰缪把被子盖好，有种预料之中的平静。他坐在床头，颇为平静地准备聆听。

“爸爸留下的符号，我已经知道是指《《以诺书》》了。”

兰缪看着威德，他的眼神没有露出一丝惊讶，“就是那天林送我回来之前，我被一个红发男子袭击，他叫芒。”

“红发男子？”威德的眼神深邃起来。

“是的，他自称是什么‘羲太族’……”

“羲太族！”威德犹如反射般重复了一声，声音不响却让兰缪心头一震。

“怎么了，威德？你知道羲太族？”兰缪偷偷看了一眼神色有点可怕的威德。

“不，不是，我只是觉得有点好奇。”

“我有个同学叫凡恩，我不知道为何他懂如尼字母，他帮助我解开了父亲留下的字谜。我们从图书馆回来的时候，遇到那个叫芒的男子的袭击。当他和凡恩对话的时候，一条金色的蛇从他那儿飞过来，在我的面前放出了一阵黑烟，估计我被这阵烟雾迷到了。”

威德没有答话，自言自语道：“如尼字母啊，很古老的文字啊……”

“对，这么古老的文字，他竟然知道。”兰缪看着威德问，“威德，难道你也知道如尼字母？”

威德点点头说：“略有耳闻，据说是一种很古老的占卜文字，已经失传很久了，现在能解读的人也许和占卜家族有着渊源。”

兰缪略有所思，她缓缓道：“还有威德，我曾经问过你有关黑猫的事情。你说，黑猫从古至今都是一种神力的象征，可能有无法预估的邪恶力量，如果不能确认，不要轻易接近它，但是它今天救了我。”

“还有你看到的林，我被黑烟迷晕了后，是他把我唤醒的，虽然我一直觉得他是一个有点恐怖的人。我曾经问他之前发生的这些事情，他坚持说是我身体不适晕倒后的幻觉。我不明白他为什么要企图隐瞒这些，我能肯定我所见到的不是幻觉。”

威德始终保持沉默，聆听着兰缪的讲话，没有任何表情。但是威德闪烁的眼神让兰缪觉得他肯定隐瞒了一些事情，她始终觉得周围的人都知道些什么，而她总是被蒙在鼓里。当然，无知对她来说可能是一种保护，但是她觉得自己仿佛陷入了一种前所未有的孤独，包括她深深爱着的家人都在刻意隐瞒很多事情。

“对不起，威德，我知道有时候我很任性，但是无论如何，把你知道的告诉我。”兰缪勉强起身抓住威德的手，一脸恳求地说，“威德，其实我有很多问题，父亲不说，你也不说，我一直都很好奇。我总觉得我被故意置于事外，可我能感觉到有重要的事情发生了。”

“我经常梦到一个银发的女人，还有那棵树。威德，我知道这些都不是偶然，我想知道一切，不要隐瞒我……”

兰缪没有停下，她满脸愁容，用略带哭腔的声音继续说着：“我知道母亲病故，每次提到她，父亲都是一脸悲伤，所以这个话题大家都渐渐不提了。但是我看不到她一张相片，甚至没有她的纪念物，我没有她的一点记忆，但是我相信她是一个善良美丽的人，为什么你们从来不愿意提她生前的事情？究竟是什么原因？”

“小姐……”威德把兰缪扶正，抚摸着她的肩头。他的表情略带痛苦，不知道为什么听到这些质问，威德觉得脑中一度隐藏的画面犹如被解开封印的卷轴，呼啦一下展开在眼前，所有场景瞬间在记忆的深谷中苏醒过来，那些硝烟弥漫的飘散着血腥味的战场，那些撕心裂肺的家族争斗，让他不由心里一紧。

他抚摸着兰缪的头发，怜爱地看着她，兰缪委屈的问话让他感觉心疼。她从小就失去了在父母怀中撒娇的权力，对于一个女孩子来说是多么残酷的一件事情。

“小姐，这是一个太长的故事。你的父母来自不同的家族，你父亲的族人想要窃取你母亲一族的宝物，你的父亲和母亲当时已经是这两大家族的掌权人了。他们背负着家族的任务彼此战斗，但是在明争暗斗中惺惺相惜，并深深相爱了，然后就有了你……”威德刮了一下兰缪的鼻子，看着她认真的表情，继续说，“他们背叛了各自作为掌权人对家族的盟誓，他们的结合受到了双方家族的诅咒。为了躲避追杀，他们只好带着你一路逃亡。我们带着你辗转迁移，避开两个家族的眼线，这也是直到现在，我们还在过着迁徙生活的主要原因。后来你的母亲生病去世，老爷痛苦不堪，他倾尽心血将你养育成人，但是我知道你母亲的去世给他的打击太大了，所以我们都不想再谈论这件事情。你从小体弱多病，老爷不想告诉你过多事情，免得增加你的负担，只是希望你能平安健康地生活……”

兰缪聚精会神地听着，然后微笑了，呢喃着：“原来父亲和母亲身上有这样浪漫的故事，我好感动噢！爸爸一定很爱妈妈吧？”她露出了微笑，小女生定义的浪漫让威德哭笑不得。

“老爷很爱很爱夫人，不然也不会直到今天还在……”威德说到这里，忽然停住了。

“直到今天还在干吗？”兰缪抬眼看着威德。

“直到今天还在思念她。”威德的眼神缥缈，似乎还有不愿道明的内容。

“可以告诉我妈妈的名字么？”兰缪摇着威德的袖口说，“拜托告诉我吧，威德，我真的很想知道。”

威德停顿了很久，仿佛很犹豫。他看着兰缪真诚的眼神，抿了抿嘴说：“阿莉娅，阿莉娅公主。”

“好好听呀，阿莉娅公主——”兰缪的表情很满足，能看得出这个名字好似解开了她长久以来的一个心结。

“傻孩子，你认为这一切是浪漫，其实代价是很惨烈的。对于两个水火不容的家族来说，这样的结合是会受到诅咒的，这种诅咒强大到足以颠覆一切。”威德说着，陷入了沉思。他的思绪不自禁飘到了很远的地方，那片遥远的国度，仿佛流逝了几个世纪，他慢慢闭上了眼睛。

圣书遭窃

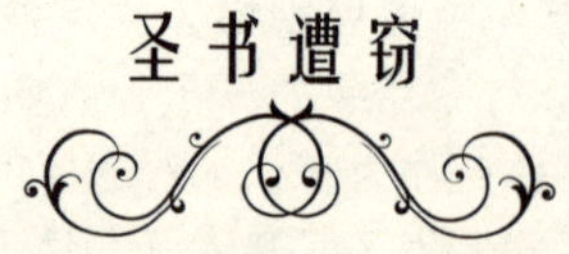

几天前和威德的对话使兰缪觉得心中有个地方渐渐丰满了起

来，她感到曾经有过的很多幻想变得越来越真实。父亲和母亲的故事，就像一段她亲身经历过的往事，变成了镌刻在记忆中的重要一部分。虽然如威德所说，自己沉睡了几天，身体还需要很好地调整，但兰缪觉得连日来在威德的悉心照顾下，体力已经渐渐恢复了。

她下床在房子里走动，看到威德正在厨房里忙碌。兰缪靠在门边，趁威德转过身的时候，她冲他做了一个鬼脸。

“小姐，还头晕吗？”威德走上前握了握她的手关心地问。

“我本来就没有什么大事，是你让我睡了这么多天，我都睡晕了。”兰缪咯咯笑起来。

“去客厅坐一会儿吧，马上就可吃饭了。”威德看到兰缪又会打趣了，脸上气色也不错，手里试探到她的体温也是暖的，放心地转回身走进厨房继续忙开了。

“没事儿，我又不是病秧子。”兰缪看着威德挺拔健硕的身影几乎是自言自语道，“威德，我发现自己一点儿也不了解这个世界。我觉得自己看到的、感觉到的，都不是真实的。我觉得我一直都被遮住了眼睛，而且周围的人都有着超乎一般的空前的不可思议的奇特的默契，都在对我隐瞒，这点让我深感困惑。”兰缪故意在“默契”一词前面加了很多形容词，以表达她对众人抱持的怀疑态度以及对于遭受刻意隐瞒的不公正待遇的不满。

“小姐，是你想得太多了。”威德停下了手中的活，转头看了兰缪一眼，叹了口气说。

“威德，你知道《以诺书》吗？”兰缪问，就像突然被激发了灵感一般。

“小姐，我只知道这是一本记载历史并预言未来的古书，蕴含着无穷的秘密。”威德停顿了一下，忽然想到了什么，于是又继续说，“沙发上有一份报纸，小姐去看看，我想你一定会感兴趣的。”

兰缪满怀好奇地走到客厅，拿起报纸，扫了一眼。报纸头版中间横陈着的一条巨大标题立即吸引了她的注意：

“德勒斯登州立博物馆失窃，价值连城的《以诺书》被盗，监控录像显露奇怪端倪。”

“失窃了？”兰缪惊呼着，继续往下看。标题下方说存放该书的展示柜，一直处于保安部门高度的严密监视和几道世界顶尖科技的防盗系统的监管之下，本来以为万无一失的宝物竟然神秘失窃，并且所有的防盗系统都没有被恶性破坏的痕迹，现场亦没留下任何指纹和线索。唯一的监视录像已经被警方和博物馆扣留了起来，没有对外界公开，警方也拒绝对外宣布任何信息。但是据不愿公开身份的某官方人士透露，该录像中出现了神秘的六角星符号，他们已经邀请了众多非科学方面的研究者助力于调查工作，希望可以尽快揭开案件真相。

“威德，《以诺书》竟然失窃了！”兰缪对着厨房大叫，惊讶得合不拢嘴。

“嗯，我今天早上看到的报纸。”威德说着，一边擦着手，一边从厨房走出来，“这么重要的书籍倍受瞩目，遭窃也是早晚的事，很正常。”

“《以诺书》真的这么重要？”兰缪一脸好奇地看着威德。

“如果落在恶人手里简直无法想象。”威德叹了口气。

兰缪看看威德再看看报纸，她觉得仿若陷入一个死结般的谜团——父亲消失，留下了《以诺书》的线索，现在《以诺书》也消失了，这两者之间究竟有什么联系？六角星符号，为什么这么熟悉？她好像在哪儿见过，一定要尽快想起来。

“对了，威德，上次我和你提过遇到了一个失明的老奶奶还有一个小女孩，她们送我的一根红色的头绳，我找了很久也没有找到，不知道你有没有在家里看到。那根红色的头绳尾部就有一个六角星的符号。”兰缪看着威德，眼神充满了疑惑。

威德没有回答，缓缓说：“六角星符号是人类占卜师的记号，被称为‘六芒星’。如果用来召唤和封印，就被称为‘六芒星阵’。”

“六芒星阵？”兰缪睁大了眼睛，“人类还有这样的能力？我一直觉得这些都是虚构的。”

威德摇了摇头说：“从古至今，人类中都存在着一批有特殊能力的人，只不过科学论、物理学普及之后，人类喜欢用这些学科来诠释所有的现象，有些超越科学解释范围的事情都会被异化和抵制。随着人类整个族群的进化和发展，那些拥有特殊能力的人，为了避免变成众矢之的，被迫慢慢隐藏了自己的能力，于是这批本拥有特殊能力的人的异能就逐步退化了，或者说是慢慢隐没了。这些异能者一代一代习惯了隐匿的生活，慢慢就无影无踪了。但是，这些能力就像隐藏在深海的旋涡一样，只要一只蝴蝶展翅，就如同蝴蝶效应一样，能够完全地被激发出来。"

"那么占卜师，就是这样一种人吗？"兰缪眼中闪着好奇的光芒。

"占卜师是人类中最神秘且法力最强大的异能者，他们负责《以诺书》的记载和保存……"

"《以诺书》是由占卜师保管？"提到《以诺书》，兰缪立即打断了威德的叙述。

"嗯，由占卜师中最具资格的法师负责记录，然后根据特殊的情况和异相对人类的命运进行占卜。由于这是一本潜藏强大秘密的预言书，所以招致其他种群的邪念也是再所难免的，于是那位负责记录的占卜师同时也就肩负起了守护它的神圣使命。"

"如果一直是被占卜师保管着，那么德勒斯登遗失的《以诺书》又是什么呢？"

"占卜师是个神秘的族群，向来深居简出，很难被追踪到，而繁杂的世间则一直流传着很多版本的《以诺书》，心怀邪念的人太多，占卜师们怎能抵御来自各个方面的偷袭？经历了这么多世纪变迁，《以诺书》究竟在哪儿，到底是遗失了，还是依旧被掌管在占卜师的手中，自然就成为外人无法破解的秘密了。所以只要有迹象出现，不论真假，都会引发一场恶战。这次博物馆重修完毕后，公开展览《以诺书》，造成这样的结果也是情理之中。"

"那不能亲自去看看？就算不会知道结果。"兰缪若有所思地说。

"《以诺书》的周围，哪怕不明真假的版本，都会充满危险。”威德露出担心的眼神，他担心兰缪的意气用事，后果将不堪设想。

“我想去德勒斯登看看……放心，威德，不会有什么危险。你可以陪我去，我会听你的安排。我就是想去看看，我不想放弃这条仅有的线索，说不定可以找到爸爸。”兰缪用渴求的眼神看着威德，让他不忍拒绝。威德知道，如果自己同意，老爷得知了肯定会责怪于他；但如果拒绝，兰缪也一定会想尽办法。与其让她任性而为，不如由他陪着，至少可以保证她的安全。

“我可以同意，小姐，但是一定要听我的安排，这次行程肯定会充满危险。”威德的神情相当严肃，兰缪也莫名地跟着紧张得挺起背来，她冲威德认真地点了点头。

威德的脸上露出舒展的微笑，拍了拍兰缪的手，说：“早餐已经准备好了，一会儿我就出去办理一下去德勒斯登的事情。你身体状况不好，不要乱跑。”

“那我就去学校办理停课手续，马上回来。放心吧，威德。”兰缪冲威德做了一个鬼脸。她的心里有个小小的计划，她知道在学校中，有她一定需要告别的人。

雨夜纸鹤

兰斯维坐在宽敞的书房中，这些年来他一直都在不断寻找，游转至世界各地，现在又回到了中国。十八年在他的生命中犹如一个瞬间眨眼而过，如果可以早一点找到，一切就可以早一点结束。他不想要权力，不想要任何虚无缥缈的东西，他只想要他的家庭，和他爱的人。为了他们，他可以放弃复仇，他只想带着他们远离这纷乱危险的一切。

夜幕已经降临，也唯有夜晚才能让他感觉平静。他看着象牙宝盒，叹了口气。忽然窗口一阵　　声，他忽然警惕起来，疾步走到窗口，有个巴掌大小的白色纸鹤正撞击着窗玻璃。他仔细一看，纸鹤的翅膀上闪着一个六星符号，在夜幕中，如鲜血一般的红。

“六芒星！”他惊呼了一声，打开了窗子，脸上充满了期盼的神情。

纸鹤顺势飞了进来，在书桌台面上旋舞，翅尖在空中画出一个六芒星轨道。他走到书桌前，看着纸鹤像完成仪式般地舞动了一阵之后，啪的一声跌落在桌面上，展翅打开，一张写着几个符号的纸飘落到他的手中。他接过纸看了一眼，背脊一震。就在他看完的瞬间，纸飘起到半空中，就像在演示一条轨迹。兰斯维看着，知道纸鹤在指示他一个方向。随后，一团红色的火焰腾起，纸片在空中燃尽，瞬间消失，不留一星半点的灰尘。

兰斯维急忙从书桌上拿起惯用的蓝色便签纸迅速写下了六个奇怪的字符，以免忘记。做完这一切，他如释重负地倒在了椅子上。他看着眼前的这六个符号，陷入了沉思。他的思绪很快就进入了记忆的深处，只听他口中喃喃自语着，忽然脸色大变。他一把撕下便条，奔到窗边，默念着刚才纸片演示的轨迹，回眸看了一眼，瞬间消失了身影。

他在夜幕中飞驰，风在他的耳边呼呼作响，纸鹤一定是她的，没错！这次一定是她在寻找自己。十八年了，只有她哼唱的那首不知名的歌曲，还停留在他的记忆中。

还记得那晚狂风大作，暴雨倾盆，他受了很严重的伤，刚刚结束一场杀戮，虽然伤口已经愈合，但是衣衫褴褛。他怀抱着一个刚出生不久的婴儿，也不知道自己究竟逃到了哪儿，体力不支地倒在一条临街的小巷门口，借着一个窄小的屋檐躲雨。他撑开衣服，希望疯狂的雨水不要淋湿怀中的孩子。婴儿被一阵雷声吓坏了，哭声凄惨。他心中的疼痛更甚于身体，他愤怒地仰天而视，任由狂风带着雨水犹如利剑削过他的脸颊。

忽然他的身边出现了一个身影，是一位面容慈祥的老妇人。

她一手撑着油布伞，一手拄着一根奇特的拐杖，已是年过半百的样貌却步态轻盈，丝毫没有蹒跚，她停在了他的面前。待走近后，他才发现她始终紧闭着双眼，他猜这位老妇人应该是失明了。

“真可怜啊……”老妇人叹了口气，她听到了哀哀的孩子的哭声，夹杂在风雨声中显得格外凄凉。

老妇人走上一步，蹲下身抚摸着婴儿的脸。他不知道为何对这位老妇人没有一点戒心，也没有丝毫躲避的动作，只是任由她抚摸着孩子的脸，听着她轻声哼唱着一首歌曲，像是童谣，在这如此残酷的夜晚，听来让人觉得心中宽慰许多。

“既非开始
亦非中间或者结束
而乃永恒的存在
世间万物　瞬间即逝
唯有永恒的存在
才让我们心生喜悦　开启天智
平凡的血肉之躯
拥有珍于万年锤炼的宝石
譬如圣眼
死亡亦可　复活亦可
召唤亦可　摧毁亦可
盖过天地之灵气
降服宇宙之万物
福兮祸兮……”

老妇人唱着唱着，孩子竟然不吵闹了，沉沉睡去，脸上红扑扑的。

“谢谢您！”他感激道。这个时候他仔细地观察起老妇人的样子，发现她的身上带着奇特的光芒，是人类，但是又如此与众不同。他对她心升敬仰。

“如果不嫌弃，就去寒舍避避雨吧，小孩子也需要吃点东西，又饿又冷的。”老妇人的语气带着一种不可违抗的威严，足以穿透意志，让他在如此窘迫的情境中，不得不跟着她的步伐而去。

“请问……您刚才哼唱的是什么歌谣？”他不禁好奇地问。

“是一本人类预言书中的歌谣，非常非常的古老。”老妇人语气平静地说。

“古老的预言书？”他有点自言自语地重复着。

“这个婴儿很不平凡。”老妇人转身等了他几步，继续说，“预言的车轮正在旋转，我听到了那个声音。她叫什么名字？”

“噢，我还没有给她起名字。”他愣住了，确实还没有考虑到这个。

“您是她的父亲么？”

“是的。”

“可否请问您的姓氏。”

“我姓兰，名斯维。”

“兰为姓，生缪斯以为神迹，避斯名讳，就叫兰缪吧。”

“谢谢！承您贵言！”兰斯维看着怀中的婴儿，轻唤了一声，“兰缪——”

Chapter 10 将要面对的征途

兰缪看到林轻松地开玩笑，她从来没有见过他脸上这样惬意的微笑，她觉得心中有一股甜蜜的感觉在乱窜，让她的心怦怦直跳。

黑猫相伴

临近傍晚，夕阳犹如一团火焰覆盖着整个校园。兰缪回到圣约翰大学办理停课的相关手续，她已经下定决心要去德国查询《以诺书》的线索。

穿过操场，草地上有一些附近的居民带着孩子在玩耍，他们奔跑追逐，捉迷藏，放风筝。兰缪在路边的长椅上坐了下来，她觉得疲惫不堪。视线穿过操场，红色云霞游走在蔚蓝的天空，火红的夕阳像射线一样透过她的身体，让她觉得身体里有什么在燃烧。

那些蹒跚学步的小孩被母亲拉着手，一个跌倒又被母亲抱起来，拍掉尘土。兰缪看着这些场景，觉得心中有个地方一阵疼痛。如果母亲还活着，不知道会不会慈爱地牵着她的手，耐心地教她迈出人生的第一步；会不会在她难过的时候，把她抱在怀里安慰；会不会在她痛苦不安的时候告诉她不要害怕。她从来没有体会过母爱，一直和父亲还有威德相依为命，她从小就被迫接受了没有母亲的生活，但是现在就连父亲也不知去向了，兰缪想着想着，眼眶忍不住湿润了起来。

忽然，一团黑影在她眼前闪过，停在离她不远的地方。

又是那只黑猫！它浑身漆黑发亮，眼似碧珠，姿态端正地注视着她。谁说动物没有情感，黑猫脸上显露着傲慢不已的神情。

兰缪肯定这就是那天把小金蛇含咬在口里的黑猫，它不是什么邪恶的化身，它是来救她的。虽然它每次都带着一种不容侵犯的骄傲姿态以及那种可以穿透对视者灵魂的眼神，但它是她的保护神，她觉得这是一种很特殊的缘分。不知道是谁在学校中饲养它，看它的毛色和体态，应该是被悉心照料着的。

兰缪和黑猫的距离非常近，四目相视，她心头一震，觉得这个眼神似曾相识，但又记不清在哪儿看到过。

“谢谢你，小猫，那天是你救了我吧，后来你去哪儿了呢，我想谢谢你呢！”兰缪说着，用手去召唤黑猫。但是黑猫从来都不会对人类过于亲近，它看了兰缪一眼，来回徘徊着，似乎没有走近她的打算。

兰缪对这只黑猫有着莫名的复杂感，既有着原始的恐惧，又无法抑制地想要亲近它。这种感觉让她想到校园里面也有一个人，让她产生了这样的情绪。她看了一眼校园深处的红砖楼房，陷入深思。

她望着黑猫呢喃着，又像是自言自语地说：“小猫，你有妈妈吗？我没有妈妈，爸爸也不见了，我身上发生了奇怪的事。”兰缪摸索着粗糙的木椅，手掌感到一种冰冷的刺痛，“小猫，你也是一个人吗？你知道什么是孤独和恐惧吗？你有没有觉得自己全部被黑暗包围着？你有没有从梦里醒来感到无边无际的悲伤？我只想做个有爸爸妈妈的普通女孩。”兰缪知道猫不可能听懂她的话，却忍不住对它诉说着自己的困顿和痛苦。

孩子们还在远处嬉戏，兰缪的眼泪静静地滴落。黑猫缓缓靠近兰缪的脚边，侧身在她的小腿边蹭过，轻轻喵了一下，这是猫咪表达亲近的特殊动作。兰缪扑哧一声笑了，伸手抚摸了一下它的背，很柔软的毛发，她终于展开了笑颜。

“小猫，我要去很远的地方，《以诺书》被偷到底是什么原因呢？德勒斯登到底是怎样的地方呢？”兰缪近乎是自言自语对着小猫讲话，又像在对自己说，“我真奇怪，竟然和你讲这么多，可惜你也听不懂。”

兰缪在黑猫的陪伴下，安静地坐在落寞的黄昏中。她不知道自己还需要面对什么，在她即将去往的城市里真的能探访到《以诺书》的线索吗？又能否牵引着她寻找到父亲的行踪？兰缪觉得这一切都仅仅只是个开始。

过了片刻，远方的人群渐散了，四周一片静谧。

“小猫，如果我离开了，你会记得我吗？会想念我吗？”

虽然前方一切未卜，但是想到这次的德勒斯登之行应该可以得到一些信息，兰缪心里涌起了勇气。至少她还有线索，还有威德在身边；父亲一定不会扔下她不管的；倘若母亲在天国有知，也必定会为她祈祷，关注着她，守护着她；如果这是她的宿命，她就必须勇敢面对。她一定会解开自己身上的秘密，也会解开所有困扰着她的谜团。

“喵——”黑猫舒展了一下身体，倏地站立起来。

“兰缪——”远处传来熟悉的呼唤声。

黑猫的耳朵敏捷地摆动着，转头看了眼声音的方向，突然向林荫的尽头奔去。它的体态轻盈，犹如一道黑色的闪电，瞬间就没了踪影。兰缪惊讶地看着它从自己的视线中消失了。

告别凡恩

“凡恩！” 兰缪有些欣喜地转过头看着远处一路小跑而来的凡恩。她偷偷地抹了抹湿润的眼眶，换上了一如往昔的平静表情，冲着越跑越近的身影挥了挥手。

“凡恩，那天谢谢你救了我。我一直想来找你问问，这一切究竟是怎么回事？”兰缪拉住奔到身前的凡恩，急迫地问。

“兰缪，你身体没事吧？”凡恩看上去有些焦急地问，他没有回答兰缪的问题而是上下打量起她。

“我没事，我不是好好的嘛！”兰缪拍了拍胸口，面带微笑地说，“我是晕倒了，林把我送回了家。我在家休息了几天，已经没有大碍了。”

“我担心你的身体，你突然就晕倒了，我想我一点也不懂医学，只能去求助林。”凡恩瞟了瞟那抹在转角处消失不见的黑影。

“那天晚上发生了什么？你还记得那个红色头发的人吗？”兰缪想从凡恩的口中了解一下那天晚上究竟发生了什么，她好像还记得那个人叫芒。虽然林对此事矢口否认，威德也说不认识羲太族，但是她不相信，她希望可以听到更确实的说法。

“记得啊，那是我同学。你贫血昏过去了，我们把你送到林那儿去了，恰巧林在，真是万幸！再后来，我有急事就先回家了，把你委托给林照顾了。抱歉没有把你送回家，不过他也算靠得住啦！”说最后这句话时，凡恩的嘴角闪过一丝轻蔑的笑意。

“那个人是你同学？可是我记得他手臂上还有蛇？那蛇还向我飞过来了。”兰缪努力回忆，一脸的困惑。凡恩也不认为这个事情是真实发生的，难道大家一起说好了来欺骗她？这不太可能吧！难道真的是她产生幻觉了？

“那只是个手环，假的，你看错了。可能是他的服装比较怪异，大概是样子吓到你了。”凡恩镇定自若地说，一脸诚恳，全然像个无事人似的。

“羲太族……对了！他说他是羲太族。”兰缪不放过任何一个记忆中的词汇。

“他本来就来自异域，家族的名称也没什么可以奇怪的，中国还有五十六个民族呢！”

“真的吗？我记不清了……”

“真的！倒是你怎么了，看上去心事重重的。发生什么事了吗？还是人不舒服？”凡恩关切地问。

“没……没事……就是，我要离开中国了……”兰缪支支吾吾地回答，她确实不是个好的撒谎者。

“哦？你要去哪里？”

“德勒斯登。”

“德国？去干吗？什么时候回来？”凡恩的神情没有他语气

来得惊讶。

“去……去旅游，时间还不确定。”兰缪低着头说。

凡恩把手插在口袋里，有些不悦地说：“我觉得你似乎有事瞒着我，兰缪，我们不是朋友吗？”他望着兰缪的眼睛，深邃而漂亮的眸子里带着一种直视人心的力量。

“我，我们……”兰缪显得窘迫不安起来，她真的不想欺骗凡恩，他一直都很热心，也是他帮自己解开了父亲留下的字谜，才得知“《以诺书》”这一关键词，可是……

兰缪深吸一口气，说：“凡恩，我爸爸失踪了……”

“怎么会？”

“我不知道原因，但最后的线索就是‘《以诺书》’。还记得上次你帮我解的那组字谜吗？我非常感激你帮我找到这条线索，也很开心在中国有你这样的朋友。可是我不知道怎么开口说这样的事，我爸爸失踪了，报纸上又登了新闻说‘《以诺书》在德勒斯登神秘失窃’，我相信这两件事有关联。我从小没有妈妈，是爸爸把我带大的，我必须找到他。凡恩，对不起。”兰缪语无伦次地说出了整件事，刚刚忍住的眼泪又淌了下来。

“傻瓜，你哪里对不起我了？不要哭，兰缪，一定会没事的。”第一次看到这个女孩哭泣，凡恩心里突然升起一种前所未有的感觉，他帮兰缪擦了擦眼泪，语气坚定地说，“我陪你去德勒斯登，一定会找到你父亲的。”

“不，不用了，这是我自己的事，我真的不想麻烦别人。”兰缪拼命摇头，声音虽然微弱，但是很坚持。

“可是万一有危险呢？”

“那就更不能把你牵扯进去了！”

凡恩陷入了深思，半天没有说话，他看着兰缪说：“那好吧，一切都要小心！”凡恩觉得兰缪瘦削的身体里仿佛蕴藏了一种力量，这种力量连他都不禁为之震撼，“兰缪，希望你尽快找到你父亲。”

“嗯。一定会的！谢谢你，凡恩。”兰缪握了握凡恩的手，他的手很凉，即使在这样充满阳光的季节里，他的手指有一种刺人皮肤的冰凉。她一惊把手抽回说，“我要赶回去收拾行李了，明天就要出发了。”她朝凡恩甜美一笑，转身离开了校园。

“一路顺风！”凡恩在心中默念着，望着女孩的背影，凡恩脸上带着复杂的表情。他低头看着自己的手掌，没有任何血色，上面残留着女孩的温度，他握紧了拳头，嘴角闪过一个意图不明的轻声微笑道：“我们回头见，兰缪。”

与林道别

“您总算回来了，林大人。”修伊对着稳步走进实验室的林大呼小叫。

“你怎么来了？”林瞟了修伊一眼，似乎心事重重。

“从诺费族那儿得到讯息，《以诺书》被偷了，好像还有占卜师的六芒印记。”修伊提着嗓子说，“还竟然有《以诺书》，我听到的时候都不敢相信，您说这事情会是占卜师干的吗？”

“我已经知道了，不用大惊小怪。”林缓缓坐下身，神色依然严肃。

“哟，不愧是林大人，消息好快呀！”修伊拍了拍手道，“听说兰缪姑娘准备去德勒斯登，林大人不准备去看看么？”

“我还有更重要的事情。我要回去一次，见见父亲，问他一些事。”林看着修伊说，“正好，不如你替我去一次德勒斯登，看看情况。如果我回去了，你也没必要替肖龙监视我，还不如做一些对大家都有好处的事情。”

“林大人，您这话说的，我是真心想帮助您。既然您让我去，我肯定去，绝对没有二话。我这就去准备，您放心吧。”修伊自信满满地拍着胸脯说。

“修伊，你说《以诺书》怎么又突然遭窃了？兰缪又为何一定要去德勒斯登？究竟《以诺书》蕴含着怎样的秘密？”

“林大人，最近的事情接二连三地发生，我想其间一定有所关联。兰缪……《以诺书》……都在差不多时间冒出来，难道您想回去打听情况？”

“我就是奇怪，首先都对一个女孩产生兴趣，而且《以诺书》失传了这么久，突然出现，又公然被偷……这其中一定有蹊跷，所以我必须去老头子那儿了解一些事情。”

“林大人，我觉得似乎有什么重大的事情要发生了。”

林点了点头，同意修伊的说法。

“你借这次跟着兰缪的机会，看看德勒斯登究竟会发生怎样的事情，如果可以调查出一些眉目更好。”

“我知道了。如果没什么事情，我就先告退了，林大人。我去准备一下，一定会照看好兰缪姑娘，不会让她有任何闪失的。”

林看着修伊消失的背影，陷入了沉思，忽然听到了敲门声，他很惊讶这个时候还会有人来访。林观察了一下周围没有任何异样，冲着门口唤了一声：“进来。”当他看到是兰缪的时候，确实感觉很惊讶。

“你怎么来了？身体好点了？”林看着走进来的兰缪问。

“已经好了，所以想来谢谢你……”兰缪吞吞吐吐地继续说，“还有，还有就是想来和你告别。”

“告别？”林挑起了眉毛问，“要去哪儿？”

“去欧洲一个城市……”

“真有闲情雅致啊。”林故意表达出嘲讽。

“不，不是的，不是去玩，我有很重要的事情。”兰缪不知道为什么在林的面前她就觉得自己有点无法控制思维，连讲话都有点口齿不清。

林直直地看着兰缪，看到她心里发毛。

“一路小心，照顾好自己。”林走近兰缪，用温柔的语气说着，他的手拍了拍她的头，就像对待溺爱的宠物一般。兰缪被他亲密的动作震到了，又听到如此温柔的话从林的口中说出来，她一时之间不知道如何应答，只觉得心中有种莫名的满足。她看着眼前的这个男人，虽然一脸冰霜，但是眼神温柔，也许他冰冷的外表之下，也有一颗受伤而封闭的心。兰缪这样想着，对着林微微点了点头。

“还有事情吗？”林看到兰缪仿佛有什么疑惑，便追问了一句。

“那天发生的事情，我不知道为何你和凡恩都不想告诉我，但是我觉得你们没有恶意。我就是想说，如果你们知道什么，请一定告诉我。”兰缪低着头，她不敢看林的眼睛，但是她感觉林的视线从来没有从她的身上挪开。

林没有说话，她低着头等待了很久，林也没有答复她。于是她抬起头，目光和林对上，她感觉心头一震。他的眸子闪着琥珀一样的光芒，兰缪觉得这双眼睛好像在哪儿见过。就在刚才，她忽然想到，脱口而出：“林，你知道校园里有一只全身黑色的猫么？”

“哦，那只黑猫啊——”林有点卖关子，故意将语气拖长着说，“那是我养的，只是它经常不回来，相当野性。”

“原来是你养的猫啊！”兰缪眉眼都笑开了，“那它不会把我说给它听的话都告诉你吧。”

“不知道，也许吧，如果我用好吃的贿赂它的话。”

兰缪看到林轻松地开玩笑，她从来没有见过他脸上这样惬意的微笑，她觉得心中有一股甜蜜的感觉在乱窜，让她的心怦怦直跳。

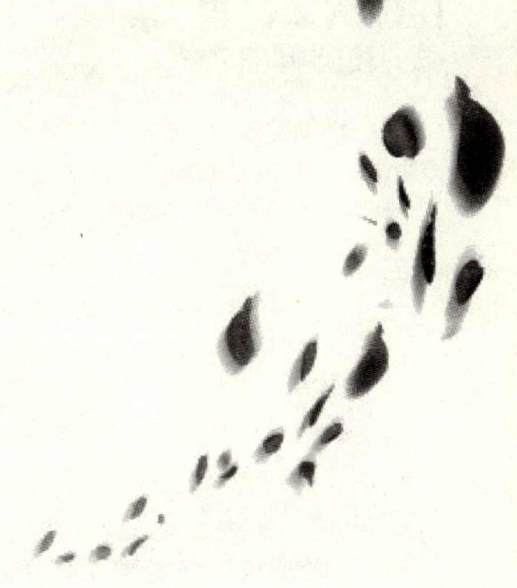

Chapter 11
跨越历史的占卜神迹

我是不同寻常的？不要让我的一部分从黑暗中醒来？这些话究竟是什么意思？占卜师经常会说一些莫名其妙的话，难道只是故弄玄虚？

一个交换

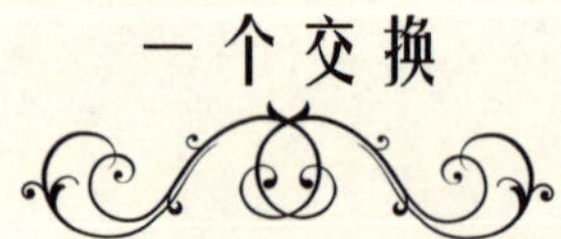

兰斯维回忆着刚才纸片显露的线路，很快就找到了那条弄堂。这个小巷在他的记忆中清晰可见，他流转于世界各地的使命也是从这个地方开始的。

在他犹豫停住脚步的时候，从弄堂里走出一个身材娇小的姑娘，一袭粉蓝的小旗袍，脸上带着甜美的笑容，露出一对可爱的酒窝。她走到他的面前，微微行礼说："兰斯维先生，婆婆已经等候您多时了。"

兰斯维点了点头，跟着小姑娘缓缓走入这个看似深不可测的弄堂之中。中式的大堂内，弥漫着让人陶醉的清香，他看到攸婆婆正襟危坐在堂中，看到她满头银发，他不禁叹了口气。人类就是这样被岁月折磨着，消耗着自己的青春，每次见到逐渐衰弱的人类，兰斯维总是感叹不已。

"兰先生，好久不见了。"攸婆婆笑呵呵地说。

"攸婆婆还是很健朗，我真高兴。"兰斯维在攸婆婆对面的位子上坐了下来。

"我这把老骨头了，在有生之年我们还能见上一面也算不易，岁月在你们看来或许就没有人类这么沉重。"攸婆婆的话题严肃，但是她的表情还是非常开朗。

"不朽的生命也会觉得空虚，我们要面对更多的生存限制和丑陋的族群。"兰斯维缓缓道来。

小姑娘端上了一些茶点给兰斯维，兰斯维看着她问："这孩子是？”

“她叫白卉，也算是一种缘分，我收养了她。这个孩子天资聪慧，我有心想培养她。”攸婆婆向白卉招了招手，白卉就乖巧地跑到她的身边坐下。

“时隔这么久，那次相逢之后，我曾多次到这附近来找过您，但是始终没有您的踪迹，而且也不曾发现这个处所，毫无头绪。当时，我有很多问题想要向您请教。”

“只有对有缘人，我的大门才会敞开；无缘之人，注定无法相见。”攸婆婆非常有禅意地继续说，“如果有什么疑惑，不妨现在问我，看我能不能帮助你。”

“我听说每个族都有自己的圣物，神族、血族、人族。我想知道人类的圣物是什么，我觉得这个问题问你们占卜师是最合适不过了。还有，我有没有可能拿到这个圣物？”兰斯维沉思了一下又说，“您当时吟诵给我听的，应该来自《以诺书》吧。”

“能告诉我你为何要打听人类的圣物吗？就像你说的这是属于人类的，与你们血族又有什么关系呢？”攸婆婆问，仿佛能看透他的内心。

“我和一个族达成协议，必须用人族的圣物去交换一个很重要的人。”兰斯维坦诚相告，虽然没有透露细节，“我知道《以诺书》中应该透露了人类的圣物被称为‘圣眼’，所以那天您唱出诗句的时候，我就认为那应该是镶嵌在戒指之上的宝石，所以走遍全世界去寻找戒指，希望能在那些承载了千年岁月的宝物中找到我要的‘圣眼’。”

“既非开始
亦非中间或者结束
而乃永恒的存在
世间万物　瞬间即逝
唯有永恒的存在
才让我们心生喜悦　开启天智
平凡的血肉之躯
拥有珍于万年锤炼的宝石

譬如圣眼……”

“是‘既非开始，亦非中间或者结束’的语句让你以为就是戒指了吗？”攸婆婆诵读出当年曾经在兰斯维面前念出的句子，然后脸上满是笑意，就像听一个充满童趣的孩子诉说他自己的故事。

“是的。”兰斯维有点不好意思地回答，攸婆婆忍不住笑意，呵呵笑出了声，但是没有丝毫讽刺的意味，而是让人心生崇敬。

过了一会儿，攸婆婆停止了笑声，她转移到另一个话题说：“你知道德勒斯登博物馆即将展出《以诺书》吗？”

“略有耳闻，但是真的是《以诺书》吗？”兰斯维点点头，他不知道攸婆婆究竟想说什么。

“是的，千真万确是《以诺书》的正本。”攸婆婆一脸严肃地说，“这本是失散多年的《以诺书》的上本。”

“《以诺书》有上下两册？”兰斯维有点惊讶于这个实情，“《以诺书》不是一直由你们占卜师在保管吗？怎么会失散了一部分？我一直以为这次展出的是一个赝品。”

“这个事情说来话长，涉及到我们整个占卜师的历史变迁。”攸婆婆顿了一顿，似乎并没有隐藏的想法，而是直接将占卜师的故事告诉了兰斯维。

“占卜师一直以来都是人类的守护者，《以诺书》是占卜师用来记录和占卜的重要法典，而且这本书上记录了上古至今很多重要的事件，不仅是人类，还包括神族和你们血族在内的诸多大大小小的事件。在很多个世纪以前，有一批占卜师并不满足于成为一个生老病死的人类，他们期待像血族一样得到永生和青春，于是他们弑杀了一整条血族的命脉，借助血祭成为了一个新兴的血族，这个我相信兰先生应该也早有耳闻了吧。”

兰斯维听了攸婆婆的介绍，回忆起一些记忆中的往事，说：“这批人类的占卜师残杀的就是我们兹密族很古老的一个派别，借助兹密元老的血变成了血族，也就是现在的辛摩族。因为这个原因，我们两族之间几世纪以来都水火不容，后来由于血族内部发生了一些变故，辛摩族趁机夺取了兹密的领导地位，成为了血族新一轮的掌权者。”

攸婆婆点了点头继续说："确实如此，但是有个情况一直被隐瞒着，就是这批占卜师叛变的时候，带走了一部分的《以诺书》。从那一刻开始，《以诺书》就分成了上下两册，人类占卜师手上保留的只是下册。人类占卜师也很多次和辛摩族交战，虽各有胜负，却始终没有找到被带走的那部分《以诺书》的下落。后来听说辛摩族在和教会的斗争中遗失了辛苦带走的上册，教会因为这本书记录的内容违背了圣经，所以视它为邪恶的法术，故将它隐秘封存起来。人类占卜师经过多重努力也寻不到它的下落，《以诺书》的上册就这样在人间蒸发了。"攸婆婆喝了口水，继续说道，"不过众人都不知也算是一种福音。这本书在人类手中，比在血族手中安全得多，毕竟《以诺书》还记载了一场有史以来最大的灾难，而这场灾难随时可能产生一个新的轮回。根据目前的情况来看，我心中也有点惴惴不安。"

"灾难？"兰斯维惊讶地看着满脸焦虑的攸婆婆。

"关于上古的那次大灾难，遗失的上册中有着详细的记载，后来通过占卜师们口口相传得以延续了下去。"攸婆婆面色严峻，极度忧愁，并且带着一丝无法察觉的恐惧。

兰斯维说："《以诺书》这次公开展览，不就等于开启了罪恶之门？"

攸婆婆望着兰斯维，就好像能透过紧闭的眼皮看到他的表情，说："所以这次我希望得到你的帮助。我已年迈，所以想让你帮我去偷回这本《以诺书》的前半部分。虽然这个方式并不妥当，但是如果这本书遗失了，后果更是不堪设想。"攸婆婆又思索了一下继续道，"当然不会让你白白出力，如果你可以顺利将此次展出的那部分《以诺书》交还到我手里，我保证告诉你'圣眼'到底在哪里，不知道这个交换条件你还满意吗？"

"只是告诉我在哪儿？"兰斯维皱着眉头道，"不是由你们占卜师在看护吗？为什么不可以直接交给我？"

"所有事情都讲究一个缘分，我可以告诉你在哪儿，至于你是否可以拿到，就要看你的造化了。"攸婆婆意味深长地说。

兰斯维平静地揣摩思量，半晌没有说话。

攸婆婆也给兰斯维一些考虑的时间，把话题岔开道："我已经见过你女儿了，十八年了，我真高兴可以在有生之年再遇到她。请一定一定要保护好她，我相信已经有不少族开始打她的主意了。"

"打她的主意？无非就是想知道她究竟有何特殊之处罢了。"兰斯维摇摇头，脸上露出了蔑视的神情。

"哎——"攸婆婆深深地叹了口气道，"你们血族是个庞大的族群，想必你对十三条脉系间的错综复杂的关系也深有体会，加之辛摩族的介入、发展和篡权，动荡和争斗也是可想而知的。总之，千万不要让她落入任何血族旁系的手中，这不仅仅是你们这脉血族的劫难，更会引发整个血族的空前动荡，对整个世界产生的影响亦绝不会亚于上古的那场灾难。"

"攸婆婆您的意思是？"兰斯维不明白攸婆婆如此凄苦的叹息声，但是见她只是摇了摇头并不想再言语，兰斯维就把心中的疑惑咽了下去。想到了兰缪，他的心头不禁一紧。这些年来，他一心想保护的家人，不是面对失去就是面对威胁，他觉得自己是如此失职。兰斯维握紧拳头对攸婆婆说："我决定了，我同意这个交易。"说完，他头也不回地走出门去。

"婆婆，你为何这么伤心呢？"白卉从来没有看到过攸婆婆如此伤感的表情。

"小卉，有时候一无所知反而是一件幸福的事情。"

重访求助

在启程之前，兰缪决定要去拜访一个重要的人。兰缪不断回忆，寻找那条熟悉的街道，她凭着一种特殊的敏感，找到了那条

普通得不能再普通的弄堂。她缓缓走进去，悄然无声，好像只是若干间没有人居住的空屋。

雕花的大门微微敞开着，兰缪走到门边，院子里种了很多不同品种的植物，其中有一株结出了很多深绿色的小果子。兰缪感到很好奇，她伸手想去摘一颗，就在手碰到果子的时候，她不禁惊呼一声，手上一阵疼痛，她弯下腰仔细探察，才发现每片叶子都很坚硬，而且叶角带着密密麻麻的尖锐的刺。她看到自己手上已经被撕出了几条印迹，指尖也被刺出血来。但是当她看到的时候，倒吸了一口凉气，从伤口渗出的血液竟然是白色的，在阳光的照射下闪着透明的光泽。兰缪把手指放到口中吮了一下，她能肯定这种带着血腥气的液体不是植物的分泌物，她开始有些茫然无措。

“兰缪……”

兰缪听到身后有一个清脆的声音呼唤了她一声，于是转过身去，看到白卉穿着中国特色的浅黄色旗袍，把她姣好的容貌衬得越发粉嫩娇艳。白卉含唇一笑，看到兰缪略带痛苦的表情时，急速走了过来，拉过她含在嘴中的手问：“是不是被枸骨刺到了？”

“我没事啦，白卉。”兰缪缩回手，她不想让白卉看到自己也无法解释的情况，这也许就是当初父亲说她有白化特征才会出现的病症吧，“你说这叫枸骨？”

“对呀，很好的植物，还能治病。”

“能治什么病？”兰缪露出了好奇的表情。

“泡酒能强身健体，还有敷药可以治白化病。”

“白化病？我一直都有白化病症，我的皮肤随着年龄的增长越来越白了。”兰缪把手臂伸到白卉的面前。

白卉看着兰缪的皮肤说：“白化是一种斑点式的病变，只有到了后期才会全身白化，看你现在的情况似乎不是白化症状，可能是你本身皮肤的一种变化，这和每个人的体质有关，攸婆婆大概知道。”

兰缪收起手臂，跟着兰缪往里屋走。她发现只是几句对话的时间，刚才还赫然刻在手上的划伤已经找不出痕迹了，她抚摸着皮肤，没有一丝异样，被刺破的地方早已恢复得完好无损。她一瞬间停住了脚步，感到脑中有沉闷的回响。

“怎么了，兰缪？”白卉停下身看着兰缪，一脸诧异。

“没事啦！”兰缪跟上脚步问，“攸婆婆在家吗？”

“在的，进来吧，嘻嘻。”白卉亲热地拉起兰缪的手，将她带进屋子。

攸婆婆坐在客厅的正座上，若有所思的样子。白卉把兰缪拉到一边坐下，走到攸婆婆身边轻声道：“婆婆，兰缪来了。”

攸婆婆冲兰缪这边点了点头说：“兰缪小姐今天怎会来呢？”

“攸婆婆，今天来是想向您询问一些事情，不知道婆婆方便揭开我心中的疑惑吗？”

“兰缪姑娘请问。”攸婆婆抬手示意。

“我想来询问有关《以诺书》的事情。”

“哦？你怎么想到要来问我？”

“我得知《以诺书》一直都是由占卜师掌管的，攸婆婆知道在德勒斯登博物馆展出的《以诺书》遭窃的事情么？根据报道，现场发现了六角星符号，如果我没有记错的话，上次您送给我的头绳就有这个符号。”

攸婆婆表情闪过一丝惊讶，她沉思了一下问：“你怎么会知道《以诺书》呢？”

兰缪陷入了沉默，她把玩着衣角，低着头没有说话。

“不想说也没关系，我可以告诉你一些《以诺书》的情况。我不知道你是从哪儿得知《以诺书》的讯息，这些都是我们作为占卜师必须长期隐藏的秘密。”攸婆婆顿了顿说，“《以诺书》这么多世纪以来，都是由我们占卜师来保管和记载的，但是几个世纪前，占卜师中发生了一次重大的变故，造成了部分《以诺书》的遗失。”

“不会就是在德勒斯登博物馆展出的那部分吧？”兰缪睁大眼睛问。

“我不能肯定，但是很有可能。”

“那会是谁偷了这部东西呢？我打听过了，六角星是你们占卜师的符号，为什么会出现在失窃现场呢？”

攸婆婆露出了一点儿也不好奇的神情说：“任何想要得到能力或者心存邪念的人，都会密切关注这本书，但也许是出于好意也不一定。至于你说的那个六芒星异相，可能是解开封印形成的。”

“解开封印？”

攸婆婆点点头不再解释这个封印问题，兰缪一时也不好意思再询问下去，她怕涉及占卜师必须缄默的范围。

不过兰缪还是有很多问题搞不清楚，她继续问攸婆婆：“我很好奇，得到《以诺书》究竟会带来什么呢？”

“《以诺书》记载了人类从世纪之初到现在所有的重大事件，当然蕴藏着巨大的秘密，一旦两部分的《以诺书》合在了一起，就会知道很多人类古往今来的秘密。这些秘密当然有好的，但是如果被恶人利用，也会成为摧毁整个人类的力量，带来前所未有的灾难。”

攸婆婆失明的眼睛紧闭着，她脸上严峻的神色让兰缪心头一紧。

“谢谢婆婆告诉我这么多，我知道这些都是占卜师很重要的秘密。我想去德勒斯登看看。不瞒婆婆，我家里发生了一些变故，我的父亲在不久之前失踪了，而我能得到的讯息就是德勒斯登的《以诺书》，我相信我和这部《以诺书》有着一些莫名的缘分。”

“兰缪姑娘，你的爸爸没有失踪，他很快就会出现的。”攸婆婆语气肯定地说。

“真的吗？您怎么知道？”兰缪疑惑地看着攸婆婆。

“婆婆是占卜师呀，她什么都知道。”白卉插嘴道。

“能知道他去哪儿了吗？”兰缪追问着，但是看到攸婆婆轻轻地摇了摇头，兰缪便不再言语。

“兰缪姑娘，你一定觉得最近在自己身上发生了一些奇怪的事情吧。”倒是攸婆婆反过来问她的这个问题直接击中了兰缪内心最渴望得到的答案。

“是的，婆婆，最近遇到了很多奇怪的人，而且我也怕我的身体支撑不了很久，因为我觉得自己的白化现象越来越严重。”既然被问出，兰缪也就毫不掩藏地一口气将心中的担忧和疑惑全都抛了出来。

攸婆婆听到这里，嘴角微微上扬，露出了奇怪的笑容。

“兰缪，我想告诉你，你没有致命的疾病，但是我不方便多说。如果你一直以来都是这么认为，我也不能告诉你任何明确的答案。不过，你要记住，你是不同寻常的，一定要保护好自己！你有一部分正在沉睡，千万不要让它们在黑暗中醒来。”

“婆婆，你说什么？我听不懂。”

“不用明白，等到了那个时候，你自然就会知道了。泄露天机是我们占卜师的罪孽，恕我无法多言。”

兰缪一脸诧异，却也无法多问什么了，她缓缓站起身说：“那我就告辞了，婆婆，谢谢您告诉我这么多，希望我能在德勒斯登得到爸爸的信息。如果我能找到《以诺书》，我一定会带回来给婆婆的。”

“好好，真是个好孩子。”攸婆婆止不住地呵呵乐了起来，她站起身，走到兰缪的身边握住她的手，仿佛在感受什么，喃喃着说，“希望不是又一次的历史灾难。”

“没事的，婆婆，我一定会记住您的话，好好照顾自己的。”兰缪轻轻拍了拍攸婆婆的手背让她放心。

“兰缪，德勒斯登之旅你一定会遭遇很多危险，一定要注意啊！”

兰缪看着攸婆婆，她的眼睛直直地看着。兰缪有一种错觉，觉得那双紧闭的眼睛其实看透了所有的东西，一点也没有失明。

兰缪向白卉和攸婆婆告别，她的脑中有太多的信息。她不自禁地在心中勾勒出很多个故事，但是她自己也不知道哪一个才是真的。我是不同寻常的？不要让我的一部分从黑暗中醒来？这些话究竟是什么意思？占卜师经常会说一些莫名其妙的话，难道只是故弄玄虚？兰缪歪着脑袋边回味着刚才攸婆婆的话边走过院子，忽然发现几株白卉所说的枸骨中有一株的绿色果子变成了红色。她震惊地发现变为红色的正是刚才刺到她的那株，她抚摸着自己的手，那些红得像鲜血一般的果子在一丛绿色中刺痛了她的双眼。

Chapter 12
牵扯家族之暗战

《以诺书》竟然和辛摩族有关，是属于辛摩族的东西么？那和人类又有什么关系？兰缪的秘密仅仅是白血么？作为一个混血的孩子，她究竟继承了哪个神秘家族的血液呢？

密谋计划

“凡恩少爷回来了！”凡恩走过大厅的时候，一些侍者欢快地通报互传着，凡恩随即露出了他招牌式的笑容。他在家中从不摆架子，一向很有人缘，加上对每一个仆人都很好，在家里是一个相当受欢迎的人。

“我爸爸呢？”凡恩问站在一边的仆人。

“雷穆大人和肖龙大人正在书房商量事情。”仆人低头回答。

“好的，我去看看。”凡恩快步迈向书房，他敲了敲门，听到应答的声音后推门走了进去。

雷穆和肖龙的神色都很严峻，似乎在讨论什么重要的事情，看到他进来，立刻停止了话题。雷穆微笑着说：“怎么突然回来了？

“哦，想回来看看爸爸，呵呵。”凡恩笑着说，但是眼神瞟了一眼肖龙，正好和肖龙的视线撞上，两人很平静地对望了一眼后，又各自将目光迅速转开，仿若什么也没发生。

“我和你肖龙叔叔有点事情要讨论，你自己去玩吧。”雷穆甩了甩手，虽然竭力掩饰，但是仍然可以看出他对凡恩的出现并没有太大的喜悦。

凡恩点了点头，转身退了出去，往后花园方向走去，他的心中略带愤怒。每次他回来看父亲，雷穆都是一副爱理不理的表情，如果换一个人来，他肯定不会这样。这么多年，他做了这么多努力，依然如此。想到这里，凡恩不禁握紧了拳头。这个时候花园里种植的植物已经生长得相当茂盛了，父亲最爱的矢车菊开遍了整个花园，红、白、蓝、紫，各种颜色，争相斗艳。凡恩顺手摘了一朵，脸色凝重地看着，紫色的花朵随着他脸色的更改在他的手中慢慢枯萎了。

身后传来了轻微的脚步声，凡恩没有回头，直截了当地说："你让我回来干吗，我可不愿意每次都看老头子的脸色。"

肖龙咯咯笑了起来道："凡恩少爷不必火气这么大，我这次叫你回来，就是想跟你商量一个重大的计划。如果你有兴趣的话，一旦事成，说不定你再也不用看人脸色生活了，还能得到自己想要的一切。"

"你若是真的为我考虑，就不会派修伊去帮助他，你知道他们从小关系就很好。"凡恩的脸上略有怒气。

"你这就冤枉我了，修伊是监视他最好的人选，而且修伊也不可能背叛我，他不是一个忘恩负义的人。"肖龙一脸自信，捏着拳头说。

"随你怎么说，希望他和你计划的一样安分守己。"凡恩一脸厌烦地挥了挥手，转向肖龙挑眉问道，"你说的计划是？"

"你知道为什么我们需要兰缪这个孩子吗？"

"她是一个很特殊的孩子，皮肤和血管都有些异于常人……如果可以知道她的能力，对于我们辛摩一族来说未尝不是一件好事。"凡恩边说边回想着和兰缪为数不多的几次近距离接触，以他作为血族成员而特有的敏感和嗜血本性，不难分辨她身体机能组织的异样。

"这的确是一个说法。"肖龙故作神秘地说。

凡恩看着他问："不然你觉得呢？"

"她是打开神秘力量的钥匙，有她的帮助，我们将获得前所未有的能力。我正在进行一个伟大的计划，不过需要你的帮助。"

"什么计划？"凡恩未料到兰缪的能力只是开启另一种巨大能力的垫脚石，于是睁大了眼睛看向肖龙。肖龙的脸上露出了异常凶恶的表情，显得极其贪婪和丑陋。

“这里说话不方便，去我的房间。”肖龙四下看了一圈，非常谨慎地对着凡恩招招手。凡恩一脸迷惑，但又急于知道答案，于是就欣然跟着肖龙离开了花园。

白血之谜

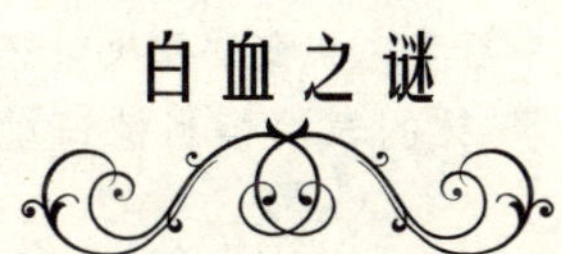

林停在一栋古堡前面，可以看出这是一栋年代久远的建筑，灰色的外墙上布满黑色的雕花，所有的窗户都很窄小，镶嵌着彩色玻璃。林觉得有点陌生了，他已经不记得有多久没有回来这里。在门外短暂观望了一下，他直接往里面走，走过门庭的时候，两个守卫看到他，把他拦住了。

林挑起眉头说：“新来的？”

听到林的反问，两个守卫表情也很诧异，一时之间也不知道如何作答。

“怎么可以阻拦我们的林大少爷呢？快点让开。”一个尖锐的声音从不远处传来。

两个守卫听到呼喝，急忙让开，弯腰行礼。林透过门庭向里看去，一个男人迎面走来，表情充满了嘲弄，额头有一块奇特的胎记。

“林大少爷，今天是什么风把您吹来了？”面带胎记的男人站住了脚，带着冷嘲热讽的笑容。

林没有回答他的问题，完全视若无睹地从他身边经过，男人脱口而出：“雷穆大人在书房。”林顿了顿脚，斜眼瞥了男人一眼，径直向书房而去。

敲了敲门，听到一个苍老的回应声，林推门而入。一位头发花白的老人坐在书桌后面，边摘着老花眼镜，边抬起头看向来人。当看到是林进来，他的脸上瞬间露出了慈爱的笑容，呵呵笑道：“终于想回来看我这把老骨头了。”

“爸爸。”林很生疏地叫道，微微行礼。

“我还是习惯你叫我老头子，哈哈哈。”雷穆在自己儿子面前已经摆不出一族之长的气势了，他笑着说，“你就没有你弟弟孝顺，他倒是经常回来看我，大概一星期前还来过一次。”

“凡恩回来过？”林的表情相当惊讶地说，“他回来干什么？”

“说回来看看我，但是和肖龙聊了很久，然后就离开了。之后肖龙说去探访一下你们任务的进展情况，离开了几天。”雷穆叙述着。

凡恩和肖龙见面，正值《以诺书》被偷期间，他们之间到底打着什么算盘？林陷入了短暂的沉思，不过很快跳了出来回应道：“爸爸，我这次回来，有点很重要的事情想问您。”林在书桌对面的位置上坐了下来。

“看你的神色，应该是很重要的事情了。来吧，我们好好聊聊，你也很久没有回来了，我也可以问问你这次任务的情况，一切都还顺利吗？”雷穆放下手中的书本，缓缓靠向椅背，准备聆听。

“您让我和凡恩参与这次竞争，我们都没有异议。您说这个女孩很特殊，让我们找出她身上究竟存在什么能力，我也碰巧有了一次机会，得到了她的血液。”

“哦？”雷穆听到林的叙述，挑眉表示兴趣浓厚。

“完全透明的白血。”林从衣服内袋中拿出一支被精密封口的小号试管递给雷穆。

雷穆对着灯光，看着如牛奶一般的血液，满脸惊叹，自言自语道：“太神奇了！”

“爸爸，我想知道这个女孩究竟特殊在哪儿？为什么她的血是白色的？”

“这个说来话长……”雷穆脸色沉重，就像进入了一道记忆之门，“她父亲和我们都是血族，但是她的母亲来自另一个种族，白血是这个种族的典型标志。他们的血液有着神奇的力量，传说可以治愈一切，使伤者复原，使枯木逢春。而这个孩子应该继承了这个血脉，从目前看来，她已经把我们血族的血液特质完全覆没了。”

“究竟是什么族呢？”林好奇地问。

“其实我们辛摩族和兰缪父亲所在的兹密族向来都存有很深的芥蒂，这些故事牵扯在一起说来太过冗长，你不了解也罢，等以后有机会再慢慢告诉你。”

“兹密族？我们两族不是长久以来的仇敌吗？”

“确实如此。所以，对于这个女孩采取强硬的方式，反而会使事态无法控制。”

“原来是这样。”林听了父亲的叙述，点着头道，“其实结果很简单，就是说，如果我们能得到她的血液，将有助于我们辛摩一族拥有更强大的力量。”

“是的。由于戒律的关系，虽然她只是一个混血，但好歹也算半个血族人，不能杀戮。所以只能让你和凡恩想办法拉拢她来帮助我们，而且一旦拥有了她的能力，那个人无疑就是这个王位的继承者，这样可以加固我们辛摩族好不容易才争取到手的在血族中的权力地位。其实，权力倒也无所谓，我只希望辛摩族能世代延续下去。所以，林，这个任务从本质上来说，关系到我们这族的繁衍发展。”雷穆看着林语重心长地说，“凡恩从小就有很多心结，当然和我也有关系，一直没有很好地照顾他。面对众多元老，我无法偏向任何一个，所以说，这回是你们兄弟间最后一次争斗了。”

林若有所思，继续道：“我听说《以诺书》在德勒斯登已经被盗了。”

雷穆眉头紧皱，点了点头说：“《以诺书》会遭窃，确实有点出乎意料，之前一直都没有任何消息传出。其实这本《以诺书》也是从我们族流散出去的。”

“从我们族？”林很惊讶地看着父亲问，“《以诺书》和我们族有关？不是人类的预言书吗？”

“这个说来话长，涉及到我们辛摩族的历史。总之，本来《以诺书》丢失后，销声匿迹了很长一段时间，我倒也以为这是件好事，毕竟上面记载了很多不应该让太多人知道的事情。不过现在它又突然出现，也不知道如今又落到了谁的手里，这样的结局……不知是福是祸呀！”雷穆叹了一口气说，“不应该发生的事情，现在都在一个时间段里发生了。看来我需要好好整理一下思路，了解一下究竟发生了什么。原来以为自己可以顺利退休了，没想到，没想到……”雷穆缓缓摇着头。

林看着父亲一脸疲态，也不好意思再追问。不过，《以诺书》竟然和辛摩族有关，是属于辛摩族的东西么？那和人类又有什么关系？兰缪的秘密仅仅是白血么？作为一个混血的孩子，她究竟继承了哪个神秘家族的血液呢？这些问题不停地困扰着林。

芒的使命

月光照在一堵低墙上，墙内破旧的房子里灯光明灭闪烁。一个红发男人坐在一堆破烂的道具中间，面色苍白。他漫无目的地玩弄着手中的木偶，用炭笔描画过的金色眼睛在跳动的灯光下显得深色瞳孔极小，发出骇人的光芒。他抬起头，面无表情地盯着那个在黑幕中犹如银盘一般的月亮，嗓子里发出野兽般的低吟。他没有想到这次的行动会受到意想不到的挫折，作为羲太族的第一勇士，哪一次不是他将对手打得跪地求饶？这一次却几乎成了他生命中的耻辱。

为什么那个女孩身边会聚集这样的高手？他们潜伏在她的身

边究竟想干什么？那只黑猫也不是寻常的动物。这件任务如果因为这些状况的出现而破坏了大局，实在是得不偿失。

手臂上环绕的金蛇突然抬起头，优雅地转了三下，然后从男人的手臂上蜿蜒而下，爬到他面前的地毯上，直起身体，嗞嗞鸣叫。

芒紧盯着金蛇，看它吐纳出黑色的气体，依然是那个凛冽的声音飘浮在一片蒸腾的黑雾里。

“女孩怎么样？”黑雾中的人急切地问。

“暂时没有看出任何能力和异常，我无法过于接近。不过看她的样子，即使受到结界的保护，我觉得也坚持不了很久。”可惜他的蛇没有碰到女孩，否则可以采集到她的血液，这样就可以了解更多。芒想到这里，还是充满了懊丧。

“那也就是说，没有任何收获？”

“本来我计划再接近一点那个女孩，只是你没告诉我她身边还有高手，如果我判断没错，应该也是血族的。如果以后因为这种突发状况影响了事态的发展，我想我无法承担后果。”芒口气不满地说。

“今后我会安排得更周密，这次就算了。但是记住，不到万不得已不要产生激烈冲突。”黑雾中的男子略带警告地说。

“托黑暗之神保佑，希望这个女孩就是我们要找的人，不要再浪费时间。”芒眯起了眼睛，阴沉的脸上越发地透露出一股青色，他的眼中闪动着火苗，浑身散发着一股亢奋的情绪。

“如果我们的记忆都正确，应该就是她没错。现在我要你去一次德勒斯登，女孩马上就会启程去那儿，你看看有没有机会更接近她一点。”

“我需要做一点什么？直接将她捉回来？”

“不，不用你出手，到时候自然会有人帮我们，你只需要时刻监视着她，有任何动静都要及时向我汇报，尤其是她的身体出现特殊状况的时候。”

“可以。”芒毫不犹豫地答应，为了黑暗之神的复活，羲太族可以付出任何代价。

“她应该会在德勒斯登博物馆附近活动，《以诺书》失窃的消息已经散播开了，她已经决定去追踪那本书。”

“就是你说的《以诺书》？你不是说要去……”芒忍不住问。

“我已经确认过，确实是真本，只恨没有能拿回来……”黑暗中飘散着怨恨的语气。

“你没有成功？怎么回事？”

“不要多问了，做好你自己的事情。”黑雾渐渐消散，金蛇又回到芒的身体。

天空忽然之间暗了下来，一片乌云遮住了月亮，屋子内见不到一丝光亮。芒的手神经质地在冰冷的空气中挥舞，漆黑一片的屋里传来他喃喃自语的吟唱：

“昏鸦的天空，腐浊的绿水，沉睡在光亮中的黑暗，觉醒在即，用漆黑的帷幕熄灭这夜里最后一盏光明……”

德勒斯登——看来好戏就要登场了！芒金属般的笑声在黑暗中听来诡异万分。

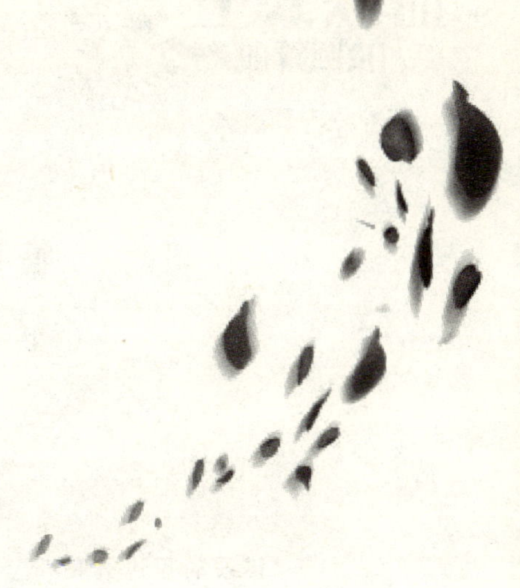

Chapter 13
引发一场倾巢出动

他胸口的银色吊坠有节奏地摆动着，越发闪亮了，像是积聚了阳光的力量，熠熠发光，紧紧贴着尤吉的胸口。

德勒斯登

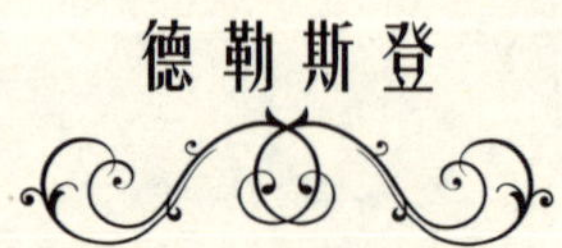

“‘谁没有见过德勒斯登，谁就没有见过美！’1749年，温克曼先生说。”兰缪从埋首的书本里抬起头，望了一眼端坐在一边的银发苍苍的威德，“你以前去过德勒斯登吗，威德？那是一座怎样的城市？”

“Dresden，这是一座具有毁灭和重生意义的古老城市，我很久以前去过一次。”威德淡淡地说，话语低沉，“这座城市在历史的浪潮中饱受战火的侵袭，曾一夜之间全城一片火海，所有建筑悉数尽毁，随后的几十年不断翻修古迹，而今已然是一片祥和的端庄模样。穿越整座城市的易北河，被称之为‘获得重生的地方’。”

“没想到，这座城市还有这样的历史啊！”兰缪轻声惊讶道，又低下头看手中的旅游书，跳过风景介绍，她翻到有关博物馆的版块，“德勒斯登的州立艺术博物馆在世界上拥有重要地位，它由11个博物馆组成，位于茨温格宫的历代大师画廊和位于德勒斯登城堡的绿穹顶馆是其中最著名的……绿穹顶，绿穹顶……”兰缪喃喃自语地念着。

她在脑中努力搜索记忆中有关这座博物馆的资料。父亲是古董收藏家，她从小耳濡目染，对那些珍宝啊博物馆啊都有所了解。“绿穹顶”是1729年由奥古斯特大帝兴建，当初被用作“秘密收藏处”；现在它不仅是世界上最宏伟的珍宝博物馆之一，而且还是最古老的博物馆之一。这座曾历经战火的宏伟建筑一直关闭着，直到前几年才部分开放，3千多件展品才得以重见天日。

前阶段又遭遇了一次小规模的火灾，才将《以诺书》的信息透露出来，如此一发不可收拾，兴师动众的展示最终落得被盗的后果。

“之前都不知道德勒斯登收藏了《以诺书》吗？”兰缪略有不满地说。

“可能是因为教会一直觉得《以诺书》是一本拥有邪恶力量的书，而且如果它记载的是真实的故事，那么就等于向教会宣战了。所以，一直将它隐藏在德勒斯登博物馆中，且故意向世人隐瞒了。这场小火灾无意中泄露了这个秘密，所以博物馆无法再故意隐瞒这件藏品，只有展出这一个方式了。隐瞒着还得以保存，一旦开放，就遭窃了。要知道这可是德勒斯登博物馆从来没有发生过的事情，让所有馆内工作人员，乃至全世界文物爱好者都为之惋惜，更严厉指责这些不人道的罪犯。”威德将他收集到的信息告诉兰缪。

兰缪想起攸婆婆的话，六星异相可能是解开封印留下的，那么也就是说这个窃贼必然和占卜师有着什么渊源或者关系，那么这件事到底和父亲的失踪有无关联？到了德勒斯登后她又该如何展开调查呢？兰缪觉得实在很头痛，拉开了机窗的挡光板，看着机场的搬运车来回忙碌着。头等舱已经没有乘客进出了，但是飞机依然没有动静，估计后舱还有乘客没有登记。

空乘小姐穿梭着向头等舱的乘客发菜单。兰缪看着，忽然耳中传入了一阵混乱的声音，她把头转向声音的来源。

一个惊慌的女声从头等舱的进口传来：“先生，宠物不能带上主机舱的，即使是头等舱，宠物还是需要您申请托管的。”兰缪看到一个美丽的空中乘务员正对着一个金发男子说着，能看得出她已经尽可能压低了声音，保持了自己的服务礼仪，但是不能掩饰她一脸的惊恐。

“美女，这不是宠物，这个是玩具。”着一袭华丽大衣的男人无辜地指了指怀中那个丑不啦叽的小东西。这是一个容貌俊美的男人，在兰缪看来，可能更偏向于秀美。她看到男人夸张的表情，忍不住扑哧一声笑出来了。

乘务长一脸职业性的微笑走了过来，瞪了刚才的空姐一眼。

空姐低声委屈地解释说："可是，我好像……好像看到它朝我咧嘴笑了一下。"

乘务长把空姐拉到身后，对着男子微微鞠躬说："先生，打扰了！请问您的座位号码——"

男子把登机牌递给乘务长，似乎没有罢休的意思，他展开自己迷人的笑容说："可能是机舱内光线太暗，她看错了，没关系，您看看，这真的只是一个绒布玩具。"他把手上的绒布玩具在乘务长面前甩了一甩。

乘务长被他的童趣逗笑了，她看了看那个奇怪的咖啡色的玩偶，脸是皱皱的猴面，身体像小狮子，呆呆的、丑丑的。

乘务长接过男子手中的玩偶，抚摸之下果然是绒布面料的填充玩具。她向身后的空姐甩动了一下，空姐带着困惑地眨巴了两下眼睛，吐了吐舌头，然后给男子微微鞠躬赔礼："抱歉，打扰您了。"

"没关系，如果每位空姐都像您这么漂亮，被打扰是我的荣幸。"男子优雅地朝空姐点了点头微笑致意。空姐脸不禁红了一下，立即转身出去迎接其他的客人了。被这样一个衣着华贵、面容美貌的金发帅哥称赞，相信每个女孩都会感到受宠若惊。

"要不要帮您把布偶放到上面的行李箱？"乘务长征求男子的意见。

"也好，麻烦您了。"男人说，"这是我送给朋友孩子的礼物，刚才忘记放进去了。"

乘务长打开行李舱，拿起布偶，不知道为什么，她也觉得布偶的表情和刚刚似乎有些不太一样。不会的，她摇了摇头，一定是光线折射问题，她想着，把布偶塞进行李舱，砰地关上舱门。不知哪里传来了一声低低的奇怪的哀嚎，男子对着乘务长离去的背影笑得天真无邪。

兰缪看着男人不断变化的表情，窃窃地笑着。男子似乎注意到了兰缪，他看了她一眼，露出了迷死人不偿命的笑容说："你好，我叫修伊。"

兰缪愣住了，这个人竟然一点都不怕生，她礼节性地回应道：“你好。”然后转回头不再说话。

“飞机即将起飞，请乘客们系好安全带！”

飞机缓缓地在跑道上滑行，机舱里乘务长正在朗读安全事宜。

修伊侧过身回头望了望，虽然被椅子挡着，但他仍然感受到强烈的气息传来。本来只想同机而行，没想到座位靠得那么近，倒让他有些手足无措。与其遮掩，不如正面而上，那个白发的老人一看就知道不同寻常。

他回过身，躺在座椅上，闭上眼睛凝神思考。那些诺费族的小老鼠们，不知道他们打探得怎么样了，不知道林回去情况如何了？那个羲太族的红发家伙应该也不是一个轻易放弃的人，就像林说的，这一切都在往一个隐秘的方向发展，会是一场混战吗？这一切应该只是刚刚开始吧……这次的德勒斯登之行一定不会无聊。修伊心满意足地拉上毯子休息，找到一个舒服的姿势靠在椅背上闭目养神，全然不顾头顶上间接传来的琪琪敲行李舱的声音。

飞机顺势而起，冲破云霄。德勒斯登——她的面纱即将被拉开。

街上逗趣

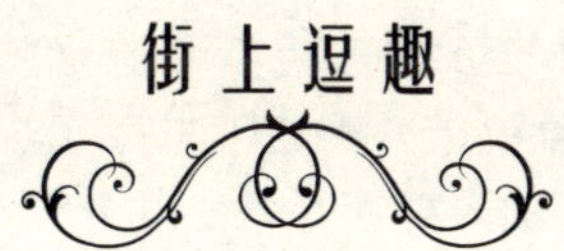

黄昏，暮色映照在古老的城墙上，给一切都染上了一层橘色的光晕，带着一种撩人的忧伤。易北河静静流淌，穿越过弥散着巴洛克风情的建筑，蓝色的河流温和地抚摸着这座伤痕累累的城市。人们说，这座城市有礼拜日的味道，因为礼拜日是安息日，德勒斯登，一片沉静内敛之势。

然而很快，这份静谧的温柔就被人群的喧哗声打破了。精致雕花的喷泉边，人们不知为何围成了个大圈，议论声此起彼伏。

“那个孩子是谁啊？竟敢挑战我们的大力士，真是胆大包天！”

“衣服真怪，游客？是外乡人吧。”

“那孩子真可怜，看他那么小，细皮嫩肉的，真要和那个大块头角力吗？太残忍了吧。”

“边上那个是他亲人吗？怎么也不管管。”

人们的视线集中在圆圈中的三个人身上。一边是个衣着单薄朴素的孩子，他看上去不过十多岁的样子，褐色的短发俏皮地竖在头上，不染一尘的白衫白裤映衬得他越发地粉嫩可爱，漂亮得如同女孩子一般。议论纷纷的人群都投给他以同情的目光，只有他自己一脸的不以为然，笑嘻嘻地看着对面那个赤裸着上身的粗壮汉子。

“小孩，我们角力士都严格区分等级，我本来是不会对你这种小孩出手的，实在是因为你刚才说话欺人太甚，侮辱了我们这项高贵的运动和我们高贵的民族，所以我非要教训你一下不可，除非……”全身黝黑发亮的大力士凶悍地说，“除非你向我鞠躬道歉，否则等一下哭鼻子了，不要怪我。”他看上去比孩子要大三四圈，好像一口气就能把对面那个粉嘟嘟的孩子捏碎的样子，人们倒吸了一口冷气。

“嘻嘻，我才不会哭鼻子呢，大肥猪摔跤本来就一点不好看。”孩子一手叉着腰，一手还不忘做了个鬼脸，一派天真模样，刚刚还气氛紧张的人群顿时爆发出了一阵哄堂大笑。有的人被孩子调皮的样子逗开了怀；有的人则觉得这个小孩实在出言不逊，暗自替他担心；对面的大块头更是气得全身的肥肉都颤抖起来。角力是德国历来的传统运动，每个角力士都以自身为傲，哪容得这个乳臭未干的小孩的鄙视。

一直在边上沉默不语的男子叹了口气，眉头紧蹙。他站得离孩子很近，看上去是一起的。他身材挺拔，一头飘逸的紫色长发，身上穿着和孩子类似的素色衣服。只是男子自始至终都没有开口说过话，洁净俊秀的面容带着一丝无可奈何的表情，又似对孩子的胡闹早就习以为常。人群中的那些年轻姑娘都忍不住偷偷关注着他，揣测着他和孩子的关系。他太过年轻，不像孩子的父亲，从外貌看也不似兄长。只是不知为何，他们两个有一种浑然天成的相似的气质和相投的默契，同样素洁的外衣下，全身上下都透出一种光芒，让人无法移开目光。

“小兔崽子，死不悔改！那么我就来替你家人教育你一下。”大胖子蹲下身子，摆出了专业的角力姿势，蓄势向孩子冲了过去。刚才还沸沸扬扬的人群一下又安静了下来，人们紧张地看着这场即将发生的惨剧，妇女们更是用手捂住了眼睛和嘴，不愿意看到孩子受伤的画面。

“啊！”一阵惊呼声响起。

人们不敢相信自己的眼睛，一个两百多斤的角力士的双臂竟然被那孩子的双手抓住了。

那个漂亮的孩子只是用手掌握住了角力士的手臂，就抵挡住了力量巨大的攻击。身形魁梧的斗士，竟然因为这样的一握，而无法前进半分。所有人都傻了眼，本来以为孩子一定会被扑倒，却没想到会变成这样。孩子依然巧笑盈盈的，圆圆的大眼睛闪烁着调皮的神情。而刚才还信心满满的角力士，现在已是满头大汗，看得出他正拼尽全力地想往前推进，身上的肉都紧绷了起来，然而却好似千斤袭来，无论他怎么使力都无法动弹。大力士努力挣扎，想顺势用脚去勾倒小男孩，白衣小男孩一个闪身，蹿到了大力士的身后。大力士单脚出去本来就身体不稳，小男孩又突然把力撤开，角力士当场就摔了个人仰马翻，倒地不起，全场轰然笑了起来。

大力士龇牙咧嘴不服输，从地上爬起来，一番摩拳擦掌后再一次冲到小男孩面前，结果还是和刚才的情形如出一辙，丝毫没办法动弹。周围看热闹的人因为场面的滑稽忍不住拍手喧哗起来，一些在周围玩耍的儿童们也加入人群，跟着起哄叫嚷：“大肥猪，上不去，Feuer an——”。围观的人越来越多了，游客、当地人，外围的一些人甚至还不知道圆圈内到底发生了什么奇怪的事，拼命地想往里挤。

紫发的男子轻轻咳了一声，白衣服的小男孩回头看了他一眼，朝他吐了吐舌头。

“知道了，知道了！你真没劲！人家难得出来玩的，也不让我多耍耍。”

“够了。”

“好了啦！你真　嗦！下次不和你一起出来玩了。”

孩子回过身，看了看脸已经如杀猪般血红的角力士，说道：“今天就不陪你玩了，拜拜。”在人们还没明白到底是怎么回事之前，那个庞大的身躯又一屁股坐在了地上，如炮弹引爆般震动了地面，角力士气急攻心，差点没昏过去。

人群顿时炸开了锅，沸沸扬扬地议论开来。有不少孩子围着角力士，边拍手边起哄，大家好不开心。

“走，尤吉。”长发男子不顾围观者的惊叹，回身拨开人群，衣袂翩翩地往外走去。

“嘻嘻。”孩子蹦蹦跳跳地拉着长发男子的衣袖跟着走了出去，还不忘记朝周围的人群做飞吻的手势。不知道是人们对于先前的事太过于惊讶，还是因为这一大一小两人身上的尊贵气质，人群自动分开一条路让他们走出去，没有一个人敢上前拦住询问他们的身份，只眼睁睁地望着他们穿过人群。

长发的男人牵着孩子目不斜视地往前走，而那个调皮的漂亮孩子则顾目四盼，洋洋得意。突然，他的目光停留在不远处一个皮肤雪白的亚籍女孩身上。女孩被这里的喧哗声吸引，正走过来看热闹。随着孩子的目光，长发男子也觅到了那个身影，他们默契地交汇了一下眼神，镇定自若地从女孩身边走过，被叫做尤吉的孩子走到女孩身边的时候，偷偷地朝她眨了眨眼睛。

等待消息

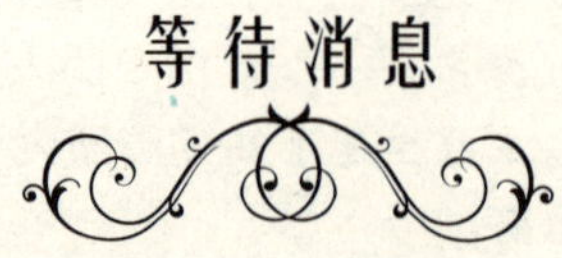

夕阳残血，一片殷红映照在易北河上，河水蜿蜒，如蛇般

妖娆蔓延。德勒斯登向来以文艺气息著称，不仅易北河畔雕栏玉砌，市中心更是有大大小小三百多个精美别致的喷泉，人们也称其为“喷泉之城”。

“琪琪，你有没有觉得这个城市的气流很乱？”一个金发的男子慵懒地靠在欧罗巴风格的白色阳台上，望着远处不知为何骚动起来的人群说。他精致而复古的黑色长衫上用金线刺出了大片大片的花朵，袖口有特殊图案的银质钉扣，图饰是一种奇特的花型，和衣服上的花朵相似。

猴面的小兽在阳台狭窄的边阶上奔来跳去，手舞足蹈，嘴巴里还发出哧哧的声音呼应主人的问题。

金发男子把手伸出阳台外，十多个透明的气泡从他修长的手指中飞出，飘浮在橘色的暮光中，静止片刻，便朝不同的方向飘去。空气中仿佛竖着一道道透明的墙，气泡在远远近近的地方，自个儿破裂，化为一道青烟被风吹散。

“到处都有结界啊！这个城市真有趣，你说是吗，琪琪？”这些由灵力化出的气泡，若没有碰到更为强大的屏障是轻易不会破损的。琪琪的目光追随着飘散在空气中而又逐个破裂的气泡，摆出一副沉思的模样。

“你知道吗？水是世界四大元素中最有灵气的一种，恋水的地方灵力往往更甚于其他地方。”男子极目远眺，望着古城四周喷涌而出的水花，顿了顿说，“喷泉是水之目，目则为门。所以喷泉多的地方，是最适合收藏异端之物的，也适合各界的往来。”

天色渐暗，城内的喷泉已开启了各色的镭射灯，灯色变化更是让这一道道喷泉显得璀璨缤纷。城市仿佛伫立着一道道光柱，直射天空，充满诡谲而华丽的气氛。

远处的街道又传来了阵阵喧哗声，夹杂着人们的惊叹，集市的人群都往一个方向涌去。

猴面的古怪小兽用尾巴勾住阳台的柱子，伸长脖子，身体腾空在外，聚精会神地望着集市中的骚乱。

金发男子突然转回身，对着房间内妩媚地笑了笑，说：“出来吧，这次琪琪对你不感兴趣。”房间的角落都点着烛光，壁炉上悬挂的巨幅《圣罗马诺的战役》栩栩如生，烛光摇曳为这个充满中世纪风格的客厅带来一丝温暖。

墙角的布帘轻轻掀动了一下，然后慢慢凸起，一个獐头鼠脑的男人不知从地下哪里钻了出来。他眯着眼睛挺了挺身子，仿佛对光线还没适应，房间内奢华的古典装饰显得他的灰色衣服破败不堪。男人搓了搓手，有些局促不安地站到房间中央，他先是警觉地望了望猴面小兽，绿豆般的小眼睛中闪过一丝胆怯，然后他朝金发男子尴尬地笑了笑，行了个礼。

“修伊大人，我又给您带消息来了。”

“诺费族就是消息灵通啊！我让你查的事那么快就有结果了？”

“只有一部分，现能查得的是，《以诺书》比较早是属于人类中一个古老家族，他们一直隐姓埋名，在世界各地迁徙，居无定所，但是世代以占卜为生。后来占卜师家族中出现了叛乱，然后遗失了部分的《以诺书》。”

“难道指的是那场惊世骇俗的叛乱，一个家族的崛起？”修伊忽然觉得事情变得越发有趣了。

“应该是这样的。由于血族长期以来和教会作战，那部分的《以诺书》就被教会拿到。由于教会一直视其为恐怖的伪经，故它被藏在不为人知的地方了。据说这本失窃的《以诺书》，一直以来都被收藏于德勒斯登博物馆的绿穹顶馆。由于战乱和其他一些原因，博物馆始终处于闭馆状态，所以才没有泄露出去。由于不久前出了一场小火灾，泄漏了这个秘密，所以博物馆修复后就立即举办了这次展览，不过最终它还是没能逃脱被窃的命运。”

“难道连诺费族也打听不到《以诺书》究竟被谁所窃？”修伊走到客厅，皱了皱眉头。

“也不是完全查不到，只是还有部分打听的人员没有回来，希望修伊大人耐心等待。”男人谄媚地说，“不过，我们已经查到继承《以诺书》的占卜师后人应该在中国的上海区域内活动，具体消息还要等小的回去详细打探。修伊大人，您放心，一有消息我就会立即向您汇报的……”

“那好，等你的好消息。”

话音未落，远方响起很大一声惊叹，琪琪兴奋地比手划脚起来，还吱吱狂叫。修伊走回阳台眺向远处。

“唉呀呀，有头猪飞出去了。”

“哈哈哈……呵呵呵，打得好……”

人群中阵阵喧哗，热闹无比。

修伊的脸上露出了诡异的笑容，向身后的诺费族打了个过来看的手势。鼠眼的男人躬着腰走到阳台上。

修伊指着前方人群聚集的地方说：“你帮我再查两个人吧。”

“您请吩咐。”

“就是那两个。”修伊指了指远方人群中央一大一小两个素衣的人，大人一头紫发，小孩十岁左右。

“这个……”灰衣人面露难色。

“任务难度越大，奖赏也越大，不会让你们吃亏就是了。”修伊捋了一下头发说，“你们尽力吧，不过千万要小心噢，不要靠他们太近。”

鼠眼男子点了点头说：“那我先告辞了。”话声刚落，人影就消失无踪了。

琪琪在阳台里跳着，用头蹭了蹭修伊的腿，嘴里叽哩咕噜个不停。修伊弯下腰，摸了摸它的头，视线又回到外面。集市中央刚刚还聚集围观的人群也渐渐作鸟兽散了，看来主角已经退场了。天色已然暗下，庄严肃穆的茨温格乐宫四周笼罩了一层亮白色的光泽，有着白天的明亮，又带着夜的神秘，艳丽辉煌。

修伊的视线聚集在渐散的人群中那个身形单薄的女孩身上。女孩在人流中被推搡了几下，她看上去有些恍惚。

修伊神秘地笑了笑，回过身对琪琪说：“有这么多种族的集体出动，这场好戏才刚刚开始呢！”

男子男孩

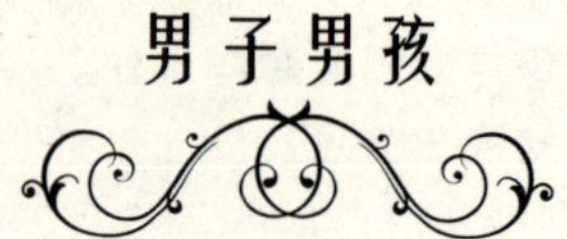

“那个大块头真是不中用，竟然敢小瞧聪明伶俐的尤吉大人，那一定是要多吃点苦头的。尤吉大人是战无不胜的！”刚从角斗场上走下来的小孩难掩胜利之后的兴奋心情，趾高气昂地拍着胸脯说着角斗时的种种细节，“我回去一定要告诉伍兹长老，有个人长得比他还像大冬瓜。哈哈！”尤吉颈间的银色坠链在阳光下熠熠生辉，走在他左后方半步之遥的长发男子一直没有搭腔，只是默默地跟着他。

“刚才应该再让那个大块头出点洋相的，这么快就结束了，真是不过瘾。”尤吉继续絮絮叨叨着，像是在对身后的长发男子说话，但从长发男子的神情来看，丝毫没有回应的意思，远远看去，则更像一个小孩在自言自语。他们就这样在古城的人流中穿行，和其他在此游览的过客一样说笑着，时而停下来张望一下四周。

“好了，这里跟家里可不一样，最好不要使用法术！”尤吉身后的男子终于开口说了句话，但他的脸上依旧没有流露任何表情，听来好似简单的提醒，但语气之间又有严肃和慎重，使得尤吉顿时变得有些无精打采。

“亚特和那些大人们一样，只会教训我。出门前几位大人都说过好多遍了，真烦！我刚才也只是用手掌定住了大块头而已，又没把他怎么样！”尤吉意兴阑珊地咕哝了几句。

被叫做亚特的男人没有再说什么，他加紧了步伐，紫色的长发在空中飘逸着，有一种让人窒息的圣洁之感。忽然，他停顿了一下，倏地回头望了望。身后只是来来往往的人群，并无任何异常。亚特调整了一下站姿，闭上眼睛，嘴唇微微翕动了几下。一句咒语过后，地面上和水池边三五成群在觅食的白鸽一队队地飞起，墙边一两只正在打瞌睡的野猫也起身跑开了。亚特再度睁开眼睛，思索了几秒钟，一回身，尤吉不知什么时候已经跳到了他的面前。“又有老鼠了吗？猫头鹰最喜欢老鼠了。”男孩拍着手，调侃着，脸上露出俏皮的微笑。

亚特若无其事地答道：“已经没事了，我们走吧。”

“我们现在要去哪里？”尤吉拉着亚特的衣角一脸茫然又不失好奇地问。

“《以诺书》突然失踪，一定和黑暗族的出现有着密切的关系，跟着这条线索，或许会找到一些更重要的消息。”亚特一脸平静地说。

“真的是黑暗族回来了吗？听来确实不是一件乐观的事情，难怪长老们这么紧张！”尤吉也皱起了眉头，脸上的笑容渐渐消失了。

“根据老鼠们说，若真是羲太族的话，那肯定不是什么好事。他们一贯信奉黑暗之神，几千年之前就被驱逐了，这次突然回来，一定有什么不可告人的秘密。如果只是波及我们和血族，倒也不是不能抵抗，若是把人类都牵扯进来，那肯定是一场灾难。”

“确实，希望《以诺书》不是被羲太族偷走了，不然……”尤吉稚嫩的脸上露出焦虑的神色，这对于一向调皮的他，确实非常少见。

亚特看着尤吉认真思索问题的样子，终于感到一丝欣慰，毕竟这个少主一向都是调皮捣蛋，一点都不让他们这批长老放心。不过他也不得不承认，这么重的担子压在还未成熟的尤吉身上，也确实有点残忍。所以在很多时候，他也就原谅了尤吉的任性，毕竟他还是一个孩子。可是这次，应该不是什么儿戏，如果不能及时找出隐藏的阴谋，后果将不堪设想，所以长老们才会让他带着尤吉少主前来调查，也正好让尤吉锻炼锻炼，以便尽快执掌权力。

尤吉跟着亚特的脚步走着，偶尔抬头看着亚特沉思的样子。他胸口的银色吊坠有节奏地摆动着，越发闪亮了，像是积聚了阳光的力量，熠熠发光，紧紧贴着尤吉的胸口。

Chapter 14
不愿放弃命运的纠缠

凡恩被她的眼神看得心中一紧，毫无杂念的眼神仿佛一道光射进了他的心脏，让他不由得怔住了。

大打出手

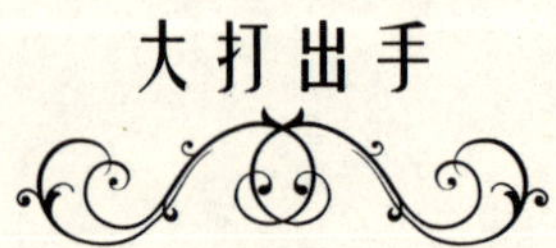

河畔的风吹过漆黑的夜，月亮蛰伏在乌云之后，教堂的彩色玻璃窗上折射出诡异的颜色，街道上弥漫着一种混沌而焦躁的气息，寂静无声，地上残留着夜晚狂欢过后的痕迹。这样的景象看上去有些诡异，就像在同一时间所有的人全部消失了一样。

恍惚间，一道黑影飞过，金色的十字架雕塑上出现了一个穿着黑色皮衣的男人。

他笔直站立，目光停驻在身边圣母教堂闻名于世的石制穹顶上，喃喃自语道："一瓦一砖，纵然超越千年，终究也要灰飞烟灭。人类真是无聊的生物，竟然收集千年前的破石头修复教堂。"男人勾起的唇角，带着一抹轻蔑的微笑。他眉形中带着几分贵气，琥珀色的眼睛深邃中又透着魅惑，挺拔的鼻梁更是突出了这张脸诱人的轮廓。

"Wiederaufbau，重生之地。我倒很想知道这个世界究竟还有什么需要重生，饕餮、贪婪、懒惰、淫欲、傲慢、嫉妒，还是愤怒？"他蹲下身子，抚摸着冰冷的十字架，眼眸中有着不同于往常的残酷。

"原来凡恩大人对宗教也有兴趣？"一个妖娆的声音冷不丁从后方传出来，声音的主人缓缓地走上这个教堂的天台。

"原来是修伊，真的是很久不见了。"站在十字架上的男子纵身跳了下来，朝对方挥了挥手，脸上丝毫没有惊讶的神情。

“好久不见呀，我不知道凡恩大人也到这里来度假了呢。”修伊抿嘴一笑，毫无威胁，只是脚边的小兽不知为何摆出蓄势以攻的姿态。

“琪琪似乎一如既往地不喜欢我呢。”凡恩佯装叹了口气。

琪琪身上棕色的毛都竖了起来，一副随时准备上来厮杀的攻势。修伊咯咯笑了，给琪琪做了一个蹲下的手势，示意它不必那么紧张。

“都是老朋友了，大家心知肚明，就不必寒暄了。直接明说吧，不要忘记你的职责，帮助林对你没有任何好处。”琥珀色眼睛的凡恩语气威胁地说，脸上却依然带着如沐春风般的笑容，让人觉得有些不寒而栗，他突然又表情一转道，“不如我和肖龙商量，让你来辅助我，一旦成功，将来一定不会少了你的好处。”

“哎呀呀，你们兄弟两个可真是一点都没有变啊。”修伊搔着脑袋，叹了口说，好像很为难的样子，在一边的台阶上来回走动。

“你真的觉得他比我强吗？我可是受七大元老初拥的，他呢，不过就是仗着自己是老头子的血脉，其实也没什么了不起……”凡恩没有再说下去。

“哎呀，真是为难啊……”修伊假模假样地从袖子中抽出一块丝帕抹了抹汗说，“对于大人的盛情，我实在是难以拒绝。不过我也没有选择，其实我也不算在帮助林大人，您知道的，这是肖龙大人的任务，我欠他一条命，无论他叫我做什么，我都不能请辞，甚至他要收回我的性命，我都没有办法说个‘不’字。”修伊一脸平静，但语气中有隐藏不住的调侃。

“哼！”凡恩显然非常不悦，“我从小就知道你和他是一伙的，你崇拜他，欣赏他，就是个彻头彻尾的跟屁虫。”

“哈哈！林大人从小就很有魅力，凡恩大人也深得大家的喜爱，我修伊呢？只是一个小侍从，只要做好自己的本分就问心无愧了。”修伊抬头看着乌云游走，圆月露了踪迹，许是光线的问题，皎洁的月亮周围仿佛有一层浅蓝色的光晕。

凡恩收起了脸上温暖如春的笑容说：“这是你的最终答复吗？”他看着修伊，缓缓道，“我不知道老爷子到底想怎么安排，但是你知道我和林的关系，选择帮他就等于是选择了做我的敌人。”

修伊仿佛没看到对方脸上的不悦，突然低声吟了起来，“你为什么发怒呢？你为什么变了脸色呢？你若行得好，岂不蒙悦纳？你若行得不好，罪就伏在门前。它必恋慕你，你却要制伏它。”这是《启示录》中的关于该隐弑兄被惩的一段，修伊念得煞有其事，琪琪在边上呲牙咧嘴地怪笑。

凡恩的眼角抽动了一下，深邃的眼睛里冒出了一股透人心魄的寒气。

“《圣经》大多一派胡言，不过有些故事倒还算有趣。不知道大人您觉得呢？”修伊挑衅地看着凡恩。

夜幕中，凡恩牵动着嘴角冷冷地说：“该隐的故事也算是比较有意思了。不过，我最讨厌《圣经》，尤其讨厌身为血族的人还在那里咬文嚼字。我看，相对于《圣经》，这次大家似乎对《以诺书》都产生了兴趣，不过真是可笑，竟然没有人知道这一切到底是为了什么？”凡恩凛冽的笑声在夜幕中听来刺耳万分，惊起了一阵夜鹰飞过。

“呵呵，我向来兴趣爱好广泛，不过相对于《以诺书》，我对我们的公主更感兴趣。”修伊掩着嘴角窃窃地笑着。

“你和林都少打她的主意！你转告林，他没有什么胜算，兰缪一定是我的！”话音未落人影已经消失，再出现时已经站到了修伊身后。凡恩的手臂高高抬起，猛然地落下。修伊身形一闪，躲过了这一击。

修伊知道对方根本没使用全部灵力，甚至一成都不到。如果不是避世戒律，估计又要毁坏了这个才修缮好的博物馆，想到这里，修伊止不住微吸一口冷气。

不过即使如此，修伊倒也毫无示弱，讪讪一笑，充满了玩味的神情。琪琪浑身毛发都竖了起来，飞身而上撞了过去。凡恩侧身让过，修伊一个移形换影挡住了他的去路。凡恩顺势挥过一掌，琪琪被掌力弹开，在空中猛然一个转身，回身一抓，在凡恩的皮衣上瞬间留下了几道抓痕。凡恩眉头一皱，一个反手向小兽抓去，琪琪急速跳开，但是头上已经被抓掉了一点毛发，发出呜呜的痛叫声。

几下拆招，修伊退后几步站定，左边耳朵上的红宝石耳环哗的四分五裂，掉落在地。琪琪跳到他边上，抓着脑袋，一副吃痛的样子。平台上灰尘四起，夹着一些砖墙的碎片，四周的白色雕花石柱出现了道道划痕。

“呵呵，再打下去，我们就要上明天的报纸头条了。身为血族的继承人之一带头违反避世戒律恐怕有所不妥。”修伊用身体挡住琪琪，没让它再次扑出去。他摸了摸左边耳垂，几滴鲜红的血滴落在白色的石板上。他把沾到血的手指放进嘴里舔了舔，嘴角挂着一丝魅惑的笑容。

近处有几户人家听到打斗声，亮起了灯火。有人正在开窗想探个究竟，也有几扇窗户内传来了人们对话的声音。

凡恩停住了手，观察了一下周围的情况说：“今天就到此为止，我从来不隐藏自己的目的，你好自为之吧。”凡恩拍了拍身上的灰尘对修伊说，“不要企图破坏我的计划，否则，我绝对不会手软！”凡恩站在阴影里，看不清他脸上的表情。但是修伊知道他肯定是全力以赴投入了这场竞赛，因为对他们任何一个来说，都有可能成为最后一次比赛。

窗户纷纷关闭，街道恢复了平静。几个晚归的酒鬼勾肩搭背地踉跄而来，他们在路上东倒西歪，嘴巴里还含糊不清地唱着德国的民歌。

“一定是一次非常精彩的对抗呀。”修伊依然是那副百毒不侵的笑容对着阴影里面的男子，月光又飘进了云层背后，光线浮动，仿佛只有一瞬，阴影里面已经空无一人了。修伊摸了摸琪琪的头说：“他们兄弟俩真是像啊，你觉得呢？”琪琪舔舔爪子，嗓子里发出呜呜声，“下次我们一定要尽兴打一架，就像小时候那样。”

月光从云层后照射出来，整个顶楼平台都泛出一道道冷冷的寒光，月光扫过，一人一兽也隐去了踪迹。

又遇旧友

沙沙，沙沙——

层层叠叠的叶子发出翅膀颤动一样的声音，在一片银光下，菱形的树叶摇曳生姿。四周雾气蒸腾，地上是乳白色的泉水，通透发亮，看不清天地宇宙，唯有眼前的此情此景，静谧安详。一个女人的身影慢慢从泉水中显出，她全身赤裸，一袭银发披散在背后，水从她纯白的身体上滴落。巨树上，银色的花粉散落，随风飘散在这不知名的空间，落在水中，落在银发女人的身上。她转回身，美丽的蓝紫色瞳孔，她轻启朱唇，说了四个字：我的孩子。只是这四个字，在这无限的空间中不断回响，像一道咒符打在心中，身体被撕裂拉扯，坠落到黑暗中。

兰缪霍然睁开眼睛，她清楚地记得梦里那个女人对她说“我的孩子”，就像是等待了一生，尽管只是梦中的景象，却让她深信不疑。那四个字如此清晰，近若身边，直到现在还萦绕在她耳边。还有她心里深刻的悲伤，和梦境一样越来越清晰明了。兰缪披上衣服，走到落地的玻璃窗前，拉开米黄色的半透明窗帘。德勒斯登早晨的阳光有些刺眼，兰缪用手挡了挡阳光，她眯起眼睛深呼吸，试图抚平因为梦境而起伏的心情。慢慢地，她睁开眼，低下头凝视自己的手心。

梦中女人到底是谁？不过她已经无暇去顾及这个问题，她最关心的就是如何能找到失踪的父亲，答案或许就藏在这座古老的城市里。她有种强烈的直觉，在这里能有意外的收获。穿衣打扮好，兰缪想先去城里参观一下，了解情况后再做下一步的决定。说了许久，威德才答应不陪同出行，兰缪保证说自己只是在城市内随便看看，绝对不涉入危险的地方。

德勒斯登，易北河上的佛洛伦萨，蔚蓝色的天空下，到处都是巴洛克建筑圆润的弧线。Baroque，意思是“形状不规则的珍珠”，这些圆形、椭圆形、梅花形、十字形的曲线，似乎像是山花盛开，檐部水平弯曲，墙面凹凸度大，装饰丰富，整个城市呈现出一种华贵的气质。兰缪一下午都穿梭在这些古典的街道中，感受着这座古老城市散发出的神秘气息。她觉得那种奇特的感觉又出现了，自己的皮肤仿佛能感受到周围异样的气息，每个毛孔都张开了在呼吸、在感觉。现在她就能感觉到这座城市的周围有奇怪的气流，还有一些人身上的特殊气质。

前面不知道发生了什么骚动，一阵阵的惊呼声从街尾传来，她隐约听见当地人在用德语说什么“孩子”、“角斗”之类的词。人群都朝那个地方蜂拥而去，赶着去凑热闹。兰缪并不是个好奇心特别强烈的人，但是在她身上发生了那么多古怪的事，她觉得那些在身边发生的事或许能带给她些许线索。顺着人流的方向走去，兰缪看到前面一群人围成了一个个大的圆圈，既有当地人，也有游客，人头攒动，夹杂着各国语言的喧哗声阵阵传来。兰缪继续向前走去，前面爆发出一阵更大的惊叹声，人们仍在往前拥挤。兰缪停在离人堆几十米的地方，她觉得前面有一种异乎寻常的力量，这种力量像河水般汹涌而又平和浑厚，仿佛要把她拉入其中，将她融化。这种感觉似曾相识，亲切，又让人心生敬畏。

“啊！”一个身影飞了出去，人群中顿时炸开了锅。

围成一圈的人群突然自动分开一条道路，一个紫色头发的年轻男子牵着个十来岁的孩子在人们的注视下旁若无人地走了出来。他们穿着素色的衣服，却气质出众。那个小孩子极为干净漂亮，一双灵活的大眼睛四下张望着，还频频向人群做出飞吻的手势。站在他身边的紫发男子俊逸沉稳，蓝紫色的瞳孔，让兰缪顿时呆立在原地，她想到了梦中的那个女子，那种纯洁干净的感觉和面前的这两个人极为相似。兰缪看到他们俩人走近，故意将眼神转开，与他们擦身而过的时候，她发现刚才把她吸引过来的那股力量就是从他们身上散发出来的。她用余光感觉到两人在她的身边微微顿步，等这两个神秘人物走远后，兰缪转过身，想再看一眼，却发现他们已经消失在人群中，围观的人群也渐渐停止了沸沸扬扬的议论四散开去。兰缪陷入了思索，为什么他们会给她这样的亲切感，仿佛体内有一种力量在呼唤她，这种感觉让她鼻子发酸，她不知道自己是怎么了？她踌躇地站在川流不息的人群中，被人推搡了几下，险些跌倒。恍惚中，一只手有力地扶住了她，兰缪回过神，抬起头惊讶地望着手的主人，一张温暖又熟悉的脸庞映入眼帘。

“天啊，凡恩！你怎么来了？”

允诺相伴

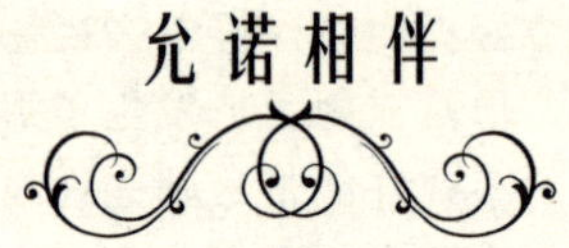

阳光的照射下，凡恩古铜色的肌肤异常耀目，和兰缪的苍白形成强烈的对比。兰缪定了定神，有些羞涩地垂下眼帘，抿紧了嘴唇，顺势低下头，显然，刚才那一句脱口而出的问句暴露了她的惊喜。凡恩见兰缪有些难为情，嘴角松动了一下，刚才一刹那间的紧张消逝得连他自己都没注意到。凡恩稍微在手腕上使了使劲，把兰缪扶正，带着几分责怪地戏谑道：“这么不小心，确实让人担心呀。”

刺眼的阳光同样刺痛了兰缪如纸的皮肤，她下意识地缩了缩手臂，这个动作让她觉察到凡恩冰凉的手指，那手指没有丝毫温度。兰缪想起了之前和凡恩告别的时候，似乎也有过这种极不自然的触感——这种冷，冷得让人感到一些畏惧。虽然兰缪说不上害怕什么，尤其凡恩的微笑总是那么亲切温柔，但他手指传来的气息还是让她感到些许颤栗。他的手像一个工具，像一种牵制，有力得让人摆脱不了，硬生生地却又恰如其分地掐住了她的手臂。

“发什么呆呀，哪里弄疼了？”凡恩见兰缪沉默着，就随便问了句话来打破僵局。刚才看到她差点被人推倒，他本能地冲了过来扶住她，这种潜意识的速度，还有他发自内心的焦急，让他自己都有点惊讶。

“我实在太过惊讶了！”兰缪才回过神，带着些羞涩说，“凡恩，你怎么……”

“你说过我是你最好的朋友了，出于朋友关心，我实在放不下你。况且事关你的父亲，我也很希望能够帮到你。”凡恩没等兰缪说完就竭力找寻留下的理由。

“可是我真的不愿意太麻烦你，而且……”兰缪越说越小声，“而且有些奇怪的事情，我也不想牵扯旁人。”凡恩看着兰缪颈项间越来越透明的肌肤，似乎都能望见血管因血液流动带来的微弱起伏。阳光的照射让凡恩有些不舒服，不知道是因为兰缪的婉言谢绝，还是因为和修伊的一场僵持，让他内心产生了一种莫名的烦躁。他深吸一口气，又换上柔和却坚定的语气说：“就当我是来研究历史的，或者是欣赏艺术好了。总之，不管你怎么想，我已经决定要留下来陪你了。”凡恩扶着兰缪的肩膀，给了她一个充满暖意的笑容。

兰缪抬头看向凡恩，说实话，这是她第一次听到凡恩用这种语气对她说话，贴着她皮肤的手指也同样让人逃脱不了。那琥珀色的眼睛因为对着阳光射来的方向，几乎淡去了颜色，让兰缪觉得那里面仿佛隐藏着另一个世界——温柔，又带着一种无法拒绝的牵制。但此刻，兰缪是那么的孤立无援，或许应该相信眼前的这个男人，毕竟他是她在中国最亲近的朋友。一直以来凡恩对她总是温和善良，又总能在关键的时刻出现并帮助她，再加之他在文字方面的知识更胜兰缪一筹……想到父亲留下的线索，以及凡恩轻易就解读出了如尼文字的场景，兰缪想不到有其他更好的人选可以帮到自己，或许凡恩就是上天派来帮助她的，这是命运。正如攸婆婆所言，凡事都有自身的天机隐藏其中。但是为什么在望着凡恩的时候，她的眼前还晃动着一张让她觉得很畏惧的脸——林，对于他，她是真的畏惧么？还是害怕会发生些什么？那天在他怀中，她觉得自己的每寸肌肤都在颤动，害怕但是又有莫名的激动，这种情绪和她看到凡恩时是截然不同的。不知道林，现在如何了？还是依然被学生们又恨又爱么？想到这里她在心里微笑了一下。她有些懊恼自己的分心，凡恩这么远跑来帮助自己。她回过神，抬头看着凡恩的眼睛道："真的很谢谢你，凡恩。"

凡恩被她的眼神看得心中一紧，毫无杂念的眼神仿佛一道光射进了他的心脏，让他不由得怔住了。

若不是刚才围观的人群已经散去得差不多了，凡恩和兰缪这样两个面容清秀的年轻人站在这座古城的广场中心，其引人注目的程度绝对不会亚于那场揪人心魄的角斗。周围的行人都继续着各自的行程，人们行色匆匆，有未完的路和未尽的事在前方等待。只有易北河水维持着它规律的潮涨潮落，反反复复地念着那句：这里是获得重生的地方……

Chapter 15 追根寻源的轨迹

兰缪的背后，是橘红色的夕阳，凡恩看着这个仿若从阳光中跳出来的金色女神，顿时思绪停顿了几拍。

录像残影

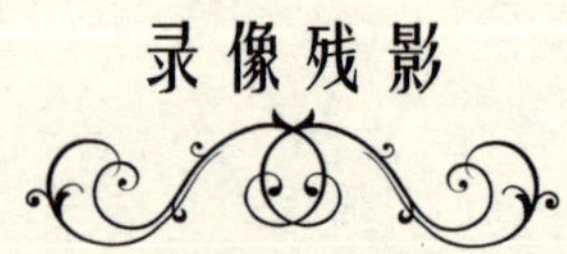

屏幕里是空无一人的展厅，米色的大理石地面反射出黄色的光芒。玻璃展柜中各种各样的奇珍异宝和价值连城的古董散发出历史的古旧气息。一个手拿对讲机，穿着深色保安制服，身材挺拔的人走进大厅。他老练地检查了红外线安检系统，然后四下张望，确定空旷的大厅里除了他，别无他人。他走到大厅中央，望着这次展览中最重要的展品，半人高的展台上是一个透明的全封闭的玻璃盒。这种由高强度高密度的特殊材质做成的玻璃盒，不仅不能被普通的器械破坏，甚至少量的火药都不足以炸毁盒子。为了这次展览，博物馆方耗费了大量的资金投入到保安防盗装备上，绝对不允许有任何意外发生。此时，透明盒内，灯光打照在一本摊开的书卷上，泛黄的书页和上面古老的希腊文字在橘色的光晕中透出神秘的气息。保安打扮的男子望着这本绝无仅有的《以诺书》残本，倒吸了口冷气。一直侧对着监视摄像机的他，突然回过身，正对着镜头。他帽檐压得很低，看不清表情。随着他的侧身，刚才还清晰的画面突然跳动了起来，屏幕上随即就出现了雪花的画面。

“怎么了？”黑暗中，一个怪声怪气的声音问道。

“是用很强的灵力干扰了电子设备，别急。”另一个声音响起，一只畸形而枯槁的手放到了电视机屏幕上，刚才还一片模糊的画面又逐渐清晰起来，仍然是那个身着保安制服的男子站在镜头中间。

“啊，看里面！” 一切都和刚才没有两样，只有透明玻璃盒中的书竟然神奇地握在了那个男人的手中。屏幕的画面从清晰到模糊，转而又变清晰的整个过程最多也只有十多秒。然而，就在这短短的十多秒内，这个男人不知道用了什么方法，竟然打开了玻璃盒，取到了古籍。

“倒回去！快倒回去！”尖锐刺耳的声音响起。

画面倒格，从闪动变换的镜头上看到书本像被什么东西拉扯般又安静地躺回了玻璃柜中。一切从那个男人望向监视器的那一刻重新开始，他犀利的目光飘过镜头，然后便自顾自转回头聚精会神地望着玻璃柜中的书籍。他摊开双手，视若无物地直接穿过了玻璃盒，拿起了古书。他的嘴角动了几下，念念有词的样子，盒子里即刻闪过一道光芒，让人看不清他具体的动作，只见很快地，他的双手已经捧着《以诺书》伸出了盒外。展台的玻璃柜没有丝毫的破损，也没有触动任何警报系统。如果看得够仔细，可以发现盒子里原来放置书籍的地方出现了一个焦黑的图形——六角星形。

“六芒星阵！”

“这个偷书的人到底是谁？竟然能破了六芒星阵的结界。”

“别吵，看下去。”

画面里的男子摸了摸《以诺书》，正欲把它收到衣服里面，突然，大厅里响起了另一个人阴森的声音。

“堂堂的兰斯维大人也有入室盗窃的时候啊？”一个男人从阴暗的角落中走了出来，“没想到你会亲自来取这本书！这么高超的易容术差点把我给骗了。”

兰斯维回过身，瞥了瞥来者，脱下帽子，露出了一张平庸到让人不易记住的脸：“你不是也亲自来了么？肖龙！”他盯住对方，低沉着声音说，“雷穆最近可好？”

“呵呵，托您的福，雷穆大人一切都很好。”肖龙往前走上几步，“我们可都是很挂念您啊！有十八年未见了吧？”

“一眨眼十八年了。”兰斯维眯起了眼睛，脑中闪过散乱的记忆片段——那个腥风血雨的夜晚，婴孩的啼哭，阿莉娅白色的衣裙。记忆带来的巨大痛苦让他的眉头顿时皱了起来，但这份压抑的痛苦也更坚定了他的行动。为了阿莉娅，为了兰缪，为了他和攸婆婆的交易，绝对不能让《以诺书》落到他人的手里。

他稳稳地把书放入怀中，直视着肖龙，神情倨傲地说："你知道，你不是我的对手。"

"嘿嘿，试过才知道。何况……你也不想打扰到这个城市的人类吧。"肖龙阴森的声音未落，已经伸手抓向兰斯维的胸口，目标是《以诺书》。兰斯维向右边一闪，弓起的膝盖袭向对方。肖龙手腕一转，避过对方一击，骷髅般的手仍然准确无比地抓向兰斯维胸前的书。兰斯维侧身，用手一挡，身体迅速后退，移向通往安全通道的出口。两人异常默契地都没有使用灵力，尽可能不发出过多的动静。肖龙再次起身而上，企图拦住对方的去路，使出强有力的一掌击向兰斯维的面门。兰斯维脖子往后一仰，一手护住胸口的书，单手撑地往后一个翻腾。肖龙一掌击空，突然从手掌中喷出黑色的雾体，那团黑雾如一张鬼脸直扑向兰斯维的口鼻。那道黑雾在离兰斯维的脸约三公分的地方定住，仿佛被什么力量顶住似的，黑雾中的鬼脸兀自咆哮却前进不得。兰斯维全身一震，扑在他面前的黑雾发出尖锐的一声哀鸣后向四周弹开，砸在展厅四周的墙上，米色的墙上如泼墨般留下形状各异的焦炭色的黑印。肖龙和鬼脸一样被兰斯维的力量伤到，往后一个踉跄，几乎跌倒。

兰斯维紧皱着眉头，还是没有控制好力量，他没想到肖龙竟然敢违反避世戒律在这个地方使用灵力，这样突如其来地使用下三滥手段，他若不动用灵力便无法抵挡。这么大的动静，肯定马上就会招来警卫。兰斯维拿起身边一个古董花瓶砸向还未站稳的肖龙。肖龙双手一挥，花瓶破裂，碎片飞起。就在这转瞬之间，兰斯维已经不见了。肖龙脸上的表情更加阴郁暴戾，眼睛如野兽般露出凶光，瞪着兰斯维逃跑的方向。外面有人开始撞门，之前铺设的结界看来已快到时间了，来不及懊丧了，肖龙一甩手，烟雾四起。门被撞破，一群保安和警察呆若木鸡地望着一片狼藉而又空无一人的展览大厅。

漆黑的房间一阵静默，只有暂停的荧屏上闪烁着光芒。

“没想到……”怪声怪气的声音再次响起。

“没想到啊，偷书的竟然是这么两位大人物！”一个面容丑陋的男人说，“登戈，你看怎么办？要不要把带子交给修伊大人？”

被唤作登戈的男子咬着手指沉思了片刻，说：“我看卖给修伊大人，不如先卖给肖龙大人。肖龙大人一定不喜欢这盘录像带流落在外面的。嘿嘿……”登戈的小眼睛里闪烁出狡诈的光芒。

“哈哈，高明！”

访古董店

午后的德勒斯登有一种宁静别致的倦怠，暮色忽浓忽暗，一个年轻男子带着一位姑娘穿梭在古老的城镇。他们转来转去，走过蜿蜿蜒蜒的一段路，进入到一个僻静小巷。脚步踏过一绺绺的石板路，发出沉闷的声响。小巷的两边有些歪歪斜斜的老树，疏疏落落的，显得有些荒凉。男子在前面领路，女孩静静地跟着他。又拐了个弯，他们走到了小巷更深的地方，这里光线更暗，石板路的尽头隐约藏着一间古旧的小房子。

“你确定是这里吗？”女孩一边走一边疑惑地问，“我们真的能在这里找到书的副本？”

男子看了看女孩，语气温柔地说：“应该就是这里，我小时候来过一次。至于书，那要看运气了。”

他们走到路尽头的那栋房子前。女孩斜着头看着这栋房子，褐色屋檐，灰白相间的墙，不起眼的外观，窗台上一排枯萎掉的矢车菊在夕阳下显得很颓靡。正门的台阶上画着古怪的图腾，走上前，湖蓝色的门配着绿底黑字的招牌，上面写着“乔尼奇珍异品古董店”。

“古董店？”

“算是吧。走，我们进去。”

男子拉着女孩走到门前，抬手正欲敲门，手还没碰到门，门就吱呀一声开了。一个身材矮小、满头卷发的老人站在他们面前。他穿着考究，神情倨傲，身上却透出一种腐烂的气息，可以看到他背后的房间光线暗淡得有些阴森。

“欢迎光临，尊贵的客人。”他堆起一脸笑容望着这对年轻男女，“请进，请进，这里一定会有满足你们需求的东西。”他引领着两个年轻人走了进去，随着他往里走，刚才还阴暗的房间慢慢亮了起来。女孩好奇地打量着屋内，不知道为什么，她觉得房间里要比从外面看大得多，或许是视角不同造成的错觉。大厅里，一套桃木古典家具配上皮面沙发，墙上的壁灯散发出柔黄的光芒，老式的火炉里闪烁着微弱的火光，上方挂着一张肖像画，画中是一个穿着中世纪服装、面容英俊却脸色苍白泛青的男子，依稀可以看出和老人有几分相似。一排排古铜色的书架横在房间四周，满架子皮面烫金的古旧书籍散发出一股石蜡的味道。房间里的装饰摆设完全不像女孩记忆中一般的古董店，一些珍贵的古董被随意丢弃在房间的各个地方：地板上、沙发上、书桌上……

“两位请坐，请喝茶。”老人示意他们坐下，指了指茶几上两杯不知何时已经准备好了的红茶。

女孩有些惊讶，忍不住问：“你怎么知道……”

“怎么知道你们要来？”老人似乎能读出女孩的疑问，他简单地解释道，“这条路只通往寒舍，我从那里看到你们过来了。”他指了指被赭色窗帘遮得密不透风的窗户。

“言归正传，我是这里的店主，请问两位来我这里想寻找什么？”老人笑盈盈地望着两位客人问，这笑容在橘黄的灯照下，显得十分诡秘。

“我们在寻找《以诺书》。”男子简单地回答，眼神犀利地注视着对方。

“《以诺书》？”店主的表情有些惊讶，“最近大家似乎都对这本书产生了兴趣，听说绿穹顶馆的真本失窃了。”他意味深长地瞥了眼这对年轻漂亮的男女。

“请问您这里有没有其他的抄本或者副本？我们真的很需要找到这本书。”女孩说。

老人摸了摸胡子，沉默了片刻道：“请问两位怎么称呼？”

“我叫兰缪，这位是凡恩。”女孩彬彬有礼地介绍。

“凡——恩——”店主一字一顿地重复了一遍，仿佛这个名字有什么特殊的意义，并再次深深打量了一眼这个年轻男子。凡恩正笑嘻嘻地望着他，仿佛这只是个很平常的名字，没有什么值得惊讶的。

“我知道乔尼的奇珍异宝店向来货品齐全，从来不会让客人失望。”凡恩刻意加重了“乔尼”两个字。

“过奖，过奖。”老人笑眯眯地摇着头说。

“是您过谦了！据我所知，世界上只要有的东西，乔尼的店就一定会有足以以假乱真的赝品。”兰缪惊讶地听着凡恩的话。她身为古董收藏家的女儿，自认为已经对那些珍宝古董的事了然于胸了，怎么从来没听说过世界上还有这么一个能拥有所有东西的赝品的店！

“呵呵，话是没错。只是不知道凡恩先生有没有听说过，有三种东西，乔尼的店是不提供的。一是有生命的东西，二是有封印的东西，三则是各族世代相传的圣物。所以说……”

“您这里也没有吗？”抛开先前的疑惑，兰缪失望地问。她虽然不能完全理解店主的意思，但是听对方语气，这里是没有这个货物，她本来也不相信世界上会有一家店拥有任何奇珍异宝的复制品，要不是凡恩说……

“也不是完全没有……”店主顿了顿说。

“啊！”兰缪刚刚黯淡下去的眼睛又闪出了光芒，她急切地拉着老人的手说，“请您帮帮我，我真的很需要这本书。我……我……”她不知道怎么说下去，声音哽咽了。凡恩拍了拍她的肩膀，以示安慰。

“这个……”店主似乎对兰缪的反应有些不知所措，他冰冷而干枯的手还握在这位年轻姑娘的手中。老人抽回自己的手，又望了一眼凡恩，若有所思了一会儿，说：“既然来了，就是有缘人。好吧，我就找出来给你们。但是，你们也不要高兴得太早。既然它属于我所说的三类本店不受理的货物之一，那么我这里不可能有完整的《以诺书》的副本，只有一个空壳的复制品。”

“您的意思是？”凡恩问。

“就是说只有封面和前几张扉页。”

“那也好，请您卖给我们吧。”虽然凡恩和兰缪听到后觉得有些失望，但是聊胜于无，总算也是一条线索。

“好吧，请两位等一下。”老人站了起来，走到一排书架前，手指翻拨，从中抽出一本褐色封面的旧书。一眼望去，书页有些泛黄了，封面是手工制造的皮革书皮，上面还烫着金字金花，显得十分贵重。老人走回来，拍了拍书上的灰尘，放到茶几一侧。

“你们确定要买吗？”他望着两人。

“要买的！”兰缪急着回答，眼睛一动不动地盯着书，“请问需要付多少钱？”钱对她来说从来不是问题。

“不要钱。”

“啊？不要钱？”世上还有这样的亏本买卖吗？兰缪抬起头，吃惊地看着店主。

“确切地说，乔尼的收藏品不是用金钱交易的，要用一件对你们来说非常重要的东西来交换。”他停顿了一下说，“请问两位，你们谁负责支付？”老头的眼睛里闪烁着很奇怪的光芒。

“重要的东西？”兰缪困惑地望了望店主，又看了一眼凡恩。她看了一下全身上下，似乎没有什么值钱的东西，如果和威德商量下，或许家里还有不少珍贵古董，但是那些东西对她而言，并没有什么深刻的价值，用那些能换这本书吗？

“我付。”还没等兰缪想清楚，凡恩已经斩钉截铁地回答了。

“你要用什么重要的东西支付？”

“我们到里面结账吧，”凡恩笑着望向店主，“我保证您会满意的。”

神族讯息

“德勒斯登真是座伤痕累累的城市啊！”如果不是拎着个填充玩具，这名衣着华贵的金发男子和其他慕名而来的显贵公子并无二致。曾作为萨克森王国的都城，德勒斯登拥有数百年的繁荣史、灿烂的文化艺术和无数精美的巴洛克建筑，它早就被誉为欧洲最美丽的城市之一了。那些生活阔绰又充满复古情怀的有钱人总喜欢格调极高地出现在这座城市各类大大小小的场所里。高级服装、金银饰品、玻璃器皿和艺术复制品向来都是受他们追捧和称赞的。这名略显伤感的男子穿着考究的定制服，精细的行针走线还不足以说明他挑剔的品味，若不仔细看是不会发觉袖扣上的特殊花形图案，而这种图案只有极其久远的贵族代代相传才会拥有，加之这个男人举手投足间自然流露出的与生俱来的宫廷气质，更是让人挪不开视线。

“吱——吱——吱——”男子丝毫不奇怪手上吊着的那只猴面狮身的玩具发出的轻轻的叫声，伸手摸了摸它的脑袋，将之放到了左边肩头。尽管不断有人对这个金发男子的美貌和他的古怪行径表示惊讶，但德勒斯登毕竟是个旅游城市，南来北往的游客不断，形形色色的人穿梭在这座城市的大街小巷，人们对于莫名其妙的人早就见怪不怪了。

金发男子穿过市中心，慢慢转入了一条小巷中，他始终保持着不快不慢的速度，偶尔在岔路口停下思索片刻，然后又果断地选择其中一条路。他走到了一条更为荒僻的小巷，望了望小巷的尽头，停止了前行，靠在了一栋不起眼的小房子背面。屋檐和树枝落下的阴影盖在了他的身上，隐藏了他的气息。

过了好些时候，路尽头的那栋灰白色房子的门吱呀一声被打开了，走出了一对年轻男女。女孩看上去漂亮清纯得仿佛不染一丝世俗之气，男的看上去也很俊秀，一头褐色的卷发映衬着他琥珀色的眼睛。只是不知道为什么，他显得有些精神萎靡、脸色苍白。

起风了，风瑟瑟地吹在两边的梧桐树上。

“冷吗，兰缪？”男孩把外套脱下来披在女孩的肩上。

“没关系，倒是你，不要紧吧？你看上去脸色不太好。”女孩担心地看着同伴，“凡恩，你用什么付了账？”

“你不用管了。”凡恩依然语气温和地说，“反正东西到手了就成。”

“可是……”兰缪觉得明明是自己要找书，结果却让凡恩用重要的东西作了交换。

“快走吧，天要黑了。”

两人的身影迅速消失在小巷蜿蜒曲折的石板路的另一头。

金发男子的身形从阴影中走了出来，他悄无声息地走近那对男女刚出来的小房子。“乔尼奇珍异品收藏店，呵呵。”他的嘴角露出了一抹寓意不明的笑容。望了望两人消失的小巷尽头，金发男子下意识地抚摸了一下左耳的耳垂，自言自语道：“没想到那个家伙也可以对女孩子温柔。时间已经不多了，我看他该着急了，倒很想知道他接下来会有什么举动。”

“吱吱！”金发男子肩头的类似绒毛玩具状物又发出了几声怪叫。

“琪琪，你也同意吗？他的温柔有些假，对吧？我们就再等等吧，静观其变！”

夕阳西下，金发男子已经走出了先前的小巷，停在一座喷水池边上。这里不属于繁忙的市中心，过往的人也极少，他懒洋洋地靠在水池边上，用修长的手指拨弄着池内的水。他肩头的那个猴面狮身的玩具仿佛注入了灵性，转了转眼睛，从男子的左肩跳到了右肩，手舞足蹈起来，已全然不是填充玩偶的样子，变成了活生生的小兽。

“出来吧！”男子淡淡地说了句。喷水池中央立着的大型雕像遮挡了阳光，与不远处的墙角连线出一片阴影。紧贴墙边的地方升腾出一阵灰烟，一个佝偻着背的男人从薄烟后面慢慢现形。

“修伊大人好，给您请安了。”

“上次交代你的任务有什么新发现吗？”

“有重大发现！上次您让我调查的两人已经有了眉目。此外，我们也已经查到失窃的《以诺书》的去向了。”男人卑躬屈膝地说。

“效率很高嘛，不愧是诺费族。”修伊满意地点了点头，小兽琪琪则早跑到喷水池中央的大理石雕塑上玩耍了，仿佛对池边这两人的对话毫无兴趣。

衣衫褴褛的男子警觉地瞥了瞥四周，然后压低嗓音说：“那一大一小两个人哦……乖乖……可不得了，他们是神族，确切地说是神族中最尊贵的拉法尔一族。”

“拉法族！”修伊心中暗暗惊叹，早知道那两个人绝非普通人，却没想到来头那么大，“你们是怎么知道的？”

“一开始我们也不知道，我们的人一直听从修伊大人的吩咐，只敢远远地跟踪着，不敢轻举妄动。那个紫发的男人非常警觉，我们只要稍微靠得近些，就会被发现。但是，终于还是被我们查出了他们的身份，嘿嘿！因为那个小孩子脖子上挂着的吊坠。”

“吊坠？”

“嗯，那可不是普通的吊坠，那是一片特殊的有封印的银叶子。”

“生命之树上的银叶子？”

“嗯，正是拉法族历代守护的生命之树上的银叶子，而且他身上的那片绝非普通的那种。可惜距离太远，只能探个大概。”

拉法族人不好好守护着生命之树，跑到这里来干吗？神族的出现和血族现在正在进行的事有关？难道只是巧合？修伊托着下巴思考起来。倒挂在雕塑上的琪琪也好奇地歪着脑袋张望着修伊。

“拉法族来干吗呢？”

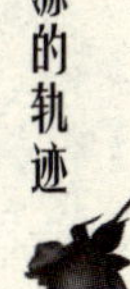

“来偷书的。”

“什么？”如果说第一个消息让人吃惊，那么第二个消息则可以称之为震撼了，“你的意思难道是说《以诺书》就是他们偷走的？”修伊盯着贼眉鼠目的男人追问。

“嗯，据可靠情报说，正是神族的人偷走了博物馆这次正在展览的《以诺书》。”佝偻的男子闪烁着黄豆般的小眼睛信誓旦旦地说，“一定没有错的，《以诺书》本来就古古怪怪的，听说里面记载了很多有违教会意愿的事，还记载了神族的很多历史。我想就是因为这样，他们才必须要把书偷走的吧。”

“不要胡乱推测，你这个情报可靠吗？”

“修伊大人不相信我们吗？”

“怎么会？我向来对你们族的侦探窃听能力毫不怀疑。只是这件事关系重大……”

“大人请放心，神族偷书的事如果没有确凿情报，我们怎么敢乱说？只可惜，我们现在没办法查到他们带着书逃到哪里去了，不过我们会继续追查的。”一向淡定的修伊也忍不住为难起来，如果敌人是拉法族的话，那么恐怕以他的能力没有办法以一敌二，是否要把林叫到这里来呢？他不断地在心里盘算着。

“嗯，就这样，你们先继续追查，记得随时向我汇报进展。你先退下吧。”暂时也只能如此了，修伊望着天空皱了皱眉头。琪琪从喷水池上跳了下来，用头蹭蹭修伊的腿。夕阳如残血一般把整个池水都染红了。

混淆情报

灯光昏暗的房间里，拉严实的窗帘把月光遮紧了。屋内坐着

一个额头有胎记的男人，脸色凝重，仿佛在思考什么事情。站在他旁边的是一个穿着黑色斗篷的人，他的脸遮盖在一片阴影之下。

传来几声敲门声，胎记男人露出不耐烦的表情道：“什么事？”

门外传来仆人的声音：“肖龙大人，有诺费族的人前来，说有很重要的事情要向您汇报。”

“诺费族？”肖龙沉思了一下说，“带进来。”

一个身形瘦小、容貌丑陋的男子被仆人带了进来，那男子见到肖龙，深深地鞠了一躬。肖龙摆摆手，仆人退了出去。

“肖龙大人，登戈大人有重要的情报要带给您。”丑陋男子一脸献媚地说。

“哦？说来听听。”

“之前修伊大人让我们去打探《以诺书》遭窃现场的情况，虽然监视录像被损坏了，但我们还是解读开了图像……”丑陋男子说到这里故意顿了一顿，偷瞄了一眼肖龙沉重的神情，觉得确实如登戈大人所料，于是继续道，“实在很不凑巧，我们发现了某两位大人的影像，于是登戈大人差小人前来，问问看肖龙大人准备如何处理。这么重要的消息，我们都觉得应该让肖龙大人先行定夺，如果先传到修伊大人那儿去的话，不知道会发生什么情况呢……”

“不用废话了！”肖龙打断了丑陋男子的话，一脸嘲弄地说，“你们登戈大人真的很敬业，做生意做到我的头上来了！很好！很好！”

丑陋男子的腰弯得更加厉害了，大气不敢喘一个，他知道如果运气不佳，绝对会有生命危险。偏偏这个时候，肖龙不再接话，整个屋子死寂一般，吓得丑陋男人脸上的汗直往下掉。忽然，他想起了一件事情，他希望这件事情对于这个尴尬的局面有所缓解，于是战战兢兢道：“登戈大人说了，顺便转告大人另一个很奇怪的情况……”他撇了一眼肖龙，看到肖龙神色还比较平静，就紧忙道，“据说在德勒斯登有神族的出现，来头还不小，他们似乎也在打探什么事情。”

“神族？”肖龙念叨着，眼珠一转，他的脸就像忽然转换的面具一般，露出了微笑，这种微笑让他的脸看来更加狰狞。肖龙对微微发抖的诺费族人说，“回去告诉你们登戈大人，我不会让他亏本的，消息我肯定是买下了，也不希望再有人知道，但是我需要你们诺费族帮我做一件事情，如果做得好，报酬绝对让你们满意。”

“肖龙大人的命令，我们一定照办。”丑陋男子听到肖龙的笑声，忽然松了口气，知道今天小命总算是保住了。

“很简单，一点都不难，谁让你们打探的，就回去告诉谁，说《以诺书》是神族盗走了。”肖龙神态惬然地说，“这个应该不是很难的任务吧。”

“这个……”丑陋男人知道对于诺费族来说，情报准确一向是他们生存的资本，也是这么多年来的信誉所在。不过这次遇到肖龙，登戈大人也再三提醒他，只要能赚到钱，肖龙有什么要求一定要答应他，不然会殃及整个诺费族。既然现在报酬已经允诺了，男子思索着，点点头道，“我代登戈大人答应了，希望肖龙大人对于报酬的事情不要食言。”

“我肖龙一向说到做到，我这就让人带你去取，不过，希望这件事情，从此以后都不会再有人知道了。”肖龙后半句话就像一阵寒气刺杀出来，让丑陋男人不禁打了个寒噤，他不停地点头，慢慢退出了房间。

肖龙嘱咐了仆人几句，房门就被关上了。肖龙脸上的怒气顿时发散开，他满脸愤怒，杀气重重，拳头紧握，对着桌子就是一击，他咬牙道："若不是关键时期，我把整个诺费族都灭了！这个劣等种族竟敢来敲诈我，真的是造反了，越来越无法无天了！”肖龙喘着粗气，慢慢平复自己的情绪，抑制住愤怒对身边的斗篷男人说："芒，你觉得我这步棋走得如何？机会送上门了，让他们去自相残杀吧，我们就坐收渔翁之利。”

斗篷男子发出了金属般尖锐的笑声，两个笑声在灰暗的房间中此起彼伏，听来阴森恐怖。

阅读赝书

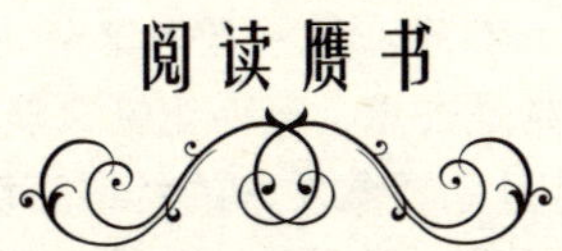

凡恩在德勒斯登的城中找了家可以看见城市广场的酒店。黄昏的阳光透过阳台，照在两个围坐在桌子边的青年人身上，熠熠发光。

兰缪和凡恩各自坐在桌子的一边，注视着桌上一件被褐色牛皮纸包着的东西。

“要打开吗？”兰缪望着凡恩问。毕竟是凡恩用重要的东西换回来的，严格说来，是他的东西，到底要不要拆开来看，当然要询问他的意见。

“当然，我们那么辛苦才找到的。”凡恩笑着说，“拆吧，兰缪，或许会有意想不到的收获呢。”

兰缪伸出的手微微有些颤抖。这是她现在唯一的线索，如果从这里得不到什么有用的信息，她就实在不知道还有什么方法能找到失踪的父亲了。父亲已经离开他们近一个月了，他从来不会像这样不告而别那么长时间，一定有什么事发生了。想到这里，她就感到难过。

只是薄薄的一层牛皮纸，兰缪却费了九牛二虎之力才拆开，终于看到了这本《以诺书》的仿制品。单从外表来看，确实是足以乱真，就是从小把古董当玩具的兰缪看来，也完全没有任何破绽。纸的古旧程度、金花金字的封面和书脊的装帧制作得非常到位，封面上的字用的是古体的拉丁文，一派古色古香。兰缪心潮起伏，仿佛手中握着的是一本真实的超越千年的古籍，而且这本书还关系到她父亲的下落。她抬头看了看凡恩，凡恩给了她一个温和的鼓励的眼神，示意她翻开看。

兰缪充满敬意地轻轻翻开书的褐色硬皮封面，书的第一页上赫然出现一幅画，是一朵墨绿色的花。朴素的墨绿色线条配着黄色的纸张，显得隽秀而高雅。兰缪觉得这朵花有些眼熟，她似乎曾在哪里看到过。可越是去想，反而记忆又淡了下去。

“你怎么了？”凡恩望着发呆的兰缪关切地问。

“哦，没什么。抱歉，发呆了。”兰缪觉得自己可能是多虑了，只是朵造型朴素的花，或许也只是以前在别的古书里看到过而已。

她继续往下翻，第二张纸上出现了一排排字，看起来像一首诗。

“啊！”她发出一声惊呼，“这诗！”

“这诗怎么了？”刚才一直坐在一边关注着兰缪的凡恩凑过头来，与她一起看着书页上的文字。

混沌初开的远古时代
没有山或者海
没有天或者地
只有那寸草无生的鸿沟
跨越万年 祈求重生
太阳之下征服的国土
血液在美轮美奂的天地间萌芽
让我们膜拜的宝物
将开启沉睡的神秘之门……
既非开始
亦非中间或者结束
而乃永恒的存在
世间万物 瞬间即逝
唯有永恒的存在
才让我们心生喜悦 开启天智
平凡的血肉之躯
拥有珍于万年锤炼的宝石

譬如圣眼
死亡亦可复活亦可
召唤亦可摧毁亦可
盖过天地之灵气
降服宇宙之万物
福兮祸兮……

“这首诗的上半段就是我上次读的那首。”凡恩的手指迅速划过其中的几行说，“没想到在这本书的书页上。”

兰缪还是眼睛一眨不眨地盯住书页，像个木头人那样定在了那里。凡恩点了一下兰缪的鼻子说：“傻丫头，上次不就告诉你我读的是《以诺书》中的一段，你怎么还这么惊讶？”

“不是啊，我不是因为这个而惊讶。”仿佛回过神来一般，兰缪情绪激动地指着书中的一段说，“我是因为这段。”

凡恩随着兰缪的指尖看过去：

既非开始
亦非中间或者结束
而乃永恒的存在
世间万物　瞬间即逝
唯有永恒的存在
才让我们心生喜悦　开启天智
平凡的血肉之躯
拥有珍于万年锤炼的宝石

“这段怎么了？”凡恩困惑地问。

“我父亲是个古董商人兼收藏家，一直出外行商，很少有时间在家里陪我。但是有一天，我记得爸爸心情极好，把我抱在怀里，说要给我猜谜语，他说的谜面就是：‘既非开始，亦非中间或者结束，而乃永恒的存在。世间万物，瞬间即逝，唯有永恒的存在，才让我们心生喜悦，开启天智。平凡的血肉之躯，拥有珍于万年锤炼的宝石’，所以我才这么惊讶。”

“那么谜底呢？”

“爸爸告诉我这个谜语的谜底是戒指。”记忆如潮水般涌来，兰缪想起小时候父亲温暖的怀抱和亲切的话语，心里一阵酸楚。

“戒指？”

“是啊，我爸爸有戒指情结。他虽然是收藏家，但其实他终其一生都在寻找和收藏戒指。无论多古老的戒指， 哪怕只是神话中惊鸿一瞥出现的，他都会去探寻一番。我小时候一直不明白爸爸为什么要去寻找各种各样的古戒指。凡恩，难道和这本书有关？”

凡恩摇摇头，表示他也无法解答这个疑问。但他似乎对兰缪说的这件事也很在意，又低下头默默看着书里的那几行诗句。

“为什么爸爸会知道《以诺书》的诗歌？他难道以前曾经见过这本书？这不可能啊！据我所知，这本书从来没有对外公开展示过，爸爸又是在什么情况下才得以读到这本书的呢？”兰缪习惯性地歪着脑袋沉思起来。突然，她想起什么似的，突然抬头盯住凡恩问，“你曾经在图书馆里也念过这本书里的诗，你又是从哪里看到的？”兰缪看着凡恩的眼睛，这个疑问其实已经埋在她心里很久了。

“我以前的父亲念给我听过。”凡恩淡淡地回答，表情带着一丝冷漠。

“以前的父亲？哪有这样说话的。”兰缪咯咯地笑了起来，看着凡恩。

这是兰缪第一次听到凡恩提及自己的家人，但是看上去，这个话题似乎让凡恩感到很不愉快。为了打破刚才的冰冷气氛，兰缪故意转移话题说：“我们继续往下看吧。”翻过下一页，竟然是空白页，再往下翻，还是空白的。

“果然是不完整的复制品，竟然真的只是个壳子和几张书页，后面什么都没了。”兰缪叹息道，“就这么点线索，这可怎么办啊？”

凡恩低下头沉默不语。刚才提到父亲，他的记忆仿佛陷入很久远的地方，所有的片段就像电影回放一般，在脑中闪过，那段记忆仿佛已经深深沉入了万丈谷地，几乎都要消失了。不过他很快把思绪拉回，他知道目前形势已经很严峻了。不知道林那边进展得如何了，修伊是肯定不会跟自己合作的，而他用了如此重要的东西，却也只换来三页纸，毫无实际的进展，他脸上露出了自嘲的笑容。不过反过来想想，能赢得兰缪的认可，还有和兰缪之间的承诺，也是个不小的收获，指不定将来能派上用场。

作为一个从小就被收养的孩子，凡恩一直都小心翼翼，极力讨好雷穆。雷穆现在拥有的地位以及得到的机会都是他不敢奢望的，他一直是凡恩倾心崇拜的对象。凡恩总想在养父面前表现得完美出色，希望得到他的赞许和赏识。在他看来，这样的肯定是对他孤儿身份的一种慰藉，但事到如今，对于权势的野心已经占据了凡恩的大部分思维。他终于明白，要成为一个强势的人，光有个性和脾气是不够的，绝对的地位才是势力的保障。现在，经过多年的忍耐和唯命是从的生活，终于得到了一个相对公平的机会可以让他和林一较高下。他怎么能轻易地输掉先手？所以不管使用怎样的方法，凡恩坚信自己一定是那个把兰缪带回去交给雷穆的人。

“你怎么不说话呀？”兰缪看着沉默的凡恩问。她觉得凡恩沉默的时候显得十分陌生，她小心翼翼揣测着凡恩的心情，“是不是刚才的话题让你感到不开心？其实……其实我从小就没有妈妈。从小到大，爸爸一直忙于他的生意，或者就是狂热地追寻收藏品，我一直不明白他这种举动。我很希望他能多关心关心我，可是只有威德照顾我。我努力学习很多知识，看很多书，希望能够帮到爸爸，或许这样他才会觉得我不只是个累赘。你知道，我的身体一直不好，尽管威德总说我不会有事的，可我还是感到害怕，我觉得自己快死了。这么多年来，我知道他们一直有事瞒着我。可是凡恩，我的时间真的不多了！”一开始兰缪只是想说几句话打破僵局，却忍不住一下子把心里的痛苦都说了出来。

“没事的，兰缪。”凡恩安慰着她，其实他心里知道，什么生病，什么身体状况，可能只是她身边的亲人用来哄她的话。一个可以引起血族兴趣的孩子，怎么可能这么轻易就死去。不过，凡恩确实没有料到兰缪一口气会对他说那么多，尤其是关于自己的身世。依凡恩对兰缪的判断，她是个会把秘密埋很深的人，但这并不能掩盖她的纯真与善良。

凡恩忽然觉得这个女孩很可怜，至少和自己一样的可怜。父爱、母爱、时间……都离自己越来越远。想到自己的软肋，他急忙转移话题道："别担心了，你父亲会平安无事的。"凡恩意识到有什么非常复杂的事正在悄悄地发生着，但他也清醒地意识到，以他们现在的所知估计连冰山一角都算不上。

但是凡恩决意要对兰缪冷酷，她对他而言只是任务。她若信任他，是她的愚蠢；他却要保持清醒冷静，要忘记这些天来为了寻找线索而相处的轻松时光。轻松会使人麻痹大意，他必须时刻警惕，直到带她回到父亲那里。

父亲……想起雷穆，凡恩又想起了兰缪说的话。不，那些和他没关系。他们之前的谈话无意间流露了太多的真情，他不希望再涉及到私人问题了。他们之间没有私人关系，有的只是猎人和猎物的关系。今天先稍作休息，明天如果再无其他线索，他就要把兰缪带走交给雷穆，哪怕必须使用强硬的手段。凡恩在心里暗做打算。

"好了，今天也累了，我送你回住处，大家都早点休息吧，一切等明天养足了精神再说吧。"凡恩决意专注于任务之上，他不想继续谈论父亲和家庭问题，尽管他觉得和兰缪的相处，真能算得上这几年来比较轻松舒坦的一段时光了。说罢，他站起来，去取钥匙和外套。

兰缪站起身，对着凡恩轻声说了句："谢谢你！"

凡恩抬眼看到兰缪为了掩饰激动而有些尴尬的神情，冲她淡淡地微笑了一下。兰缪鼓了鼓气，接着说道："凡恩，我不知道你是用什么东西换回它的，但古董店老板说过，那必须是对你来说非常珍贵、非常重要的东西。我……我真的很感激你这样帮我。如果有一天你也需要我身边任何东西的话，我一定会回报给你的。"

"任何东西？真的吗？"凡恩打量着她，坏坏地笑着问。

兰缪脸红了一下，低下头，然后又很果断地点了点头："嗯，任何东西。只要你想要，我就给你。"

那不如把你自己给我吧！凡恩当然不会那么说，他依然保持着温和的笑容。看来对兰缪还是不必用强硬的手段，她既然如此信任自己，他自然就有办法用任何理由把她暗暗带回去。想到这儿，凡恩也觉得手里的胜算不少，神情较之先前也宽慰了几分。自己这招"雪中送炭"确实很奏效，只要兰缪完全信任他，他就可以安排兰缪的行踪，借着帮她找父亲的名义，暗暗地把她带回自己的地盘。想到这儿，本该得意的他却没有露出微笑，或许只是觉得自己有那么点"不择手段"，有违他直来直去的风格吧。他看着兰缪诚意的眼神道："等我想起来问你要什么了，再告诉你。"

兰缪点了点头，唯一能理清的头绪就是那所谓"冥冥之中的牵引"，她忽然觉得小时候听过的那首诗绝非谜语那么简单。她只是觉得有点累，这段时间遇到了很多奇怪的事，做了很多奇怪的梦，身边也多了不少奇怪的人。说到奇怪的人，不知道林在忙什么，这个突然的念头让兰缪的心一紧。她忽然很想念林冷漠的神情、令人尴尬的笑容、凶巴巴的语气，还有那栋古老的小洋楼……兰缪倒吸了一大口气，心想，许是自己离家太远了，有点想家，想学校，顺便想到了林，只是顺便而已。在她走神的时候，凡恩已经安排好，打开门等着她了，她满脸笑容地跟了出去。

兰缪的背后，是橘红色的夕阳，凡恩看着这个仿若从阳光中跳出来的金色女神，顿时思绪停顿了几拍。

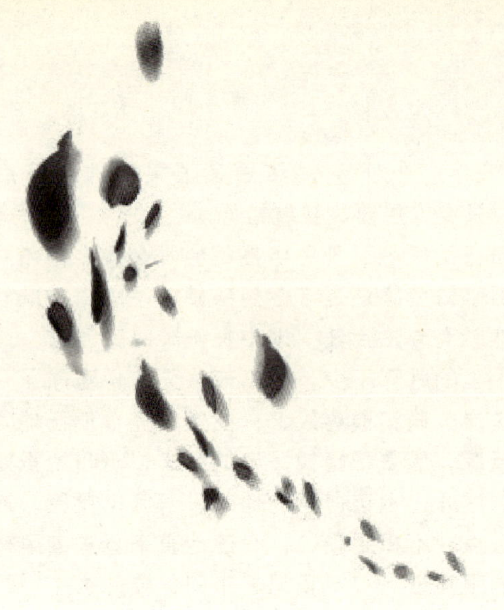

Chapter 16 揭开重重迷雾

攸婆婆点了点头，脸上露出一种让人敬畏的表情，仿佛在奔赴一个无法返回的目的地。

质问神族

城市的尽头，伫立着寂寞的Frauenkirch教堂。曾被炸到只剩两堵墙，灰飞烟灭之后，而今靠着八千多件残片拼图还原，一砖一瓦，一沙一砾，如梦一场。

“我闻到了血的味道。”一个稚嫩清脆的童音回荡在空旷的礼堂内。他毫不畏惧黑暗，轻盈地在只有壁灯微微照射的座位席间奔来跑去，不知疲倦，天使般雪白纯洁的脸颊闪烁着银色的光芒。他跑过一个漆褐色的长椅，停了下来。一个长发素衣的男子仰面躺在那里，紧闭着双眼。孩子拉了拉男人的衣服：“你有没有闻到，亚特？”亚特依然闭着眼，长长的睫毛闪动了一下，他轻声地说：“1945年2月13日晚，战斗机盘旋在德勒斯登城市上空，瞬间把城市夷平，大火延烧三日，三万五千人被炸死……嗯，我闻到了血的味道。”

“人类为什么要杀自己呢，亚特？”

“因为恐惧。”

“恐惧什么？”

“恐惧一切和自己不同的东西。”

“可是人在杀人呀！”孩子支起下巴，脸上透出与年龄不符的困惑表情，“他们在杀自己啊？”

“他们以为他们是不同的，其实……”长发男子微微睁开了眼，凝视着这个被称为“最美丽的圆屋顶”，躺在这块废墟重建的地方，至今仿佛还能听到那些死去的魂灵的呐喊，真是令人不愉快的地方啊。可是，哪里还不是一样，到处都有血的味道。

不过，亚特睁开眼睛，眉头皱了皱，今天的空气里还有另外一股血味。

“血族的那位，你可以出来了，”他直起身子，眼光犀利警觉地盯着礼堂一角，孩子也转过了身，一脸兴奋的表情。

“唉……都是你啦，身为神兽要气质高雅，不要和路边的小朋友玩，弄得一身血腥气，害我们被发现。”阴影里，一个金发男子慢慢现出了身影。尽管被发现了行踪，他却丝毫没有慌乱的神情，笑嘻嘻的，半真半假地嗔怪着阴影里一团毛茸茸的东西。随着他款款向前，那团棕色皮毛的小兽也一脸委屈地踱了出来，气鼓鼓地趴在一旁一声不吭。

“哇塞！血族唉！亚特，亚特，血族进教堂！”小男孩夸张地大呼小叫着，跳到金发男子面前，又似有些防备地隔着一段距离，前后打量着对方，“他比你还漂亮哦，亚特！”

“抱歉，抱歉，打扰了这样圣洁的地方。出来时太过匆忙，来不及沐浴更衣，希望神族的两位大人不要介意。”金发男子一脸无辜地对着小男孩笑笑，解释道，“我是修伊，这是琪琪，请问两位怎么称呼？”

亚特不答，斜睨了一眼修伊衣服上的绣花，说：“托瑞族，享乐主义以及美的爱好者，有艺术家气息，举止优雅……”

“过奖，过奖。”修伊听着对方对自己的身份如数家珍，一脸从容，没有表露出半分惊讶。

“但是喜欢装腔作势，喜欢被赞美。”

“谁不喜欢呢，尊贵的神族大人？”修伊朝漂亮男孩眨眨眼睛，男孩正偷偷地一小步一小步试探性地靠近琪琪。修伊的眼神滑过男孩的胸口，那里若隐若现着一道银色光芒。

“血族中，你们一族倒是很平和，并不与人为敌，可惜听说没落了……”亚特语气中似有惋惜。

修伊眼中闪过一道痛楚，仿佛被戳中伤口，转瞬又恢复了一贯的吊儿郎当的样子：“神族倒是对我们血族还很关心呢，连这些都知道。”他侧过身，打了个手势，制止住已经蓄势要扑向对方的琪琪，然后转回身继续说，“拉法族，四大炽天使之一，驻守爱波拉圣泉，身份尊贵，仁爱慈悲，肩负了守护人类身体和灵魂的使命。”亚特挑起了眉毛，没想到对方能扳回一局，这么短时间就识破他们的身份。他笑了笑，可见来者是个聪明人。

修伊浅浅媚笑着，暗自庆幸自己很久之前见过这种神族的银叶子，只有拉法族人才有资格用生命之树的银叶子作为饰物，作为一种身份的标志。而不同叶子更标志着不同的阶级，这个孩子胸前的银叶子绝非寻常，看来他在神族中身份极为特殊。他不禁多看了那孩子几眼。

孩子被他们的谈话吸引，跳到修伊面前，指着他的鼻子大剌剌地说：“彼此彼此，血族看来也很关心我们呢！难得和亚特出来走走，你们竟然还派了几只丑八怪老鼠来盯梢。”

“身为守护生命之树的使者，随随便便出来走走恐怕不太可能吧？”修伊笑得一脸无邪，仿佛那些盯梢的事不足为谈。

“要你管！”孩子做了个鬼脸，琪琪也张牙舞爪地跳到修伊面前，对着孩子龇牙咧嘴以示回敬。尤吉和琪琪对峙着，仿佛随时准备厮杀一场。

“尤吉，不要闹！”亚特低声呵斥了一声。尤吉心不甘情不愿地退到了他的身旁。

亚特问：“既然大家都知道彼此的身份，就不必卖关子了。请问有何贵干？”

“呵呵，事关一本书。”

“什么书？”尤吉探出脑袋问，又转回去看看亚特。

“书？究竟是什么样的书？和我们又有什么关系？”亚特没想到修伊会提起这个，还以为这个血族的人是为了那个白血女孩而出现的呢，不知道这一切是否和星相中显示的那场灾难有关。

“你们真的不知道？”修伊眯起了眼睛看着对方。那孩子表情疑惑，不似有假；紫发的那个男人虽然面无表情，但是语气坦然，也不像是个会说谎的家伙。那些老鼠分明说是他们偷走了《以诺书》，难道诺费族人竟然为了那些蝇头小利敢对他说假话？琪琪一会儿在边上抓耳挠腮，一会儿又配合着主人做出沉思的状态，举止滑稽。

“完全不知道你要表达什么？”尤吉又跳了出来，“要不，你自己先搞搞清楚，再来找我们玩。亚特，你说血族的人怎么这么失败，不是丑八怪，就是大傻瓜呀！”

亚特沉默着，没有理会尤吉的嘲讽，倒是对修伊的问题认真思索了起来，他语气正经地问：“莫非——你指的是那本传说人类占卜师编写的预言书？”

“《以诺书》。”修伊直接说出了名字，“二战之后该书一直隐藏在德勒斯登绿穹珍宝馆内，近期这一消息刚公布，它就遭窃了，并且可以肯定的是——窃贼绝非普通人族。”

“Enoch！”刚才还嬉闹的尤吉停了下来，脸上露出了难得的严肃表情，他和亚特交换了个眼神。亚特回过身说：“我们确实知道这本书，相传书里记载了人族、血族、神族之间所有发生过的事情，谁拥有这本书，谁就拥有了过去与未来。但是……书的失窃和我们无关。”尤吉也点了点头，表情越发凝重。

“那你们来德勒斯登是为了……”

“为了一个人。”

“兰缪？”

“嗯。”亚特点了点头。事关重大，既然血族的人已经找上门了，他也希望这次谈话能使双方交换一些有用的信息，时间已经不多了，“兰缪是你们血族和我们神族的混血后裔，她身上蕴藏了不可预测的能力。大家都知道以前发生过的那件事，谁都不希望历史重演，我们跟她到这里就是想知道她会不会带来新一次的灾难。”

修伊心头一颤。那件事！他所知道的那件事还是很小的时候听长老们讲的，当时说得并不具体。但是对于那件事，大家都是谈虎色变，其严重程度彻底改变了三个种族的生活——混沌初开的时候，神族、魔族和人族共同生活在这个世界，各自肩负着不同使命，维系着一种相对平衡。然而血族的某个异端主义者暗自造出了三族混血的怪物，也有称为“黑暗之神”。这个非神非魔非人的怪物因为身上融合了三族的血统，法力超强，具有毁天灭地的能力，且完全不受三界法律的约束，成为世界的祸害。当时三族结合最强的法师牺牲自己才封印住这个怪物，避免了世界的坍塌，从此《世界法典》规定：不同种族绝对不可结合。本来三族间互相平静来往，遵从戒律就是了，但自修伊有记忆开始，神族和血族的关系似乎并不怎么好。当时他们还小，打来闹去，对这些种族之间的事根本不以为意；现在想来，难道就是因为兰缪的诞生使血族和神族间的关系急转直下？

修伊平复下心绪，望着对方貌似揶揄地问：“难道你们认为历史会重演？这个女孩会成为灾难，毁灭这个世界？仅仅是因为她身上混有两个种族的血，就能拥有那般能量？”

“谁也不知道这个女孩的身上到底潜藏了多少能量，这些能量究竟什么时候会突然爆发出来。我们的怀疑并不是空穴来风，星象已经显示出下周就是九星连珠，九星一旦连珠，世界必定有毁灭性的灾难。我们必须赶在那个灾难日之前找出原因，并且想办法化解这个灾难。目前为止，以我们掌握的消息来看，最大的隐患就是她。”

“九星连珠？”修伊抬起了眉毛，世界大难、兰缪的身份、《以诺书》失窃，一连串的谜题放到了他的面前，这次的事情比他想象中更为复杂，而且还严重得多，“那和《以诺书》又有什么关系？为什么有人要偷这本书？”

亚特摇了摇头，表示对修伊的问题不知。

“是谁告诉你，我们和《以诺书》的失窃有关的？”一旁的尤吉突然对修伊说，“谁告诉你我们和书有关的，不如你再回去好好踢他们的屁股问问清楚。”

尤吉转回身，又望着亚特道：“我觉得……这一切都是有关联的，兰缪、《以诺书》，还有这倒霉的九星连珠……解开一环就能解开所有的问题了。你说呢，亚特？”虽然尤吉话语还是很孩子气，但思考问题的方向却异常正确。亚特不禁对他点了点头，表示赞许。这孩子不愧是长老们选出来的拉法族继承人。

修伊也点了点头，表示赞同。他确实有必要再去找一次诺费族，若没什么大人物指示，他们不可能有胆子敢同时得罪血族和神族的人。

“另外……”亚特说道，“说到关联，我们的族人还发现近期有羲太族的踪迹。”

“黑暗族？”修伊脑中浮现出上次在学校里出现的那个红发怪人，“是在这里发现的吗？”

“嗯。”

“羲太族尽管是血族的一个分支，却早在远古时期因为他们追随那只混血怪物而被整个血族放逐了。而且在圣战之后就很少听到他们的消息了，大家都以为这个族群已经灭绝了，为什么会出现在德勒斯登？”

“你知道他们一直试图让‘黑暗之神’复苏，使世界笼罩在黑暗之下，这次预言的灾难或许和他们也有关。如果是他们在背后捣鬼，或许一切就说得通了。”修伊和亚特互相接着对方的话推理着，眼前的事就像藤蔓一般缠绕纠结，看似清晰，又仿佛被人打乱了一样，迷雾重重。整个教堂陷入一片诡秘的沉寂，就连一向聒噪的尤吉也低着头不再作声。烛光映照在通道正中央的一个凹处，那是传说中的“魔鬼的脚印”，仿佛在这个庄严圣洁的地方也隐藏了一股邪恶的力量，让人不禁毛骨悚然起来。

一直安静在一旁的琪琪嘶嘶叫了起来，跳到修伊身边，拉了拉他的袖口。窗外第一缕晨曦照射了进来。

“我先告辞了，要回去睡觉了。这个晚上可真是过得有意思啊。”修伊恢复到一贯的嬉皮笑脸。

“我们还会继续追查下去的，你自己保重。”亚特说，“如果真的和羲太族有关，一旦黑暗之神复活，血族会最先遭到杀戮。”

“如果世界要毁灭，就让它毁灭吧，反正我们血族也活得太长了。”修伊打着哈欠，懒洋洋地朝着亚特说，“再见了，尊贵的小朋友。”他向尤吉行了个礼，自顾自带着琪琪走了出去。

修伊走出去后，尤吉拉着亚特说：“我觉得他是个有趣的人，亚特，你也这么觉得吧？其实，血族和神族真的不能做朋友吗？”

亚特深深地望了一眼尤吉，摸了摸他的头，没有回答。他们以为他们是不同的，其实……

清晨的阳光洒满了整个礼拜堂，一个奇怪而漂亮的孩子带着一只猫头鹰走出了门口。猫头鹰对着天空发出了尖锐的怪叫声，那声音如同一首古老而悲伤的诗回荡在整座教堂内久久不散。

这是死亡的土地
这是仙人掌的土地
石头偶像在这儿
被升起，在这里它们接受
一只死人手的恳请
在一颗渐逝的星子的光芒里。
它就像这样
在死亡的另一王国
独自苏醒
而那一刻我们正
怀着脆弱之心在颤栗
嘴唇它将会亲吻
写给碎石的祈祷文

——艾略特

林的到来

早晨的微光照射进了古老的德勒斯登的酒店。这个城市无论在什么时候都显得很肃穆，但是让人亲近。林坐在沙发里，脸色凝重，显然是一夜未眠。

他起身走到窗前，想起修伊刚到自己身边的那会儿，尽管两个人从小是看着彼此长大的，但是修伊带着妩媚的说话腔调确实让他有些受不了。况且修伊是谁派到他身边的，他嘴上虽不说破，心里却是一清二楚的。他独来独往惯了，从小就看到周围的人不停地战斗、杀戮，他觉得没有可以信赖的人。年少时失去了母亲，父亲忙于打理血族事务，一直都很生疏，唯一显得亲近的反倒是肖龙。他不明白为何肖龙会改变这么多，他的野心就像一团火焰在他的背后燃烧，越来越锋芒毕露，肆无忌惮。

其实他也想做一个好儿子，服务于家族，侍奉好父亲，可是正当他愿意去做这一切的时候，父亲竟然领养回了另一个人类的儿子——凡恩，还动员七大长老为他初拥。这些让林的心中产生了抵触，于是他和辛摩族越走越远。虽然父亲一直把他呵护在手心，但是他就是不愿和人分享这本该属于他的一切，他可以不在乎，但是不允许有人来插手。

不过这么多年和凡恩的明争暗斗倒是真的让他觉得疲倦了，他一直盼望着有件什么事情能够结束这种纷争。直到雷穆向他们兄弟二人提出这个竞争任务，并且反复保证这将是他安排的最后一次任务时，他才觉得一切似乎有了终结的可能。其实他不在乎这次竞争的输赢结果，只要一切结束，他觉得能够待在学校里教书，过着宁静而不受支配的日子倒也真的不错。想到这里，他忽然想到了兰缪，想到上课的时候，兰缪安静地坐着听他上课的场景，他的心中是从未有过的美满。难道是这个女人让他的内心平静了吗？

吱——一记淘气的怪声打破了房间里的寂静，也使整个阴沉的空气稍微有了点灵动。很快，一个容貌俊美的年轻男子径直从阳台处走了进来，他肩上的小兽雀跃地从左肩跳到右肩，兴奋不已。金发男子伸手安抚了下肩头的小兽，然后毕恭毕敬地弯腰行了个礼，当他直起身之后，却立刻又是一副自得其乐的超然表情，戏谑地说道：“林，你竟然拖了那么久才来。这边还真不赖，气候宜人，风景美不胜收。每天都能看见很多异国风情的美女。”

“修伊！”冷峻的男人终于在黑暗之中开了口，声音也同样没有丝毫热度，“说正题，别跟我绕来绕去，我没兴趣。”

“好吧。总的说来，前线还算太平，天没塌下来，至少暂时没有。偶尔有几场打斗，当然也无伤大雅。”修伊一边用手指绕着小兽的尾巴玩个不停，一边用慵懒的语气汇报着情况，“好吧，我知道，其实这些你也不感兴趣。”

“他那边进行得怎样了？”林冷冷地问道。

“你是说凡恩啊，呵呵！”修伊笑容妩媚起来，“我说林大人啊，你真是应该亲自去看看凡恩他温柔的样子，说话细声细调的，嘘寒问暖特别会关心人。兰缪小姐一直和他在一起，看来已经完全把凡恩当成值得信赖和托付的人了。”

林骤然紧了紧眉头，修伊的形容确实让人不怎么舒坦。“他就会玩那些鬼把戏。”林轻蔑地挤出了一句话。他不知道是凡恩这种幼稚的手段让自己觉得好笑，还是因为兰缪被其他男人这样照顾而有些不爽。

“林，你准备用什么策略？依目前的情况看，你的弟弟算是捷足先登了。”修伊一边略带挖苦地提醒着林，一边饶有兴趣地观察着林眉宇之间的细微变化，“让我一直跟踪可不是什么长久之计。你知道的，若是兰缪自己愿意跟着凡恩回去见你父亲，那再怎么样，你也输了。莫非要硬碰硬……”

林挥了挥手，打断修伊的话。其实修伊说得没错，他再不动手就晚了，尽管是场无聊的游戏，但既然答应了父亲，总要陪他们玩一场。论实力，凡恩从小就没赢过他，但这次他太轻敌了，凡恩这招“以情动人”确实出乎了他的意料。他不确定兰缪是否就此动了真情，想起在学校里，凡恩和兰缪在一起的时候，兰缪似乎总是很安心，不像和他见面时那么紧张局促。脑中浮现起那张素白如莲花般洁净温柔的脸孔，还有兰缪第一次见到他时那副有些笨拙、说话结结巴巴的样子，林忍不住嘴角向上扬起了个弧度。或许比不确定兰缪是否就此动真情更让人担心的是，不知凡恩是否温柔惯了也动起了真情，抑或眼前这个微笑到不自知的男人也早已不自知地动了真情。

“还有……我和两位神族的朋友打了个照面。”林的思绪被修伊的声音拉了回来。

“神族？”林扬了扬眉毛，右手垂到了沙发扶手上，本来以为只是血族间的斗争，为什么神族会插手？

“确切地说，是守护爱波拉圣泉的拉法族，一个男人和一个孩子，两人看来身份极其特别。”修伊想起了那个目光温和而透彻的男子和那个顽皮的孩子，浅笑了一下。如果不是这般特殊的时刻，或许……

“神族已经很久不出来活动了，此次现身应该是有什么重大的事。”林说，“难道说……也为了……”

“嗯，为了兰缪！”修伊加重语气，点头肯定林的猜测。他略微思考了一下后继续说，“我因为《以诺书》失窃一事找到了他们。但据他们所说，他们和此事毫无瓜葛，他们来这里另有目的——星象大乱，下周会有九星连珠的灾难日，他们认为兰缪的存在可能会引起世界的毁灭。”

“什么？兰缪会引起世界毁灭？”林抬高了声音。他一直知道兰缪的身份特别，但是究竟怎么样特殊的身份能引发出世界毁灭？关于这一点，父亲始终没有告诉他。

修伊这次没有半分调侃的神情，他神色凝重地望着林说：“兰缪的母亲是神族中最尊贵的一支血脉——拉法族的公主，我也是这次才知道这个天大的秘密。”

林瞪大了眼睛，哗地站起身来，一时间竟回应不出任何言语，他感到自己有些呼吸局促，踱步走向窗口。他想起了兰缪白色的血，还有神族的出现……刹那间，他仿佛明白了。林在那里站了好一会儿，背后隐约可见闪烁迷离的夜灯照射下的德勒斯登。竟然是这样，难怪全世界都想得到兰缪，是为了她的血。

“《以诺书》的失窃和神族无关。但这件事很蹊跷，我从老鼠那儿得到的信息是说神族偷了书，但是我可以确认神族应该没有牵扯书的事情，但是老鼠一族为何会传播假的讯息给我，看来一定有人从中作梗，我会再详细调查。这件事牵扯过大，如果真如神族所言，这已远非血族之间的王位之争，还涉及到世界的存亡。”修伊淡淡地说出自己的看法，“上次你也看见了，连黑暗一族羲太族都出现了，看来神族所言非虚。若是让什么别有用心的人得到了兰缪，恐怕会带来难以预想的灾难。”说到这里修伊的脑中闪过一个画面，便是那个藏在斗篷之下的红发男子，从肖龙的房间匆匆和他擦肩而过，如果这个人真的就是羲太族，那么究竟和血族有怎样的关系？他还没有决定要不要将这件事情告诉林，毕竟涉及肖龙的事情，他还是要避忌一点，等有机会再问清楚。

“我明白，你知道兰缪和凡恩在哪里吧？我们明天就去找他们。”林恢复了一贯的冷峻，面无表情地说，“没事你就先走吧。”

修伊欲言又止，林挥了挥手，示意他离开。修伊望着他，深吸了一口气，转回身招呼难得如此安分地蹲坐在一旁的琪琪，这一人一兽静静地退出了门外。

林依然站在窗前，听着修伊离去的声音，思绪变得很游离。这样重大的消息从修伊口中得知，是否应该相信呢？他毕竟是那个人派来的。不知道为什么他忽然想起小时候的事，那还是他很小的时候参加族里的庆典，在那个嘈杂的充满了欲望的广场上，刚刚接受初拥成为血族的金发孩子流露出青涩和纯善的神情，格格不入地站在人群中带着羡慕的跃跃欲试的表情看着赛场上的比试——那是林第一次见到修伊。后来他们说话了，认识了……再后来……一切都变了。再见到修伊时，他已经是托瑞族的继承人了，并且被肖龙派来监视他。那张漂亮的脸孔再也不见了童年时的青涩模样，反而总是挂着副玩世不恭或妩媚或夸张的表情，让人分不清他到底是真心还是假意，分不清他到底站在什么立场。想起修伊那时候问他：“林，你计划过怎么去赢得这次任务吗？如果凡恩赢了，你会不会觉得很丢面子呀？”扪心自问，他确实有点懒得争斗，他也清楚自己这种无为的状态一定被修伊暗地里报告给了什么人。也罢，随他们去吧，没有人能够理解他对这种争斗生活的厌倦，对你死我活的生存方式的怨恨。现在听修伊的汇报，看来凡恩这次真是铆足了劲想赢，如果凡恩真的能够做出点成绩，或许他在肖龙和雷穆面前都会更自信一些吧。其实他这个弟弟没有什么不好，就是缺乏自信反而显得激进，他有时倒也觉得多个弟弟蛮不错，他曾经盼望过温馨的家庭生活，只是在血族，他所有对于平静的渴求都是无法实现的。

林轻轻地叹了口气，若不是清晨空气实在清冷，这声叹息几乎就不被察觉了。凡恩……有时候争斗也是不得已的事，只因为各自的立场不同，他又何尝不理解凡恩的心境呢？但他所能做的只是保证自己不被伤害，尽管修伊也不时揶揄他的不近人情。好在修伊确实是个不错的帮手，从小一起长大的情分多少也让人珍惜，所以这次只是派修伊去跟踪也算是一种交代，或许对大家都有好处吧，这就是他对这个任务的所谓计划。

可是，这个他原本自认为可以远离争斗的计划，显然只是他最初的而非最终的计划。雷穆和肖龙那边都太安静了，丝毫没有催促的意思。这倒也可以理解，反正他们只要结果就行了，最终是他赢了，还是凡恩赢了，对他们来说，都是一样的。只是凡恩的行动实在够拖沓，运用温柔战术也大大超出了他的预料。他了解凡恩，从小就争强好胜，直来直去的性格从不放弃任何一丝赢的机会，这次他居然肯放慢脚步，甚至陪兰缪大老远地绕着去寻亲，实在有违他的风格。想到这里，林开始有些莫名的烦躁，他宁愿凡恩用粗俗的方式带回兰缪，也不想看到如今的局面。

林背靠着窗框，看着已经照射到床角的晨光若有所思。兰缪，她竟然是神族和血族的混血后代……林还是觉得有点无法接受这个事实。那个柔弱的、有些孤傲的女孩要如何背负这样的血统，还有那些她现在作为人类还不能够理解的这个世界的真相？随着记忆的推移，兰缪在他的记忆中曾有过的一举一动都渐渐浮现在了眼前，林没有办法控制自己停止回忆那张娴静可人的脸，还有伴随着的温柔甜美的声音。是的，他待不住了，林意识到自己的心头油然而生的一份担心。他决定把兰缪带离凡恩身边，关于他到底要不要把兰缪交给雷穆，林没有细想，他只是不断告诉自己，他只是尽力帮助一个身世特殊的女孩，不过是不想看到她被凡恩的温柔假象所骗。

交换圣眼

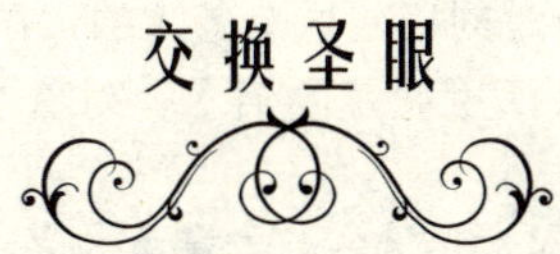

回到上海的兰斯维一刻也没有停留，直接往他熟悉的那个小弄堂而去。《以诺书》一直藏在他的怀中，一刻都不曾离开。如果这本书能顺利换到圣眼，那他和阿莉娅的重逢也就指日可待了。想到这里，他紧紧护卫着胸口，感觉浑身发热。

弄堂门口一抹鹅黄色跳入了他的眼帘，一个长发少女满脸笑容，对着他唤道："兰斯维大人，您终于出现了，婆婆等您很久了。"

兰斯维点点头，不再浪费时间言语，而是随着小卉直接走入了攸婆婆的小居。

攸婆婆笑呵呵地坐着喝茶，听到有人进来，转头过来道："小卉，是兰斯维大人来了吧。"

"是的，婆婆。"小卉边回答，边把兰斯维引到位子上坐下，然后给他递上了一杯热茶。

"兰斯维大人的任务似乎很顺利。"攸婆婆放下手中的瓷杯，脸上始终笑容洋溢。

兰斯维没有心思喝水聊天，他站起身走到攸婆婆面前，从怀中取出层层包裹着的《以诺书》递给攸婆婆。攸婆婆的神色忽然显得很神圣，她伸出一双布满皱纹的手，接过《以诺书》，可以看到她的指尖微微发颤，她把书举过头顶，再放在额头轻触，然后慢慢停在胸前。她用枯瘦的手指抚摸着以诺书已经发黄的封面，仿佛一个世纪那么久。整个客厅安静极了，只有皮肤和纸面相触时发出的沙沙声，这个场景让兰斯维和小卉都震撼了。

攸婆婆的眼角流出了眼泪，此刻的她就像一个苍老的老人终于等到了远航的孩子回家。

兰斯维没有出声，他缓缓退回到自己的座位，等待攸婆婆的允诺，他不忍在这个时刻打断这个老人的沉思。

攸婆婆轻轻拂去滑过脸颊的泪水，对着兰斯维说："真对不起，失态了。"

兰斯维微笑着摇摇头道："看来这个《以诺书》确实是真的。"

攸婆婆说："你等我下，过会儿愿不愿意听我讲个故事？"攸婆婆说完，还没有等到兰斯维答复就走入了内堂。过了许久，她的手上捧出了一本和《以诺书》类似的书，她把两本书叠在一起递给兰斯维说："这就是全部的《以诺书》，上下本终于合在了一起，这是数代占卜师的心愿。"

兰斯维接过攸婆婆递过来的两本书，他翻开了几页，每张纸面都已经泛黄卷边，有些字也已经很模糊了，满是他看不懂的文字，还有很多符号，仿佛很沉重。这就是记录了这个宇宙创始之初，所有发展乃至预言未来的圣书！

"兰斯维，现在我决定将我知道的告诉你。"攸婆婆的眼睛仿佛能看见一般，她直视着兰斯维，好像能直接看到他的心里。

"天地开创之初，世界有三个种族——神族、血族、人族，三个种族各司其职，互不侵犯。直到血族出现了一个野心勃勃的想法，想让三族的血脉交融，看看能否诞生一个新的更强大的力量。于是有着三族混血的孩子诞生了，是由血族和神族交融，并在人类体内孕育出来。这个孩子早年就显现出非凡的力量，三族都很敬畏。但是随着年龄的增长，这个孩子的法力连他自己都没有办法控制，最终演变成了'黑暗之神'，他那眼可见手可触的肉身被完全吞蚀，变成了一股黑暗力量。我相信你们血族对于这个'黑暗之神'的传说应该也有所耳闻。"攸婆婆顿了顿，看着兰斯维。

"血族中只是传说'黑暗之神'是羲太族膜拜的祖先，所以羲太族一支很早就被驱逐了。我想不只我们血族，放眼三族，详细清楚‘黑暗之神’这段历史的人也为数不多。”兰斯维脸色凝重地说。

“羲太族是最早侍奉‘黑暗之神’的种族，所以三族为了不让这个邪恶的历史流传下去，就把羲太族驱逐了。然后这段历史也只有人类的占卜师一族用特殊的文字记载下来。”

“那诞生的‘黑暗之神’后来怎样了呢？”兰斯维很好奇这段只有人类占卜师知晓的历史。

“神族、血族和人类分别派出了能力最高的术士，结合三族的圣器，将‘黑暗之神’封印，使用的就是占卜师的六芒星阵。”攸婆婆说到这里，叹了口气说，“最终牺牲了三人的生命，他们把自己的魂力都用来制止这个‘黑暗之神’。”

兰斯维低下头沉思了很久道：“那《以诺书》怎么会流失呢？”兰斯维打断攸婆婆问。

“这个和你们血族中的一族有关。”攸婆婆欲言又止地说。

“您是说辛摩族？我知道他们曾经是人类中家族显赫的一族。”

“其实辛摩族就是人类占卜师，当时被野心冲昏了头脑，苛求永生，于是弑杀了血族中的一脉，从而获得了血族的能力。辛摩族离开人类占卜界的时候，带走了部分的《以诺书》，至于为什么会被人类的教会秘藏，我估计是和圣战时期有关。在教会屠杀血族的时候，无意中获得了这本《以诺书》，他们认定是邪恶的伪经，大概就是这个时候把《以诺书》彻底隐藏起来了。”攸婆婆说到这里，喝了口茶继续道，“不过与其被其他邪恶势力抢走，不如被人类秘藏，反而来得安全，因为《以诺书》记载的这段历史如果被其他邪恶势力知道，势必会萌生重新唤醒‘黑暗之神’的念头。”

“唤醒‘黑暗之神’？”兰斯维一脸惊讶道。

“是的，‘黑暗之神’虽然被封印在圣坛，但是这股力量并未消失，如果有好的媒介可供依附，它就能复苏。但是自从‘黑暗之神’被封印之后，三族就制定了法典，互不来往，断绝一切联系。血族就是这个时候制定的避世条例，制止血族和人类有太多瓜葛……"

"您说的媒介是什么意思？"兰斯维感觉到一丝神经紧张。

"媒介就是和'黑暗之神'的情况类似，有相似体质的人、动物、植物等等，通常来说有生命的比较容易成功。"攸婆婆看着兰斯维纠结的眉头道，"兰斯维大人是不是有什么难言之隐？"

"既然攸婆婆如此直爽，我也不妨直言相告。我之所以要取得人类的圣器，也就是'圣眼'，原因就是为了一个女人，也为了我的家。"兰斯维顿了顿继续道，"其实兰缪是我和神族当年的圣女结合产生的孩子，当时我准备带她们两个离开，寻找僻静的地方，过平凡且世俗的生活，但是一路遭到神族追杀。当时阿莉娅为了救我，主动回到了神界。后来我曾经去神族寻找她，但是神族说只要我可以找到另外两族的圣器之一，就可以用来交换阿莉娅。其实我知道这完全是打发我的说法，因为他们知道我是无法得到另外两件圣器的。我和阿莉娅背叛了各自的家族，也就引发了两族的斗争，也导致了我们兹密族被辛摩族趁势取代，从此没落。而辛摩族手中掌握的血族圣器是根本无法取得的，所以我就考虑从人族的圣器下手。"

攸婆婆脸上丝毫没有过分惊讶的神情，反倒安慰起兰斯维，解释着说："神族向来平和，一直以维护整个世界安稳发展为首要大事。他们提出以另一件圣器作为交换条件，想必也是清楚'黑暗之神'一事，生怕你和阿莉娅的结合会制造出所谓的'介质'。他们也是为了在大难来临的时候能拥有更多的把握去遏制邪恶力量的破坏。"说到这里，攸婆婆叹了口气，"这就是宿命，九星连珠……九星连珠，我一早就看出兰缪的体质非同凡人，只是没有想到她会成为这个事件中最关键的那把钥匙。"说到这里，攸婆婆的神情忽然紧张起来，"那你清楚兰缪现在的行踪么？我只知道她追随你去了德勒斯登。"

"有我的管家威德在照顾，我相信应该没事的。"兰斯维说到这里有点欲言又止。

攸婆婆似乎察觉到兰斯维的口气，很直爽地说道："兰斯维大人是想要人类的圣器吧，我就直接跟你说吧，'圣眼'其实就是占卜师的眼睛。我们为什么会成为瞎子，其实就是封印了力量，一旦'圣眼'打开，就会释放无穷尽的力量。每一代占卜师的继承就是将自己的能力封印入下一代的占卜师眼中，所以历代的占卜师都是瞎子，但是我们可以看清一切。如果你想得到它，可以从我这里拿走，因为这是我承诺你的事情，但是这个'圣眼'到了你的手里就没有任何能力了。我也告诉过你九星连珠的星象，您是否愿意听老妇一言，让我保留着这份能力，去挽救一些什么？最近我已感知星象的异常，如果你不介意，我愿意和您一起去德勒斯登，等确保兰缪能够平安，您再向我索取这双眼睛也可以。"

攸婆婆说得恳切之至，兰斯维陷入了极度的纠葛之中，为了这双"圣眼"，他努力了这么久，为了能和阿莉娅重逢，为了能带兰缪离开这个是非之地，他辗转在世界各地，付出了这么多年的艰辛，到头来又是一场空。不仅和阿莉娅的相聚遥遥无期，兰缪还要陷入一场不知道会不会发生的恐怖事件，他究竟该如何做才好？兰斯维将头埋进手里，他觉得自己的心绞痛着很难受。他一直都不是一个好男人，也不是一个好父亲。这么多年愧对阿莉娅，他曾经说过要让她幸福的。他也没有好好照顾兰缪，想着有一天能让她见到母亲，来补偿她的失去。但事实就是这样残忍，他无法就这样拿走攸婆婆的双眼，而且这双眼睛还关系到未知的祸害，也只有这双眼睛才能拯救。想到这里，他不禁打了个寒噤，他觉得他开始很不放心兰缪了，他觉得目前还是应该答应攸婆婆的计划，一起启程去德勒斯登，只要他能看到兰缪平安，他就安心了，不然他真的无颜再见到阿莉娅。

想到这里，兰斯维点了点头，一脸焦灼地说："大局为重！就按照婆婆您说的办，我们这就启程。"

攸婆婆点了点头，脸上露出一种让人敬畏的表情，仿佛在奔赴一个无法返回的目的地。

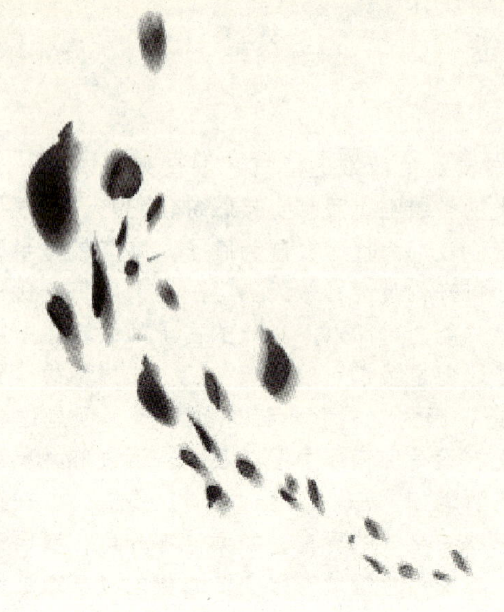

Chapter 17
接近真相的残忍

修伊用最后的力气，把琪琪转移到了其他安全的地方，只留下了肖龙的怒吼声还环绕在这片荒凉的岩石群中。

黑夜传音

夜晚的德勒斯登反而显得更加亮丽，犹如一颗明珠点亮了星空，也照亮了来来往往旅人的梦想。街上依然热闹非凡，随处可见三五成群的背包客，有的正拿着旅游资讯翻看，有的则驻足留影。还有一些年轻的艺术家摆起了小小的地摊，为游人即兴画上一幅肖像画。这样的城市夜景有一种说不出的平静和美好。只是如织的人流中不会有人能轻易发现在一个废弃倒塌的房屋里，有一个身穿黑色披风的男子，他站定着，眼前似乎有一股雾气在飘动，他的一头红发和金蛇一般的瞳孔隐藏在黑暗之中显得尤其可怖，他不停地对着雾气嘟囔着，又像在自言自语。雾气中竟然穿出了低沉的声音，仿佛在对话一般。

“肖龙大人，我已经找到他们了。现在一切还算平静，那女孩依旧和凡恩在一起。”

“那就好，芒，一切都要小心谨慎，我们已经接近胜利了。”雾中传来肖龙阴冷的笑声。

“我知道，我打探过了，他们曾经去了乔尼奇珍异品古董店。那个老头子把赝本给了他们，不过量他们也看不懂。”

“只要书不再出现，也就不会有人来破坏我们的计划。”肖龙顿了顿说，“你还是要小心修伊，他的心思偶尔也会很活跃。”

“修伊？我会当心他的。还好您早有安排，他这两天都没有在兰缪和凡恩身边出现，多半是中了大人的圈套找神族麻烦去了，最好让他们打个你死我活。”芒有些得意地笑起来。

“还是不要大意，林随时有可能会出现，注意观察，不要让他们两兄弟过分亲密了。”

“嗯，我就继续跟踪他们。这里目前的局势比我们想的要略微简单一些，这样看来，拿到这个最佳介质不算是太大的难题，实在不行就直接抢人。”

“抢人？能抢的话，我不早抢了？这么多人和我们作对，我们如何下手？如果不成功，所有的付出就白费了。这种计策乃莽夫所为。我要的不仅是事情成功，最后还能把责任推到别人身上，那才是真正的成功。”肖龙呵斥芒的鲁莽，语气中流露出阴险的本性。

“肖龙大人说的是，我只是有点担心这样拖下去会夜长梦多。毕竟能够早日完成大业，才算最终尘埃落定。我已经感觉到天相正在剧烈变化，最迟五天内就会出现九星连珠。这个城市真是聚集灵力最佳的地方啊！实在太适合‘黑暗之神’的复活大典了！”红头发的男子从嗓子眼里发出了嘶嘶的怪笑声，“并且，我的灵力也随着天相的变化在逐渐增强，这次出手绝对不会出差错，他们都不是我的对手。”芒刚说完，忽然那团烟雾开始不停地扭曲，仿佛有道金光射出，直指向他的臂弯。

“这是我送给你的一套独门法术，是我自己开创的，就藏在你的臂环里，紧急关头可以助你一臂之力。”肖龙将法术传输到芒的臂环里，仿佛注入一道光体，臂环立即显得有些通透灵动。

“多谢肖龙大人！这次绝不会像上次那样，我一定会借着这个良机抓到那个女孩！她的存在就是为了奉献给伟大的‘黑暗之神’。”芒顿了顿说，“肖龙大人的印象果然没有错，《以诺书》记载的封印之处就在这座城市郊外的北面，现在反正《以诺书》消失了，就没有人会知道这个地方。一切我都已经准备妥当，下周之前您可以去那儿等我，在之前，我肯定会抓到那个女孩，然后去和您会合。”

“这样就好。”肖龙的声音渐渐消失在黑色的雾气之中，黑烟也慢慢退尽。一条金色的蛇盘踞在芒的手臂上，吐露着蛇信，转了几圈后，又仿佛变成了一个金色的臂环，一动不动了。

“赤色之夜，让死亡者行走到人间；黑暗引导着手中的斧子，以它的名义杀戮。哈哈哈哈……我们的梦想终于就要实现了。”男子的脸上凝固着一种怪异而神经质的笑容。

人潮依旧涌动，倏忽之间，角落里那个奇怪的男子已经消失不见。

遭遇偷袭

又是新的一天，阳光明媚的城市总是显得格外美好。兰缪走在宁静的街道上，皮鞋踏在古老的石块路面上，咔嗒作响，在楼房间形成回响。真是一个惬意的城市，如果不是因为这么多事情的发生，她真的想好好游览一下这个古老的城市。望着清澈的天空发呆，她毫无头绪。威德一大早又出门办事去了，估计也是在为了父亲的下落而奔波。当威德问起她最近都和谁在一起，她如实相告，虽然她一再声称自己很安全，并发誓对方是个正人君子，但威德似乎仍然非常生气和担心。她可怜的老威德，她真不该趁他外出时自己一个人溜出来，可是如果不在这个时候逃出来，老威德又对她那么过度保护，完全不让她出去寻找父亲，她就失去了来德勒斯登的意义了。再说了，要不是之前自己溜出来，也就不能碰到凡恩了，不能找到这仅有的线索了。

唉！这唯一的线索。父亲仍然没有任何音讯，和父亲的留言有关的书仍然失窃中，寻到这座古城，再寻到了这本赝书，寻到这些奇怪的诗歌，但这一切又有什么用呢？她依然对父亲的踪迹毫无所知。兰缪兀自叹气发呆，不知不觉已经走到凡恩住的酒店楼下，她犹豫着要不要进去，每天都这样来打扰凡恩，不知道他会不会有什么责怪。兰缪在旁边的喷水池边徘徊着，闪着金光的水花，有点刺痛眼睛，忽然熟悉的声音传入耳朵。

“早啊，兰缪。”

“啊！”兰缪一个转身看到凡恩站在他的面前，略带惊讶地说，“早，凡恩，你怎么……”。

“我在阳台上看到你来了，也不上来，所以只能我下来找你了。”凡恩拉起兰缪道，“正好我们找家店一起用早点吧。”凡恩领着兰缪在街道上散步，并且寻找可以坐下休息的小店，其实心里一直在盘算，该怎么开口和兰缪提“去一个特别的地方打探消息”的建议。如果兰缪单纯相信跟随他回去了，那当然一切都顺利；但万一她不肯呢？他是否真的要强行将她押回去？他看到身边兰缪单薄瘦弱的背影，似乎有些于心不忍。

他看着兰缪的时候，她浅笑盈盈地冲他微笑着，阳光从她身上洒下来，那一袭白裙仿佛镶了金线，全身透出淡淡的光晕，她的眼睛似乎变成了紫色的眼眸，是错觉吗？兰缪美得一尘不染，凡恩看呆了。

正在凡恩看得走神的时候，突然眼前一个黑影一晃而过，一股力量挥向他们。说时迟，那时快，凡恩推开兰缪，自己一个避让，随后右手拇指和中指相触，指尖稍微向外一弹，一颗冰粒从黑影旁边擦过。凡恩的动作极为迅速，身子一蜷后很快又挡在了兰缪身前。兰缪惊魂未定，只见凡恩站直身体，用手臂护着她，眼睛牢牢地盯着对面那个人影。

黑影终于显形，红色短发紧贴在耳后，黝黑的脸庞仿佛带着几分埃及人的血统，那双妖媚的金色瞳孔里流露出一股阴郁和凶狠。

“你是——羲太族的芒？”兰缪惊讶地轻呼了一声。上次在学校中碰到的人就是他，可是林为什么说是她贫血后的幻觉呢？还有，凡恩也说过那是他的同学，大家为什么隐瞒此事？

“好久不见，白血公主。”芒望着一脸好奇兼害怕地盯着他的兰缪打了声招呼。

“又是你？”凡恩语气轻蔑地说道，“手下败将，还敢来偷袭？”

男子似乎早已习惯了承受被冰粒擦伤，简单地抖了抖黑色的披风，说道：“呵呵，看来你沉思得还不够忘我呀！”

“时刻保持警惕是最基本的常识。”凡恩没好气地说了一句，用眼角余光瞄了瞄身后的兰缪，确定她没事之后，厌恶地说道，“跟了那么久，就为了偷袭一下？”

“知道敌不过你，这点自知之明还是有的。交手那么多年，你的长进，我自然赶不上。”芒摸了摸被冰粒擦伤的部位，对小小的偷袭失利显然无所谓。

“那你来干什么？依我对你的了解，你不会这么无聊。”凡恩想尽快结束对话，以免在兰缪面前暴露太多。

“当然，我可不是毫无准备就来的。”短发男子气定神闲地说道，好似心中早就有了把握，“把那女孩交给我，我保证你毫发无伤。”

“毫发无伤？这话也太自大了。”凡恩的语气有些轻狂，像是在嘲笑短发男子的自不量力，也是以此暗示兰缪一切都会平安无事。兰缪跟在凡恩身后，一手搭着凡恩的肩头，神色有些惊慌。

芒右手往上一伸，一把扯下肩上的披风，左手上臂箍着的金色臂环似乎跟以前有些不同了。他口中念念有词，举起左臂，金色的臂环瞬时飞了出去，化身一条金蛇俯冲向凡恩和兰缪。凡恩嘴角向上一扬，对此种招数早已了如指掌，右手往胸口位置一放，仿佛一道银光竖起，挡住了金环的去路。金蛇在他们两人四周飞旋，随时飞扑而下袭向他们。凡恩一边用身体挡住兰缪，一边不断变换招式和芒周旋。金蛇虽然速度异常，凡恩却不是普通人，单手已经化解了这些攻击。兰缪躲在凡恩的后面，蜷缩着身子，她不明白为什么那个貌似异域来的家伙要攻击她，也不明白凡恩为什么那么厉害，能挡住这些非人的攻击。

“收起你的破蛇吧，就靠这点功力，你是不可能打败我的。”凡恩提高了嗓门，语气有些轻狂。

芒笑了笑，说：“还没结束呢，现在才刚刚开始。”他念了一句简短的咒语，右手手掌向外一个反转，顺势立起一道气墙向凡恩和兰缪逼去。凡恩想以通常的招式化解来袭，却只见迎面而来的气墙突然笼罩了一层金色，和以往透明的状况完全不同了，周遭的空气明显也因气压的不同而有了分界。凡恩瞬间觉得有些异样，但当他意识到想要再出招应对时，已经来不及了，一股强大的压力卷向了他们，凡恩转身抱紧兰缪，迅速用结界护住兰缪。他们两人被气墙推了出去，翻倒在地。凡恩护住兰缪，猛然感到背后一记吃痛，原来那条金蛇顺着这股强大的气压偷袭了他。他因全力保护兰缪，放下了自己的防御姿态，背后吃了一招。凡恩的视线有些模糊了，他看了看怀里因为冲撞已经昏过去的兰缪，在失去意识的最后一秒，他紧紧抱住兰缪。

“呵呵，早说了你根本不是我的对手。”芒收回金蛇，得意地咧着嘴大笑。他走上前去，踩在凡恩的背上，俯下身检查，凡恩和兰缪都已经失去知觉。芒把凡恩拖到一边，回过身去看兰缪。

“终于到手了，我的白血公主，啊！”芒笑着望着兰缪纯白的脸颊，他正欲要去触碰兰缪，手上传来了灼烧的感觉，一阵疼痛从手指传了上来。“哼！ 没想到那小子自己死到临头了还要保护你。”他回身瞪了边上的凡恩一眼。原来凡恩在失去意识之前，用尽所有力气给兰缪建起了一道强大的结界用来保护她。

“就算这样也不能破坏我的计划，你以为这点结界就能保护她了吗？”芒手心相对，一道黑色的气体在指缝中流窜，他指向兰缪，黑色的烟雾袅绕着从他的手指蔓延向兰缪的脸庞。只见这道烟雾在离兰缪脸庞几公分的地方，仿佛碰到一道透明阻碍，闪出了点点的光芒，然后那道透明的东西仿佛被黑雾侵蚀出一个小洞，黑雾继续灼蚀着那层透明的东西，小洞慢慢扩大……

“这样就行了。”芒低下身体，正准备伸手把兰缪背起来，他突然发觉自己右手小臂上被划开了一道深口子，他一阵哀嚎。

“把你的脏手从她身上拿开。”一个傲慢又冰冷的声音传来。

芒听出了这是另一位“老朋友”的声音，手臂上的血滴在了大理石的地板上。他抬起头，迎上那对漆黑的眸子，那双眼睛正喷着不可抑制的怒火盯着他。不知道是因为这眼神，还是因为太过于惊讶计划有差，芒觉得心里冒出了一股寒气，不由自主地缩回了手臂。

“你怎么每次偷袭都被我们撞上呢？好奇怪哦。”修伊一脸无辜笑嘻嘻地站在怒气冲冲的林边上调侃着芒，琪琪也在一旁手舞足蹈欢乐不已。

芒咬了咬牙，一个林已经很难对付，再加上一个修伊，就算是黑暗之神庇佑加肖龙给他的秘方，恐怕也无力同时招架两个高手。何况他刚才一时大意，已经弄伤了手臂，好汉不吃眼前亏，先撤退再说。

“哼！就凭你们？”他虚张声势地抬起手臂，金色臂环直扑向修伊和林。林望了一眼躺在地上气息微弱的兰缪，冰冷的眼睛里露出一股暴戾的神情。他望着杀向自己的金光，轻轻挥了挥手指，一阵紫雾从手指上飘散出来，然后迅速形成一道紫箭射向金蛇。金紫两色在空中撞击了一下，三角形的蛇头在空中被击碎，金色的光芒瞬间飞灰湮灭，然而紫箭并未停歇，穿透那阵金光后，直射向抚着手臂的芒。芒已来不及躲闪，只能秉着本能运起全身灵力抵挡，一阵电光石火，地上砸起了一个大坑。

林回头看了眼修伊，在他攻击的同时，修伊默契地支起灵力结界保护着兰缪和凡恩，让他们免受爆炸的伤害。

修伊望了一眼林，他终于明白这个儿时同伴的能力到底到了多恐怖的地步，刚才这一连串的动作不过发生在转瞬之间。能在这样情绪激动的情况下完美击破对方的攻击并反击对方，这是何等地对自己能力的控制力啊。要不是他们有言在先，林完全有能力让对方魂飞魄散，甚至让这座大厦坍塌。

“他跑了。”修伊说。

林皱了一下眉头，希望刚才的攻击没有太过，他可不希望对方半路死掉。

“一切照计划进行。”他对修伊说。

“好，让他先跑几步，我再跟踪，免得打草惊蛇。”修伊不缓不急一派悠然自得地说。

“这次一定要顺藤摸瓜找到他背后的主谋。”

“希望事情不是想象中那么糟糕。”修伊摸了摸琪琪的头，歪着肩膀笑嘻嘻地说，“倒是你啊，好好保护好白血公主。”

林抱起意识全无的兰缪，心疼地望着她苍白的肌肤。他还不习惯“白血公主”这个名字，怀里那个孱弱的身躯难道真的背负着这个世界的真相与存亡？他此刻不关心任何事情，他不在乎这个世界是毁灭还是存亡，也不在乎血族和神族之间的斗争，他只想用自己全部的能力保护好这个女孩，让她不必再担惊受怕，不必再受到任何伤害。

“当然，还有你弟弟。” 修伊看了眼仍处于昏迷中的凡恩。

弟弟，林看着躺在地上的凡恩。他看上去脸色苍白，一如很多年前那个表情乖巧拉着他袖子的小男孩。是什么时候起，他们不再同进同出携手游玩？是什么时候起，他们势如水火，为继承人的头衔斗得你死我活？ 是什么时候起，凡恩变得那么狡猾而野心勃勃，为了带兰缪回去而欺骗兰缪？可是到最后关头他把所有能力都用来保护兰缪又是为了什么？林的心里渗透着一种他从不曾体验过的复杂情绪：兄弟情谊，曾经的仇恨漠视，又或者是现在如虫蚁吞噬内心的嫉妒？

幸得相救

普鲁士区的公园内大片的草地上每隔一些距离就有举家前来野餐的老老少少，几条不起眼的小道上偶尔也会走出成双成对的情侣。一棵枝叶繁茂的大树下躺着一位衣着素净的少女，远看只

是像被暖意哄得睡上了午觉，然而她身旁却有两位气质不凡的英俊男人守护着。其中一位棱角分明的男子坐在少女的身旁，正关切地注视着少女的脸庞，仿佛一丝呼吸都不愿错过；另一位金发男子显然更为享受园内的鸟语花香，闲适地靠在树干上，对着手里捏着的一只玩偶摆各种鬼脸，倒是有些童心未泯。

"兰缪——"林尝试着轻轻地喊了一声。

"我已经把凡恩送回饭店了，他没有什么问题，兰缪还没醒？"修伊望了一眼林怀里的兰缪，露出担忧的神情。

"应该没什么大碍，只希望她可以早点苏醒。"林的语气充满温柔，听得修伊产生了莫名的担忧。

修伊看着林过分焦虑的表情道："林，你是不是对她……你千万不要手软啊！趁现在凡恩还没有帮手，赶快带她回去交差吧。"

林被问得心头一紧，但是因为他一心都在记挂兰缪的安危，所以根本分不出神来跟修伊磨嘴皮，只有加重语气道："我自有分寸，你怎么还在这里和我磨牙？"

"好了，琪琪，休息够了，我们出发。"修伊缓缓站起身，轻轻撩了撩下摆，准备出发去跟踪那条毒蛇。琪琪早已一跃而起，先去寻找对方的气息。

"修伊……"林抬起头叫了一声。

"林少爷还有什么吩咐？"修伊假装娇媚地问林。

"小心一点……"林停顿了一下，脸上马上又恢复了冰冷的神情。运用这样关怀的词语显然对他来说很艰难，林觉得，或者是兰缪和凡恩激发了他情感上的软肋，让他变得和以前有些不一样了。

"修伊这次助人为乐，林少爷要怎么谢我呢？"修伊咯咯地笑着。

"将来我一定会找机会报答你的。"林随口一说，也没有抬头。

"将来呀，好遥远的将来呀。"修伊看着很远的地方，脸上露出悲切的神情。

林抬头看着修伊故作深沉的表情，然后修伊毫无征兆地突然俯下脸，几乎要贴住林的鼻子，说：“记得把她带回去给雷穆大人哦！哈哈哈……”

还没有等林训斥他，修伊缥缈的身影就消失在人群中。林忽然觉得心中有点闷，不知道为何。

“必须带兰缪离开这里”，他心里强烈地回响着这句话，无论如何，先保护好这个柔弱的女孩，其他的再作打算。

“兰缪——兰缪——”修伊走后，林开始尝试轻声唤醒身边的女孩。他已经观察过，她应该没有什么伤口。

见兰缪没有反应，林忽然意识到修伊刚才丢下的最后那句话“把她带回去交给雷穆大人”。林忽然觉得有些为难，确切地说，是抗拒。尽管他无数次地回想起和兰缪相处的场景，也无数次地想象过再度相遇时的情景，但还是没有料到兰缪的身体这么单薄瘦弱，比起在学校的时候，她的脸上已经没有了红润。难道是旅途的奔波？还是她太过担心父亲的失踪？想到这里，林不禁皱了皱眉，双手轻轻地扶起兰缪的上身，让她躺靠在他的怀里。这个女孩的宁静和温暖是林从来没有接触过的，他希望时间就此停住该有多好。难道修伊也看出了他内心对命令的小小违抗吗？他不想再让这个女孩受到伤害，他想看到她，保护她，即使凡恩他也不想谦让，他一定要把她留在身边。

兰缪觉得身体稍微恢复了点热度，她渐渐清醒过来，微微地睁开了眼睛。天啊，抬眼就是一个棱角分明的下巴，这下巴在哪里见过，嘴角还有迷人的微笑，她觉得身体好温暖呀，仿佛被什么包围着。天哪，是林！兰缪惊讶得全然张开了眼睛，不敢相信这几天惦记着的人，此刻就在自己的眼前。更令她惊讶的是，林居然温柔地环抱着她，这究竟是怎么回事。

“啊——”兰缪禁不住轻呼出声。

“你醒啦？”林低下头看她，“还好，没什么大碍。”

磁性的声音，迷人的笑容，就在兰缪的眼前，气息都在彼此的皮肤间流动，看得兰缪心神荡漾，脸色绯红，立刻用双手捂住心口。

“怎么，不舒服吗？”林的语气有些焦急，急忙用手握住兰缪捂在胸口的手。

兰缪挣扎不开，林巨大的手盖住了她的，她只好语无伦次地说着：“没……没什么。”

“那就好。你这小丫头最好别有什么事！”

“嗯？”兰缪好奇地抬头看向林，却不巧地撞上了他的下巴。

林假装吃痛地低呜一声后说道：“你看，尽给我惹麻烦。怎么就不知道保护好自己，是不是怕我生活太无聊了，整天需要被你惊吓着过日子。”话一出口，林就有些后悔，为了掩饰说辞的拙劣，他急忙扶着兰缪坐起来，帮她拍掉裙子上的青草和树叶。

“先跟我离开这里吧。”林一声令下。兰缪还没等反应过来，他就站到兰缪面前，弯下腰示意要背兰缪。

“我可以走的，没事的。”兰缪不好意思，推开林，摇摇晃晃地站了起来。

“又和我装坚强对吧，学校里那次也是这样，你不上来，我就抱了。”林转过身看着兰缪。

兰缪看着周围全是人群，大庭广众之下抱着太过羞臊了，只能顺从林的意思爬上了他的背，没想到林的背这么宽阔，她感到说不出的安心。

“我们去哪儿？”兰缪问。

“回你住的地方，收拾东西，回中国。”林头也不回地背着兰缪就往前走。

“可是我还没找到父亲，而且还没和威德商量。”兰缪嘟囔着，有些不情愿，但又无法抗拒林的气势。

“说不定你父亲已经回到中国了，我相信他和威德都希望你安全离开此地。这里已经越来越不安全了。”

远处的集市传来了嘈杂的叫嚣声，太阳一大早就如一抹血色般悬挂在高空，空气中带着一种压抑的潮湿感。一个状似背着生病亲人的黑衣男子穿过繁忙的街道，他抬起头看了看这猩红的天空，心里隐约升起了一种不祥的预感。

到达兰缪住的酒店，没有看到威德。林陪她在房间等了很久，最终林决定不能再耽误。他找来笔和便条纸，扔到兰缪面前说："给威德留言，说你回中国了，让他跟着回去好了。我相信他肯定很高兴你离开这块是非之地。"

兰缪虽然很犹豫，还是按照林的想法给威德留了话。虽然她不知道自己这样做对不对，但是看到这个男人的眼神，她似乎就是无力抵抗，发自内心地不想去抵抗。

林提起兰缪整理好的行李，拖着她，就像拖着一个娃娃，往自己住的酒店而去。他不知道自己要干吗，头脑一热竟然想带她离开这里，但是他也不知道要去哪儿，能想到的只有中国。

兰缪跟在林的身手，看着他的背影，忽然觉得很温暖。她已经忘记了刚才的恐怖事件，也忘记了这几天来的忙碌，她觉得跟在这个男人身后，有她从未体会的踏实，仿佛愿意就这样跟着他一直走下去。

修伊离去

粗糙的岩石颗粒上反射着一种暗红色的光芒，这里是易北河另一头的峡谷，因为某种奇怪的原因，阳光无法给这片岩地带来一丝温度。哪怕日上三竿，烈日当空，这片岩地仍然是全然的冰冷。天和地混沌地交织在这片岩地的尽头，方圆数里都笼罩着一种阴森而令人不快的雾气。最近情况更甚，甚至河畔边出现了褐色或黑色的气体，一些周边的小动物也显得焦躁不安陆续迁徙。就在这附近一块冰冷的岩石上，一条颜色鲜艳的蛇神秘而异常快速地蜿蜒而上，它的腹部似乎受了伤，渗出腥浓赤黑的血气。它一边往前爬，一边警觉地伸缩着前后张望。四周一片寂静，绝无他人，只有从河上吹来的风，穿过岩石的缝隙和洞穴发出呜呜的怪声。

远处六根灰色的柱子带着一种远古的气息伫立在河的尽头，柱子的中间似乎高出一节，就像一个浑然天成的地坛，若仔细看，能看到柱子上一些古怪的不知含义的图腾。那条蛇迅速往那处爬去，不一会儿，它已经到达了地坛中间，蛇浑身扭动起来，浑圆的身体抽搐般地剧烈颤抖着，然后逐渐扩大伸展。才一眨眼的功夫，原先还是赤色如血的小蛇已化身为一个粗壮的深色皮肤的男子，唯一还有些许原来颜色的是他殷红的头发和金色的眼睛。他仿佛受了很重的伤，气喘吁吁地靠在其中一根石柱上。一阵风吹过，他神色紧张地望了望四周，没有任何动静，或许是他多心了。他继续躺着，口中念念有词地抚着自己的胸口，有赤色的血从衣服里渗透出来，滴在黑色的泥土里。

远处的岩石边探出一只小兽的脑袋，它眯着眼睛表情严肃地望着石柱群的方向。很快地，一只手伸了上来，以迅雷不及掩耳的速度按下那只探头张望的脑袋。

“琪琪，别露出脑袋。小蛇虽然是个半瞎子，探测感应可是很厉害的。”一个金发俊秀的男人对着身边那只狮身猴面的小兽极小声地说，“我们就守候在这里，太近了，他靠温差就能发现我们。”

琪琪呜呜了两声，无奈地匍匐下身子，不耐烦地等待着主人接下来的命令。修伊也背过身体，靠着岩石歇息。这里的环境有种奇怪的磁场，雾气弥漫，太阳照射不进，地面是一种冰冷异常的温度。修伊的身体敏感地觉得有一种黑暗的力量环绕着这片岩石群。看来芒逃到这里并非是仓皇出逃随便找来的，一定是为了什么阴谋早就安排了这个地方。

“我可是很好奇他在等谁，到底谁那么大胆子，竟敢把神族和我们血族的人玩得团团转。或许解开了这个谜，所有的事情都能迎刃而解了，” 他摸了摸琪琪的头，垂下手臂望着灰蓝色的天空喃喃道，“这个任务完成后，我们又该去哪里呢？”大概是出来太久了，修伊露出了嘲笑的表情闭上眼睛，他暗暗讥讽自己，他们还能去哪里呢，当然必须回去找肖龙复命。琪琪靠下身子，用脸蹭蹭修伊的手，突然，它警觉地侧过头，从石柱群那里传来了动静。修伊和琪琪立即转过身，利用岩石的掩护，观察着芒和另外一个出现的神秘人物。顿时，修伊的表情凝固在了脸上，他怎么样都没有想到会是那个人出现在这里。

“你怎么把自己弄得那么狼狈？”一个苍老凶狠的声音没好气地响起。

芒抬起头看了看对方，视线迎上了那道扭曲怪异的印记，心里暗暗打了个寒颤。他有些心虚地说：“肖龙大人……任务失败……林和修伊回来了。你知道……我现在的能力虽然可以轻易解决凡恩，但是同时以一敌三……”

“算了，别再说了。”肖龙粗暴地打断芒。他要的是结果，不是解释，“那接下来怎么办？你也知道，再过三天就是九星连珠了。若是耽误了这个时间，哼哼，我看黑暗之神是再也没机会复活了。”

“不会的，这次必须成功，”芒急忙说，他咬紧牙关挣扎着站起身体。这是百年难得的星象，再加上兰缪这个特殊的媒介，如果错过了这次，莫非还要再等一百年？那么他就再也没有希望了，“我明天再去抓兰缪，无论如何，我一定要得到这个媒介，胜败在此一举。”

“嗯，你自己瞧着办。”肖龙故意不缓不急地应声。他太了解芒了，他知道为了复活黑暗之神，芒一定会拼了命完成任务的，“不要说我逼你，我们安排了那么久，隐藏了那么久，不就是为了这天。如果失败了……”

“不可能失败。”芒的金色眼睛里露出了骇人的眼神。

“那好吧，就靠你了。”肖龙当然不会把胜负全部押在这个人身上，不到万不得已，他还不想暴露自己，不过如果芒真的是个废物，没有抓到兰缪，他当然也会自己出手。本来以为，凡恩或者林，至少其中一个人能够比较快地把兰缪带回去，然后他就能利用身份把兰缪搞到手，没想到这两个人都拖拖拉拉，迟迟不肯完成任务。是他低估了局面，肖龙暗暗责备自己的布局不周。

“谁在那里？快出来！”芒突然大吼起来。

肖龙望向那边，那个他太熟悉不过的俊秀脸庞缓缓地从岩石后面显露了出来——修伊！他怎么在这里？肖龙的脸抽搐了一下，只是短暂的难看表情，他马上又老奸巨猾地换上了一副笑容满面的神态。

“修伊，你怎么在这里？呵呵。”

“这个问题难道不是应该我先问你吗？”修伊淡淡地说。是他刚才太过惊讶，没有控制好气息和温度，才被芒发现了。他慢慢走近他们，保持在一定范围。

“呵呵，我在这里当然是为了完成雷穆大人的任务。”肖龙神情自如地说，仿佛他在这里是再正常不过了。

“哦，是吗？”修伊盯着肖龙的眼睛。他也很想去相信眼前这个人没有骗他，但是……他刚才已经全部都听到了……他们要使那个怪物复活，这绝不可能是雷穆的命令。

“不是让你跟着林吗？他人呢？”肖龙不动声色地试探着修伊，如果林也来了，就有点麻烦了。

“你放心，他还好好地和你的白血公主在一起呢，他可是铁了心要保护好兰缪呢。”修伊当然揣摩得到肖龙问他的本意，他脸上挂着讥讽的笑容回答道。

“哦，那真是太好不过了。他一定很快就会把兰缪带回去见雷穆大人的吧，那我就放心了。”肖龙一边装模作样地笑着应答，一边若无其事地走近修伊。既然林不在这里，一个修伊根本不足为惧，他已经暗暗起了杀心，时间迫在眉睫了，没有精力来和一个会暴露他的人周旋。肖龙望着修伊一脸的冷漠表情，这么多年来，修伊一直帮他做事，很有利用价值，本来计划如果成功，以后未尝不会给修伊很多好处。但是，现在在这样至关重要的情况下，他竟然突然出现，而且还站在了他的敌对面，那么权衡利弊，修伊必须死。

“那我就放心了，你和林要好好保护好兰缪，她对我们血族可是意义非常……”肖龙堆起满脸假笑，假装好意地提及林和兰缪的事，那双枯槁的双手却在背后对芒迅速打了个手势。他话音未落，芒已经飞身而出，仿佛一道红色的闪电直扑向修伊。修伊感到腹部一阵冲击传来，他抬起左手挡住对方攻势，深吸一口气，浑身上下突然闪现出了一层淡淡白光，这光如同盾牌般帮他挡住了由芒形成的红色金色交织的杀气。芒虽然之前受了重伤，但这样突袭而来，力量也不容小觑。修伊右手在下方划出一道弧线，光线所到之处形成了一道银色长线，他手腕翻动，银色光线如同鞭子般挥向对方。芒收回攻击，急速侧身躲过这一鞭，但还是慢了些，银光仿佛有灵性般中途转向，又指向了他的位置。芒再躲，细光贴着他的身体飞过，一阵剧痛从腰际传了上来。芒心下一惊，没想到对面这个金发的貌似纨绔子弟花花公子一样的男人还有这样深厚的灵力，以前一直低估他了，看来肖龙这么多年来仰仗修伊办事绝不是没有道理的。芒从手臂上抓起金环抛向对方，金环在空中直起蛇一般的头，吐着黑雾朝修伊飞去。修伊始终未发一语，连身体都没有移动半步，只是抖动手腕让银线去阻截芒的金环。金色和银色在黑色的雾气中纠缠起来，直到银色细线渐渐占了上风，它的光芒也仿佛更亮了起来，黑雾逐渐在被银光吞噬。芒的额头渗出了汗水，他原来的伤口更是不断往下滴血。金光仿佛有气无力，逐渐在缠斗中变得黯淡，终于被击打在地上。银色鞭子突破黑雾，如弓箭般直扎向芒。芒已经没有退路，他口里不断念念有词，试图快速用结界挡住这道银鞭。突然，就在离芒十公分的地方，银色鞭子停了下来。芒抬起头，看到不知何时，刚刚还一直站在修伊身后观战的肖龙已经贴在了修伊的背后。修伊眼中闪过一道痛楚，嘴角抽动了一下，一股鲜血从嘴角流了下来，他牵动了一下手指，银鞭浮起在低空，固执地要往前飞去杀向芒。肖龙动了动，仔细看会发现他的手贴着修伊的背后，那里正冒着黑色如毒药般的浓烟。修伊咬了咬嘴唇，跪倒在了地上，银光也随之掉落在地，慢慢熄灭了。

他用手硬拽住了肖龙的衣角，摇晃地回过身，盯住这个从小把他带大，他却从来没有真正认识过的男人。“真的就只能这样？”他艰难地吐出一句。

“对不起，修伊，为了我的大业，你必须死。”肖龙抓住跪倒在自己的面前修伊，眼神闪躲开对方的注视。

修伊牵动嘴角，笑了起来。

“你笑什么？”肖龙手加重了几分力气，他不明白死到临头了，修伊竟然还笑得出来。他恶狠狠地说，“你就认命吧，就当是报答我对你这些年的养育之恩吧。”

修伊的脸上依然是带着一种浅浅的嘲弄般的微笑，他闭上眼睛，淡淡地说：“这条命是你救的，你要拿回去的话，就还给你吧。”其实他从一开始就做了这个最坏的打算，他从一开始就对肖龙放空了整个后背。修伊觉得脚上变冷了，那股冷气从脚上渐渐传了上来。他没有任何挣扎，就让他坠入到永远的黑暗中好了，或许很多年前他就该去那里了。

“你有这个觉悟就好，不枉费我这么多年栽培你了。”仿佛是要说服自己，肖龙对着修伊说。他退后，绕过修伊，走向跪倒在另一边的芒。既然已经解决了这个绊脚石，他当然还是要假装关心一下自己的战友的。走着走着，肖龙突然停住脚步，他似乎觉得少了些什么，但又一时之间想不起来，这种感觉让他觉得非常不好。他纠结起眉头思索着，瞬间，肖龙转回了身体，对着修伊的那个方向，眼神穿过跪在那里将死的修伊，他望向刚才修伊躲避探听的那个土坡。一个毛脸的小兽从那里冒出脑袋，眼神悲伤地望向前方，它身体摇摇晃晃地往修伊的方向靠近了几步。

“琪琪！”肖龙露出了狰狞的表情，他差点忘记了和主人灵魂一脉相承的血族的神兽。

就在这时候，本来已经全然没有动静了的修伊嘴角动了动，他突然抬起了右手，射出一道极强的银光，打在琪琪身上，然后，垂下了头。

“不！不！！”肖龙叫了起来，冲向那道光，他明白刚才修伊为什么不放琪琪出来了。已经来不及了，等他扑到，琪琪的身影消失在光芒中。修伊用最后的力气，把琪琪转移到了其他安全的地方，只留下了肖龙的怒吼声还环绕在这片荒凉的岩石群中。

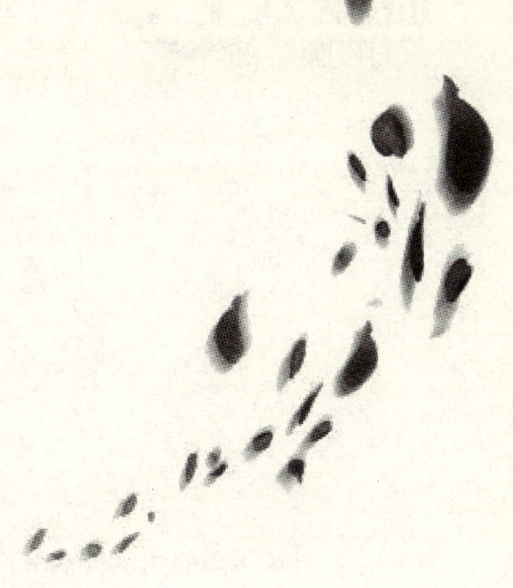

Chapter 18
唤醒黑暗之神的代价

林看着沉睡的兰缪，看着她胸口依然发着黑光的印记，心里一阵绞痛，他自言自语地说：“兰缪，我们该去哪儿呢？或者我们让一切重新来过，在一切开始的地方。”

遭遇突变

机场头等舱的候机室里，林拉着纤弱的兰缪走了进来。林不由分说地一把将兰缪按在了舒适的按摩椅上，并悉心地为她调节好椅子仰躺的角度。

“很不巧，回家的航班还要等上一段时间。你也累了，先好好休息吧。”林半蹲在椅侧，用温柔的语调说道。

“其实我不想回家，还没找到父亲的下落，我……”兰缪紧张地绷直了身体，可是还没等她说完，林俯下身体，用手盖住她的嘴唇道，“听话！等回到家后，我帮你一起找。现在这样漫无目的地流落他乡也不是办法。”

兰缪看着林近在咫尺的脸，仿佛可以看到他皮肤的呼吸，他的睫毛很长，可以看到他瞳孔里自己的倒影。他的手盖在她的唇上，有种很奇怪的感觉，这种肢体接触让她莫名兴奋起来，仿佛有个小鹿在身体里乱蹿。兰缪别开头，挣脱林的手，她觉得自己的脸颊又开始发烫，但是林的话容不得人反驳，兰缪只得乖乖躺在按摩椅上。林脱下米色的风衣轻轻盖在她身上说：“先睡一觉，我就在边上，有事喊我，好吗？”

“嗯。”兰缪轻轻地抿了抿嘴唇，仿佛有他掌心的味道，她不好意思地拉高了风衣，一直遮到鼻子下，只露出一双眼睛偷偷看着林。他静静地在她身旁坐下，示意空姐拿一份报纸来。也许是连日的奔波，加上被人偷袭的后怕，还有林的温柔，兰缪很快就睡着了，甚至发出了轻缓柔和的鼾声。林挪打开眼前的报纸，看着兰缪静谧的脸，不自觉地笑了笑，伸手帮她捋了捋额前散落的几丝长发。其实他还没有决定到底坐哪个航班，因为他不想以战利品的形式带着兰缪回去，但他又能怎么办呢？

不知睡了多久，兰缪迷迷糊糊地睁开了眼睛，发现林不在身边了，兰缪突然有些害怕，心头一惊，跳起身，神情慌乱地到处寻找。

“你怎么会来这里？”隔壁咖啡厅里传来一句冷冷的问话。兰缪确定那是林的声音，顿时也放心了不少，于是她转回身，准备重新回去躺下休息，顺便整理一下几天来的思路。

“不要闹了，凡恩。”过了好几秒钟，突然一句带着震怒却明显被控制了音量的话钻进了兰缪的耳朵。凡恩？他怎么在这里？不对，他怎么会和林在一起？兰缪吃惊地睁大了眼睛，她的脚犹如被冻在地上一样，全身都不能动弹。她不自知地紧紧攥住了风衣的衣角，把原本熨烫得笔挺的袖口都揪出了深深的褶皱。

“闹？哼！是我闹还是你闹？你究竟想干吗？我刚才过来的时候就已经查过了，你根本就没有买回去的机票，你到底想怎么样？”没错，是凡恩的声音，兰缪更加吃惊了。但显然，凡恩的语气坚定中充满着敌意，可见他和林的关系绝不一般。

“我不想怎样，我就是不想玩这个游戏了。”林的声音充满疲惫。

“林，你太天真了吧！你说不想玩，我就相信你，那你现在带兰缪去哪儿，去老头子那儿邀功，去换你的权力？”凡恩字字尖锐。

游戏？玩？换什么权力？凡恩说的游戏是什么意思？为什么凡恩的语气变得这样？和她所认识的凡恩一点也不相似。还等不及兰缪细想，就听到林字字如铁的声音传来，“这是一场游戏没错，我们也都清楚，兰缪是我们兄弟两人的猎物……”

猎物！多么冷酷的词语，兰缪顿时觉得脑中一片混乱。凡恩的微笑，林的细语瞬间都成了对她愚蠢的嘲讽。亏她还乖乖地坐在这里任人摆布，而且还竟然对林给她的温柔抱持美好幻想。兰缪觉得自己简直是愚蠢至极，是敌是友都分不清，这么贸然行动。兰缪气得浑身发抖，她的嘴唇冰凉，她觉得头晕目眩，周围所有的物体都在飞速旋转，她觉得自己快死去了。她不忍再听下去，她扶着一边的墙，拖着沉重的步子慢慢向出口走去，耳边仍然传来林和凡恩的争吵。

眼眶里的泪水蜂拥而出，兰缪无法停止头脑中各种残忍词语的纠结，头疼得紧簇起眉头，从眉头到心头的，则是另一种更深切的疼痛。兰缪觉得心里委屈极了，这种情绪就像尖刀，剜得她体无完肤。兰缪一手捂住胸口，却还是抵制不了揪心的疼痛，只能任由泪水从脸颊上不断滴落，打在手背上，掉在衣襟上，她觉得自己就像被抽空了一样。

这些日子来，她最信任的两个人，竟然把她作为游戏！就在刚才的几秒之间，他们已经成为了最危险的敌人。凡恩给予她的热心帮助与温情照顾原来都是假的，她本以为跟着凡恩可以找到父亲，谁知自己太过天真，居然连一丝怀疑都没有。更糟糕的是，凡恩和林竟然是兄弟，亏他们两个还像演戏似的，在学校里就没打算向她坦白他们的关系，编造着各种理由企图哄骗她。这么说来，林的老师身份可能也是假的，只是为了更好地接近她。回想自己为林动过的每一个细小念头，原来都是自己的自作多情，兰缪心如刀绞。不久之前，林对她的软言细语，对她的无微不至，都使她有种莫名的幸福感，每当她看到林的眼里闪过的光亮，她都差点把自己当成童话里的小公主。和凡恩相比，林更过分，更让人生气。兰缪没有办法形容，因为她找不出任何确切的词语，这是背叛，还是出卖？或者只是一场戏弄，她自己全情投入的一场戏弄，在别人眼中却没有丝毫的价值。说戏弄可能也不准确，对林来说，她只是他接受的一件任务而已，若不是任务，林可能都不会多看她一眼。想到刚才她还心甘情愿地跟着林离开这里，天知道后果会怎样，说不定她就被掳到什么地方去了，想到这里她倒抽一口冷气。

虽然她不知道背后究竟隐藏着什么阴谋，她也不想知道。她拖着不受控制的双腿，一口气跌跌撞撞地到了机场门口，半跪着在一个墙柱边激烈呕吐起来，仿佛想把自己的愚蠢全部清除。她几乎虚脱，泪水和嘴边的污秽模糊了她的脸，兰缪终于忍不住号啕大哭起来。路过的人都忍不住来关心她，给她递纸巾、送水，以为她遇到了劫匪，更有好心人说愿意帮助她去警署。兰缪看到这么多陌生人善意的问候，终于振作精神，向大家示意感谢，她站起身，向车站走去。

兰缪一刻都不想停留，她怕被凡恩找到，怕听到凡恩说的各种出于友情的字眼，更怕面对林那张足以迷惑她芳心的脸庞。她怕自己没有任何分辨力和抵制力，到时又乖乖地成为了他人的棋子而不自知。

风吹过她潮湿的脸颊，让她清醒了很多，她想起威德和父亲对她的叮嘱，让她无论何时都要多多提防，她竟然置若罔闻。世界上只有父亲和威德最宠爱她，可是现在自己连父亲的踪影都找不着，还差点成了别人的鱼饵。想到这里，她更想念父亲了，但是她从来没有这么清醒过，她要尽快回去找到威德。兰缪真是后悔背着威德出门，以前威德总是语重心长地对她说，外面的世界比她想象的危险得多，她还总是以为他们只是为了禁锢她而想出的种种借口。

这个时候，她才知道家是多么重要。还好有威德在，想到这里她终于露出了一丝微笑，此时此刻，她只想回家去。她加快脚步，冷不防，被一个黑衣人拉到一个角落，在她还来不及呼喊，就被一块布蒙上了嘴，有一股强烈的药水味道，然后兰缪觉得天旋地转，眼前一黑，浑身一软，什么也不知道了。

兰缪遭劫

微微睁开眼睛，光线很刺眼，皮肤仿若被沙尘刮着，有点

疼。兰缪感觉有点苏醒了，她感觉自己正坐靠在哪儿，浑身冰冷。她努力睁开眼睛，发现眼前竟然是一片荒原，什么都没有，放眼望去都是砂质的岩石，还有很多千奇百怪的石头，仿若进入了冷冰冰的荒漠，让人不禁打了个寒战，配上迎面刮来的风，比孤单更可怕的是阴森，空气的流动也不一样了。

兰缪动了动，她的手被反绑在背后，手被绳子勒得生疼，她扶着身后的残墙站了起来，脚步踉跄。兰缪往前走了几步，风卷来的怪叫声透着一种不祥的感觉，好像有什么大事要发生。而不远处几根柱状岩石冷冷地凸起，更加重了兰缪心里的不安与恐惧。

"哈哈哈哈！"一阵令人毛骨悚然的笑声划破长空，冲入兰缪的耳膜，"真是踏破铁鞋无觅处，得来全不费功夫呀！"兰缪猛然回头，发现一个身穿黑色披风、面容狰狞的男人正向自己走来。

她认出来人正是那天偷袭凡恩和她的怪人。兰缪退了几步，下意识地转身，想调头逃跑，可是当她刚一转身，却又被另一个陌生男人挡住了去路。"不要妄想逃跑了。"陌生男人一记冷哼，从牙缝里挤出一句话。话音刚落，兰缪就被那个丑陋的怪人连拖带拽拉回原来的墙边，一推，兰缪几乎是跌倒着坐下，膝盖和腿部被砂石磨得她咬牙忍痛。

兰缪看着两个人，一个已经和他打过交道，一个脸上有着狰狞的胎记。她知道决非善类，她故作镇定道："你们是什么人？这里是哪儿？"

"呵呵，小姑娘倒是很镇定啊！不妨告诉你，这里是德国与捷克交界处，易北河切穿沙岩地质形成的峡谷，就算你想逃跑，也会饿死在半途，聪明的就乖乖听话。"黑衣人褪下斗篷的帽子，露出火一般的红发，在狂风中尤其显得恐怖。

"是林，还是凡恩派你们来抓我的？"兰缪心想一定是他们兄弟中的某一个为了赢得所谓的任务而派人一路跟踪她。

"他们？"胎记男人耸了耸肩说，"就凭他们也敢命令我？"

“不是他们吗？那你们是谁？为什么要抓我？”兰缪突然想起威德以前说过的一些奇怪的话，看来想抓她的人有很多，不止林和凡恩。也是为了任务吗？还是什么？莫非跟自己的身世有关？以前每当问及威德关于自己身世方面的事情时，威德就会顾左右而言他。刚才听到林和凡恩的对话，好像所谓的任务也跟她的身份多多少少有些关联。

“啧啧啧……”胎记男人摇头说道，“你连自己是谁都不知道，真是可怜！看来你爸没告诉你，估计你连自己的妈妈是谁都不知道。不过你们这一代确实都不知道以前的恩怨纠结呀，不止你，估计林和凡恩那两个臭小子也搞不清吧！”

“什么？你知道我妈妈？”兰缪追问道，“还有，你跟林和凡恩他们很熟吗？照你这么说，他们也只是完成任务，并不知道抓我有什么用？”兰缪的脑袋里一下涌过来太多的讯息，一想到林和凡恩有可能也是无辜的，兰缪忽然觉得心里稍微好受了一些。再加上对方还有可能知道她妈妈的事情，兰缪也彻底放弃了双手在背后的徒劳挣扎，乖乖地束手就擒起来。

“大人，这里就是传说中的圣地了！”红发男子突然声调亢奋地说，“虽然我也是第一次到这里，不过大人请放心，我们羲太族世世代代就以重唤黑暗之神为族中头等大事，我们自小就对有关黑暗之神的一切了如指掌，包括圣地和圣坛，绝对错不了的！”

兰缪像是在听天书一样一头雾水，但是容不得她多想，她又被红发男子拽起，拉到了一块微微高起的地坛上。难道这就是刚才提到的圣坛？兰缪低头一看，果然脚下的地坛不似周围的土地，似乎有什么特殊的晶体，地表微微地透着光亮，但显然，光亮还不明显，在阳光中，显得很朦胧，犹如水面波光般荡漾着，虽然不是很强烈，但明显有一种弥漫的扩张感。兰缪忽然感觉到一阵强烈的吸力，自从她的身体沾上这一小块地坛，就仿佛被磁铁吸住一般，感觉身子越来越沉重，似乎身体里面有什么力量在被抽走。

兰缪看到那两个男人慢慢走开，她环视着周围有六根灰质的柱子。她想移动一下身体，却发现无论她怎么使劲，都无法抽离那一股吸引力，浑身都像绑了铅块般沉重，似被一个无形的黑洞吞噬。她觉得身体里的力量正在慢慢流失，她感觉自己一阵一阵头疼，眼神也变得迷离起来。

恍惚中红发男子对着她叫道："别浪费体力了，你就当作好好睡一觉，等你醒来，你就获得至高无上的荣耀了。"男人抬头看了看天色，转身对身边的胎记男人说："肖龙大人，根据天象的变化，我们的复兴时机很快就要到来了。

听罢他的话，兰缪也抬头看了看天空，天色越来越暗，原本人烟稀少的荒原更显阴森，她越发觉得这阴天与以往相比很是不同。环顾四周，她所在的圣坛正好处于六根岩石柱的中间位置，岩石柱有规律地排列着，连起来像是蜂巢的形状，而它们的柱体颜色仿佛和兰缪脚下的圣坛一样，也有光亮似水波般荡漾开来，从柱体中心位置向四周扩张。柱体的中心位置，也就是光源点上，刻着奇怪符号，若不是有光亮渗透出来，平时一定是无法注意到的。每根柱子上的符号都不尽相同，她也不是很明白，应该是祭奠类的文字，抑或是某种蕴含能力的封印，有种远古的味道，但具体代表着什么，一时半会儿仅凭所知也说不上来。

兰缪本来就被这股奇怪的力量折磨得浑身乏力，已经没有多余的时间去思考这些，她觉得她今天大概要枉死于此。忽然，那个被称为肖龙大人的胎记男人靠近了几步，他的脸上露出了难以掩饰的笑容，他对兰缪说道："在你死之前，不妨告诉你一些事情，免得待会儿你死不瞑目！从小到大你一定对自己的情况感到很奇怪吧，你的家庭，你的身世。或许你会感到自卑，感到孤独无助，那你就错了，你可是血族和神族的混血后裔，简单来说就是个魔女，对我的大业来说，可是个难得的宝贝呀！一旦九星连珠的星象形成，依靠你的血，通过你的身体就能唤醒黑暗之神！我的时代就要到来了，没有人能够阻止我！哈哈哈哈！"肖龙邪恶的笑声回荡在空旷的峡谷之间。

天色越发暗沉，黑云就象幕布一样在天空中铺开，兰缪的身体完全地被吸附在圣坛上动弹不得。什么血族和神族，从来没听父亲提起过，兰缪在脑中飞快地串联着威德有时透露出来的话，但依然不得要领。她很难控制渐渐涌上的心烦意乱，她想挣脱这一切，就像有股说不清道不明的力量想要挣脱她的身体般。她企图破坏，渴望摧毁，可是她虚弱无力，只觉身体里的血液开始急速流动，血管不断发热，她只好不断地大口呼吸。她抬头看着乌云密布的天空，就像一张恐怖的脸，在空中盘旋，她吓得闭上了眼睛。

兄弟携手

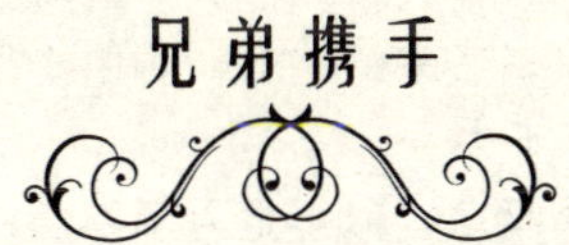

“你不要再狡辩什么，原本我过来是有急事和你商量，没想到你竟然企图带兰缪离开，我真是好心没好报。”凡恩懊恼地跺了下脚说道，“你看看这个。”凡恩拿出已变成玩偶的琪琪交到林的手中。林看着琪琪，惊恐地看着凡恩道：“琪琪怎么会在你的手里？修伊呢？”

“修伊来找我的时候已经奄奄一息了，他说芒和肖龙在合作召唤黑暗之神，兰缪是他们谋划了很久的媒介。修伊说我们不该这样兄弟内讧，不然就不会落到今天给外人有机可乘的下场。他说如果他的死可以把一切都还给肖龙，也算是功德圆满了，他再也不再亏欠谁了。”凡恩说到这里，鼻子发酸，他继续说，“我不忍心让修伊就这样离开，于是我把他的原魂封印在琪琪化身的玩偶之中，或许哪天，有更强大的法力能够让他苏醒。”

林紧紧握住玩偶，他感觉浑身的血液翻涌，眼睛被泪水模糊。他看着玩偶，脑中闪过修伊离开时的最后画面，修伊的笑容仿佛近在咫尺。他一阵心痛，一个从小到大的朋友，就在这场阴谋中离开了他们，他们还在无知地争执。他觉得心中绞痛，他觉得他们被什么东西蒙住了双眼，以至于丧失了理智。肖龙，他早该料到这个野心勃勃的男人必然会谋划一些什么，只是没有想到，事情超出他的想象，那么也就是说这么久以来的所有计划，都是在这个男人的预料之中，所有的人都被他玩弄在股掌之间！想到这里，他气得牙齿发颤。

“这么重要的事情，你怎么现在才说！”林略带责怪地抱怨，几近哽咽。

“看你带走兰缪，我一气之下，没顾及说。”凡恩低声解释，也是一脸沮丧，“林，虽然修伊一直对我不善，但是这次我真的很难受，我带琪琪过来的路上，脑中全是儿时的场景……”凡恩略带哽咽，说不下去了。

“哎！”林抬头叹息，似乎是为了不让眼泪流出。他稍微调整了情绪后继续说道，“看来肖龙谋划这件事情，不是一天两天了，没想到一个小小的比赛，竟然被他利用了，我们全都被他利用了！”林咬牙切齿地说，“黑暗之神，必然是一场灾难。兰缪就在外面，我们和她一起商量，只要她能避开这场祸事，应该就不会带来灾难。”

“林，既然他们视兰缪为重要媒介，那我们只要保护好兰缪就不会发生什么灾难了。”凡恩看着林，似乎想寻求他的肯定，但是看到林阴沉的表情，凡恩内心也变得动摇起来。

“嗯！”林点了点头道，“我们不如坦诚布公地和她谈谈，大家一起携手，或许会寻找到很好的解决办法。”林走出咖啡厅，凡恩尾随而上。兄弟两人刚走了没几步，就看到掉落在地的林的外套，他们环顾四周，发现已经没有了兰缪的踪影。兄弟两人互望一眼，似乎明白发生了什么事情，大呼糟糕。

“如果兰缪现在遇到什么意外，我肯定不会原谅自己！”凡恩焦急地在原地徘徊道，“希望她单独一人，不会被肖龙和芒他们遇到。”

“可能是我们刚才讲话太莽撞了，先不要往坏的地方想，赶紧找到兰缪要紧。”林沉着地说道，“凡恩，我曾经写信告诉过父亲这里发生的一些事情，他老人家也说想亲自来一次。你去察看下他的航班，如果接到了父亲，直接来找我，我去兰缪住的酒店看看，或许她回去了，找到她一切都好办了，到时候我们再一起和她好好解释。”

“嗯！”凡恩已经很久没有这种感觉了，哥哥在他心中的形象是如此高大。这种感觉仿若很多年前有过，那个时候他一直拉着林的衣角，跟在他的身后寸步不离，另一边还有修伊的身影，这个画面就像突然出现的阳光，刺痛了他的双眼，他感到一阵眩晕，他觉得自己几乎忘却了那些埋在心底的记忆。

看着凡恩离开，林浑身颤抖不已，他只是故作镇定，不然凡恩更会乱了阵脚。现在只期望兰缪顺利回到酒店，别的他真的不敢多想。

他看了看手中的琪琪，握得紧紧的，口中喃喃道：“修伊，我不会让你白白牺牲的，一切都应该有个了断。”

神 族

到处是寂静一片，苍茫一片，面前是暗蓝色的海水。亚特望着远处破晓的霞光，绚烂的光芒蜿蜒弥漫在大海之上，海面如同燃起了冷冷的火焰，游动的红光映照在一个修长的身影上。他背对着亚特，全身上下有一层淡淡的白雾，他望着茫茫无际的天地，孤寂地站在波光粼粼的海面上。他的表情似乎茫然悲伤，不知何去何往；又似对一切都毫不在意，平静释然。

“修伊……”亚特定了定神，踏向海面，走近那个金发的男子，声音有些迟疑地喊了一声。

修伊转过身来，刚才还淡然寂寥的表情瞬间展露出了灿烂微笑，“呦。”他抬起右手如同老朋友般和亚特打了声招呼，“又见面了，拉法族人。”

“你？”亚特抬起眼眉，望着修伊俊秀而苍白的脸庞。

“我是来和你们告别的。”修伊的脸上是温和的微笑。

亚特有些明白了这场突如其来的会面，脸上露出了惊愕的表情，伸出手仿佛要去触碰修伊的肩膀，但是又在中途改变了主意，停落了双手。

宝蓝色的天空下，金色的飞絮在辽阔的海天之间旋舞，发出空灵的鸣声，而后又纷纷坠入暗蓝的深海。白色的浪花拍打着远方的礁石，冰冷的海风抚摸着亚特的轮廓和鬓角，他的脸上此刻褪去了往日的闲适淡定，满目悲伤。

“呵呵，你不用替我难过，每个人都有自己的命运。”修伊依然笑得烂漫无邪，好像自己的离去只是茫茫世界里最小的一环节，并不值得悲怆，“哦，还有。你上次和我说的九星连环竟然是真的，而且时间比你们推断的还要快。”

“那么是什么时候？”对于这件事，亚特态度是相当严肃的。

“就在明天 。”

“什么？” 本来以为他们至少还有三到五天的时间来继续调查，没想到……“你怎么知道的？”

“我在另外一个世界看到的，”修伊抬起手臂，摊开双手，他的金色头发在海风的吹拂中飞起，和金色的飞絮交织在了一起，“拉住我的手，我想让你看看这个。”

亚特望了他一眼，伸出手臂，放在了修伊的手上，瞬间一道强光如通过电般在亚特脑中闪过，他下意识闭上双眼。而后，亚特的眼前闪过一连串的画面：祭坛上白色的少女；血族的王，人族的先知，还有神族的孩子环绕着五色金光；狰狞的信徒疯狂起舞，一片黑雾笼罩四野，空气里到处是一股邪恶的阴森的灵力；黑暗和光明互相碰击，爆出噼里啪啦的响声；一阵爆炸声，所有人应声倒地，到处是一片血气……所有画面如同片花般一闪而过，还来不及细想，已经结束。亚特睁开双眼，对着他的是修伊温和的眼光。

“希望对你有帮助，我最后能做的只有这些了。”

还来不及答谢，天空里又下了一道炫目的白光，仿佛流星般往海中降落。光芒拉动着长长的光尾，沿路飞散出无数柔软的金色飞絮，当光芒落到海水中间时，无数拉长的光线旋转流动。

“修伊——”仿佛被卷入光的旋涡，亚特感到被一股气流包围拉扯。当他再睁开眼睛时，在他眼前的是高高的天顶上金色华丽的浮雕，黑暗中，传来了一个孩子轻轻的呜咽声。亚特坐起身，看到尤吉赤着脚站在离他不远的地方，眼睛通红。

“我梦到修伊了……亚特……”尤吉哽咽地说，“他……他死了……”尽管伤心难忍，男孩却抿着嘴巴，不让那滚烫的眼泪滴落下来。

亚特起身走向孩子，摸了摸他的头，“嗯，他来向我们告别了。”修伊并不是一个让人容易忘记的人。虽然只有一面之缘，却仿佛是冥冥中注定的相识，让人牵动心弦。

“我……我……”尤吉不知道要说什么好，只觉心里的悲伤不断翻涌上来。

亚特一下子抱住了尤吉，尤吉的眼泪终于决堤而出，印湿了亚特的前襟。亚特抚拍着尤吉的背，他虽然是拉法族的继承人，毕竟还是个孩子。

等尤吉哭得差不多了的时候，亚特放开他说：“修伊并不是单纯来告别的，他告诉了我重要的信息。明天就会有可怕的事发生，我们必须马上出发，事关重大。”

“嗯。”尤吉用手背擦了擦眼泪，点点头，他撅起嘴巴倔犟地说，“尤吉一定会加油的，明天要找到那帮坏人，为他报仇。”

阳光已经清澈发亮，穿透稀薄的云层，将温和的日光投射在德勒斯登的巴洛克建筑上，圣母大教堂圆顶上巨大的吊钟发出了沉重而辽远的钟声，飞鸟从地面被惊起，沿着无数白色的高楼急速飞过，天地间传来无数夹杂在钟声里的哗啦哗啦的羽翅扇动的声音。 明亮的阳光下，街上大大小小的集市，已经开始热闹了起来，不知从哪里来的人们奔涌而来。亚特和尤吉穿越过接踵的人群，尽管昨天的画面都是支离破碎地闪过脑海，亚特还是看到了那六根奇特的柱子。他曾经在城市边境看到过这样的柱子，看来召唤黑暗之神的地点就在那里。亚特和尤吉已经感觉到了四周灵力的异样，边境的地方冉冉而升起一阵阵黑雾，当然，这样的黑雾是只有有灵力的人才能看到的。

当地的小贩们从城市四周赶来，熙熙攘攘地在这个最热闹的广场上推销贩卖着各种货品。游客们四处张望，对这座城市流露出赞美的神情，还有拿着小风车的孩子在广场上奔跑嬉戏。亚特心里突然觉着一阵酸楚——傍晚之后，距离此处不远的地方，将是一片毁天灭地的杀戮，而眼前是安稳的平凡俗世。百姓安居乐业，岁月安静美好。也许做一个平常的百姓比做一个有灵力的种族更幸福吧？然而，若是如此，谁又来保护这些平凡的幸福呢？或许正是因为这份美好是如此地单纯朴实，才更让人相信一定不能让它被毁灭，必须要阻止可怕的事情发生。亚特望向远方不知何时而起的黑雾，眼神坚定地带着尤吉继续往前行。

共同合作

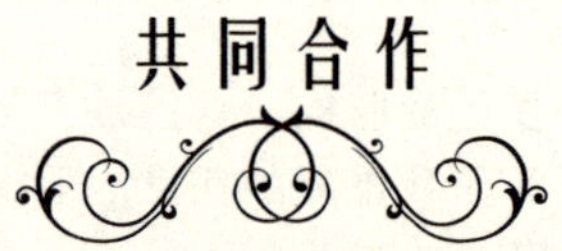

林以最快的速度到达了兰缪的酒店，他没有丝毫犹豫，直接敲开了酒店的房门，那一刻，他多么盼望开门的是兰缪，哪怕她此时已恨他入骨，一脸愤怒，或者要杀了他，他都愿意，只要她能够平安。

威德开门的时候看到是林，也是一阵惊讶，脸上露出愠怒的神情道：“你来干嘛？”

林看着威德，轻声问："请问兰缪有没有回来？"

"威德早上出门来接我们了，我们刚到，也在找兰缪。"门被拉开，走出一个四十岁上下的男人，气宇非凡，连林都被他这份气势镇住。林肯定他也是血族的成员，只是他的身上飘散着很古老的气息，让人心生敬畏。中年男子上下打量了一下林，露出一丝微笑道："你好，我是兰缪的父亲兰斯维。"

林乍然听到，惊讶了一会儿，这个就是兰缪口中消失了的父亲，这个莫名就会让人心升敬意的男人，果然不同寻常。

"兰斯维大人，兰缪可是找您找了很久。"林说的时候有点小小的激动，他想到如果此刻兰缪知道她的父亲已经回来了，应该有多么高兴，可惜她不在这里。

兰斯维看着林略带沮丧的神情道："你似乎对兰缪的情况也很了解，有事不妨进来说。"兰斯维示意威德打开房门，让林进来。

威德把林引进房间，林才发现屋子里还有两个人。一个满头银发的老妇人，坐在客厅中，在她的身边站着一个不过十几岁的小女孩，仿若瓷娃娃一般，玲珑剔透，美丽异常。老妇人冲着他的方向点了点头，林才发现她紧闭着双眼，应该是失明了。

"我听威德说，兰缪最近一直在和你们族的一个叫凡恩的男子在一起。噢，对了，还没请教你的名字。"兰斯维在老婆婆的旁边坐下。

"我叫林，兰斯维大人说的凡恩是我的弟弟。这其中发生了太多的事情，现在我们和兰缪失散了，我正在找她，希望她可以平安。"林说到最后有些无力，"我知道，她正被一些血族的异端觊觎，希望借助她，唤醒黑暗之神。"

兰斯维的表情没有一丝诧异，他只是一脸凝重地看了老婆婆一眼，老婆婆缓缓开口道："唤醒黑暗之神啊，看来一切都是注定，我还是来对了。"

"攸婆婆，您觉得我们现在该如何是好？"兰斯维虽然心中着急，但是看见攸婆婆一脸冷静，他也不禁平静下来。

"坐在这里等也不是办法，我感觉到兰缪应该在城郊附近，只是不能预测她平安与否，我们不如一起前往，一探究竟。”攸婆婆说到这里站起身，身边的小姑娘立即上前扶住了她布满皱纹的手，把一根奇特的拐杖放入她的手中。攸婆婆疼爱地拍拍小女孩的手道：“小卉，是否感觉到什么？”

“我感到一股很强的气息，婆婆，很浑浊，让人难受。”小卉说到这儿眉头紧皱，惹人怜惜。

“嗯，确实，我也感觉到了，希望一切都来得及。”攸婆婆大步前行，丝毫没有盲人的瑟缩。兰斯维、威德、林等一行人迅速离开了酒店，每个人都是神色各异。林第一次感到自己如此焦灼不安，他不知道这位被叫做攸婆婆的老妇人究竟是何方神圣，而且她身上散发出的气息，证明她仅仅是一个人类，但是为何她的内体有这样强大的气场，甚至那个稚嫩的小女孩也隐藏了强大的灵力，人类还真是不容小看的一族。

走了许久，林发现天色开始产生了变化，刚才晴空万里，阳光明媚，忽然间寒风阵阵吹来，天空变得灰蒙蒙，扬沙飞起，刮得皮肤生疼。再走一段，仿若接近沙漠，漫天扬尘，黄沙迷眼，众人都放慢了脚步。

攸婆婆大感不妙，低沉着声音对兰斯维说道：“时间紧迫，我能感觉到现在的天象活动较之先前已更加强烈了。看来此次‘九星连珠’是来势汹汹，希望不要出事，不然对我们来说，真的是最糟糕的‘天时’了。”兰斯维虽不能具体明白“九星连珠”到底是怎么回事，但是听攸婆婆语句间的用词和深沉紧迫的语气，也明白此行确实关系重大。他抬头看了眼天空，太阳的光芒已经黯淡了许多，所有的光和热仿佛都被吞食了，失去了以往的光线，也没有了这个季节里该有的温度，让他感觉又像是回到了几十年前的那个避世的天地中。

攸婆婆道：“凭我的感觉，我们正在走入圣地的领域……”攸婆婆说到这里，神色忧虑。

“攸婆婆，您所说的圣地，是不是就是那场浩劫……”威德问，他的脸上没有丝毫表情，但是眼神很犀利。

“正是，这块领地，就是当年封印‘黑暗之神’的圣域，现在这里气场异常，应该不是什么良兆。但是，这个地方，应该只有解读了以诺书才知道。为何会如此，看来这些异端分子的能力确实不容小觑，竟然冲撞圣地，理受天诛。”攸婆婆说到这里异常气愤。

“快看！”众人的视线顺着林的手指方向望去，“那是什么？”

只见不远处有一片区域发散出越来越强烈的光，在这片黯淡下来的天地中显得极为耀眼。六根柱子高高耸立着，发出蓝荧荧的光亮，柱子与柱子之间的光仿佛互相联结，隔离出一片宛如蒸腾着雾气的巨大湖面，透着一股强大的威慑力，让人看了不禁却步。

“糟糕，反六芒阵！”攸婆婆脸上露出了惊骇的表情。听到“反六芒阵”四个字，连威德和兰斯维也不禁皱紧了眉头，聚精会神凝视着这片妖雾缭绕的异地。

“反六芒阵？什么鬼东西？”林毕竟是年青一代，对于远古的那场浩劫知之不详。他只想一心一意救出兰缪，令他困惑的是，虽然早已得知兰缪身份异常，但又怎么会陷入了这场更为离奇的灾难。

“反六芒阵就是用来破解封印那个怪物而设置的阵势，那是当年三族牺牲自己最强灵力的法师设置的，林。”一个苍老而威严的声音从边上传来，众人转过视线，望向来者。

一个面容俊秀的年轻人携着一个身材高大的长者快步走近，他们面色凝重，停下脚步，朝众人打了个照面。

“父亲。”林这么多年来第一次带着真正敬畏而不抵触的心情迎向雷穆。雷穆轻轻拍了拍他的肩，以示亲切，凡恩也朝林眨了眨眼睛。

雷穆环视了一下周围的人，目光停在了另一个身材雄伟的男人身上：“兰斯维，好久不见了。”他意味深长地注视着对方。

“是啊，真的很久了，”兰斯维回视着对方，语气感慨地说道，“孩子们都已经长大了……”

雷穆骄傲地瞥了眼自己身旁的两个儿子，已经很久没有这样和两个孩子平和地站在一起了，他眼神里露出久违的笑意。

“事关紧急，我们一边走一边解释。”攸婆婆赶忙说道。虽然她不很确定雷穆心里到底打的什么算盘，但现在是生死存亡的关头，面对黑暗之神，他们一方若多了血族之王的力量当然是再好不过了。

“父亲，”林追问道，“黑暗之神的事，我和凡恩在小时候偶有听长老们提到过些。是早在混沌时期的异端制造出的怪物，当时牺牲了三族最强的法师才封印住了那个妖怪，避免了这个世界的坍塌。可是这与兰缪又有什么关系，为什么要抓她？刚才攸婆婆提到的圣域和九星连珠究竟是什么？”林抛出一连串的问题。凡恩也在一边疑惑地望向这些长辈们，事情的发展远远超出了他们的认识。

“你知道那个怪物为何会具有毁天灭地的能力吗？”雷穆问，“因为它是混合了三族的血脉，非神非魔非人，才因此具有了巨大的能力。”

“兰缪的混血体质……”凡恩和林顿时有些明白了，接近那个怪物的混血体质，才能最大效果地充当媒介。

“难怪《世界法典》规定不同种族绝对不可结合，否则将受到最严重的惩罚……原来是为了避免再出现那种妖怪……”凡恩脱口而出道，忽然他想到了兰缪的身份，有些尴尬地望了望兰斯维。兰斯维露出无奈的表情，当时又有谁能预想到呢，他身为血族的王位继承人竟然和神族圣女私奔？他和阿莉娅的故事只能说是命中注定的劫难，谁都逃避不了，只可惜拖累了兰缪。

“那么圣域到底有何特别？九星连珠到底意味着什么？”

“圣域，以诺书中曾有过记载，唤醒‘黑暗之神’的地方泛着六角形的蓝光！平时和世界的任何一处并无二致，只有在发生‘九星连珠’这一重大天象变化时，才会显露出来。当太阳和月亮都暂时失去光辉的时候，‘圣域’会将平时白天与黑夜里积聚到的能量全部释放出来。”一个稚嫩的童声不知从何处传了过来，“你们魔族的人真笨啊，连这个都不知道。”

“尤吉，不得造次，”亚特一边呵斥道，一边欠身向所有人行了行礼。尤吉则一脸天真烂漫地左顾右盼。

“神族！”大家对这两人的出现有些吃惊，而让兰斯维更震惊的则是挂在那个被唤作尤吉的孩子胸口的银色叶子。他曾在阿莉娅胸口也见过相似的东西，那是拉法族继承人的身份标志。显然威德也注意到了这一点，和兰斯维对视了一眼，交换了一下眼色。

“神族的年轻一代可真不得了啊。”雷穆盯住亚特赞叹道。如果说刚才雷穆的靠近没有被大家察觉到，以他魔王的身份和道行是可以理解的。但是雷穆、兰斯维、威德，再加之神秘莫测的攸婆婆，这里那么多顶级高手竟然没有一人察觉到这一大一小二人的靠近，可见这两个神族灵力之高深。

亚特环视了一下四周，沉稳地说道：“没错，我们是神族。我叫亚特，这个孩子是尤吉。请大家不要担心，不管三族旧日的嫌隙如何，今天我们是来帮忙的。”尤吉在一旁点了点头。

亚特走向攸婆婆：“这位婆婆看来是人族占卜师的族人，那您一定知道六芒阵和九星连珠的事。”

“嗯，”攸婆婆忧心忡忡望着不远处泛蓝的天空和那六根冲天的柱子说，“你们看这六根柱子，它们是六芒星阵的代表，代表金木水火土风这组成世界的六大元素。当年三族的法师，正是凭借了六芒星阵的强大法力才能将黑暗之神封印，之后每根柱子上都用强大的咒语加以封印，才能镇住黑暗之神的强大破坏力。现在如果被反六芒阵破解，到时候黑暗之神借助兰缪的身体复活，后果将不堪设想。”攸婆婆语气急促。

“圣域是当时封印的地方，九星连珠是最好的唤醒‘黑暗之神’的时刻，”林听着婆婆的解释，冷静地分析道，“对方还抓到了兰缪，可以说他们已经掌握了天时地利人和。”

“没错。”众人都露出了焦急的神情，望向远处妖雾冲天的六根柱子。

“所以，现在已经到迫在眉睫的时候，事关这个世界的存亡，我们神族绝不希望看到这样的后果。所以为了大局，也希望大家能够暂时放下恩怨，同仇敌忾。”

“嗯。”所有人都点头表示赞同。确实，不管旧日宿怨如何，今天关乎这个世界的平衡，不管是血族的王、人类的占卜师，还是以守护者自称的神族，都会以大局为重。

“我们快去看看究竟，千万不要耽搁了时辰，拖得越久，对我们越不利。”威德适时地提醒大家要抓紧时间。

一行人疾步如飞地向目的地飞奔而去。攸婆婆因为眼睛不方便，走在最后。亚特留在后面帮助小卉扶着婆婆，尤吉也跟着他们。走在中间一行的则是性格沉稳的兰斯维、雷穆、威德，而林和凡恩想到兰缪还在对方手里，早已心急如焚，一路冲在最前。转眼，他们已经穿越了沙漠，靠近了蓝色雾气，柱子已经近在眼前了。

“没错的话，兰缪应该在那里！”凡恩边说边不自觉地握紧了拳头，他恨不得马上就见到兰缪安然无恙地出现在他面前，如果有人敢伤害她的话，他一定不会轻易饶恕！

林和凡恩吸了口气，率先穿过蓝雾。他们并非有勇无谋之辈，蓝雾中还看不清有什么在等待他们，林和凡恩动作迅速，同时也屏住了气息，瞬间他们已经越过了蓝雾，身处石柱边缘了。他们以迅雷不及掩耳的速度，潜伏在最近的一根巨柱背后。眼前的这根神柱，柱体随光亮正变得越来越通透，柱子中间镌刻着一个巨大的奇怪图案，仿佛是一个古体的希腊文字。他们望向石柱群的中间，只见一身白裙的兰缪身处六角形的正中位置，虽然看似没有被捆绑，但是任凭她如何挣扎也无法自由行动，俨然一副被束缚住的样子。兰缪看上去非常地微弱，仿佛被消耗了很多体力，无助而又孱弱地被困在那里。林和凡恩交换了一下眼色，再望向另一边，果然是那两个家伙。凡恩看到一旁笑得狂妄不已的肖龙和他身边摆姿势的芒，怒气顿时涌上了心头，直到最后，肖龙还利用芒欺骗他，亏他那么相信肖龙，竟以为他是真心帮助自己的。“我们联手！”凡恩用嘴型对林说，这也是他从心底里说出的话，像是心愿，亦如对林多年来敌视的歉意。肖龙能长期做雷穆的左右手，绝非宵小之辈，灵力不在雷穆之下。更何况这个地方磁场异常，只怕会让黑暗的力量剧增。

林朝凡恩默默点了点头，以示正有此意。他忽然间明白了这么多年来肖龙的处心积虑，他老奸巨猾地蛰伏于雷穆身边，利用家族对他的信任，挑拨事端，就是为了最后能得到黑暗之神的力量。他们从柱子后走了出来。

此时，站在圣地中的肖龙也感觉到了有人靠近，这早在他的预期之中。不过他没想到的是，首先冲进阵势的竟然是林和凡恩。

芒只瞥了他们一眼，随后就完全忽略了他们的存在，继续专心异常地对着兰缪扭动身体，仿佛进行着一种奇怪的仪式。

肖龙轻蔑地哈哈大笑起来："臭小子们，你们可来了！不过现在已经用不到你们了！不过也好，你们就亲眼看着我完成光辉大业吧，哈哈哈哈！"肖龙仰天狂笑，在这个破六芒阵中间，他的灵力已经数倍提高，远非这两个臭小子可以抵挡的了，"念在多年情分上，我建议你们最好不要插手此事，就留着性命回去转告你们的老头子，我肖龙本非池中物，跟着他实在太大材小用了……"

"不用他们转告了，不如你自己亲口告诉我吧。"肖龙话音未落，雷穆威严的声音已经响起。原来是第二阵队的兰斯维、威德和雷穆他们也已经抵达了。雷穆严厉地注视着肖龙一字一顿地说："我倒很想知道你到底有多大材。"

肖龙脸色稍微难看了一下，一瞬又恢复了常态。他们不知道黑暗之神的能力，今天他们都已陷在阵中，只有他才会是最后的胜者。

"兰缪！"兰斯维和威德并不关心其他，他们一进来就看到了被束缚在中央的兰缪。她低垂着头，肤色苍白，头发散乱地垂落在肩头，脸上完全失去了血色，身体如纸一般单薄。"兰缪！"兰斯维心痛不已，一个跃起，迅速来到兰缪身边，想把她带离危险，但兰缪的身体仿佛被什么吸住了，巨大的力量捆住了她，而兰斯维也被一阵强烈的力量推出了祭坛，他倒退了好几步才站住，紧紧握住拳头，却无可奈何。

芒对周围所有的人视若无睹，仍然做着怪异的姿势，嘴里还念念有词。无暇教训他，林和凡恩只一门心思想着先救出兰缪。看到强大的兰斯维都被祭坛轻而易举推了出来，大家就不敢莽撞行事，只是在远处声嘶力竭地呼唤她，但兰缪没有任何反应，仿佛已经失去了灵魂。

"你们对她做了什么？"兰斯维怒视着肖龙和芒，他的全身上下因为愤怒而爆发着一种强大的灵力。兰斯维、威德，还有雷穆三人围住了肖龙。

忽然，兰缪睁了下眼睛，像是重新注入了力量般，一股黑色浓烟从她的头顶直冲云霄，她茫然的视线没有焦点，脸上没有任何表情。林和凡恩忍不住再度冲入祭坛，希望能把她拉出来。但一有人靠近，兰缪身上立即迸发出一股强大的力量把林和凡恩迅速弹了出去。林和凡恩被一股力量托起，才不至于受伤，他们回头看见威德看着他们，他的手上有股强烈的光芒。

"呜啊呜啊，夜幕已经降临，死亡之门开启；罪孽在潜行，堕落的影子在黑暗中跳动，把花朵囚禁在永恒的黑暗……夜幕已经降临，死亡之神要行走人间……呜啊呜啊。"芒的声音越来越响，他身体如同蛇般扭曲着。随着他的动作，兰缪仿佛越来越痛苦，全身上下不断摇摆抽搐着，一团金黑的烟雾如同有生命般地围绕着她的白色裙子不停地扭曲、欢舞。见到此状，兰斯维和威德放弃围攻肖龙，迅速在兰缪身边徘徊，希望能寻找到结界的空隙，把兰缪拯救出来，但空气中似乎有道隐身的坚固无比的墙挡住他们的去路。无论他们怎么冲撞，也靠近不了兰缪，他们只能心焦如焚地看着兰缪在那里翻腾。

"时辰已到了，仪式已经开始了，你们来不及阻止了，哈哈哈哈哈。"肖龙奸笑道。

芒跳起了奇怪的舞步，随着他每一次的移动，兰缪的身体内涌出一阵阵黑烟，和外面那团金黑色的雾气相互呼应，体积越来越大。

"黑暗结界果然强大，"攸婆婆终于姗姗赶到，"糟糕，我们还是来迟了，反六芒阵已经启动了，那个妖怪出来了。"

“搬了救兵？没想到你们连人族和神族也叫来了，不过……”肖龙略有些吃惊地望着随之而来的亚特、尤吉、小卉还有攸婆婆说，“你们来再多人也没用，既然这个老太婆知道反六芒阵，她会告诉你们这个阵势一旦开始，就根本不会停止。你们来得太迟了，哇哈哈哈。”

众人望着攸婆婆，婆婆点了点头然后说道：“确实，反六芒阵一旦开始，除非施咒者自动放弃，否则……它不会因为任何外力而暂停。那个怪物已经出来了，并且已有了意识。那个黑暗结界是它自己为了保护自己而形成的。”众人吃了一惊，没想到还只是雾状身形的“黑暗之神”已经如此厉害，能够造出血族最厉害的人也无法进入的结界，那么等他完全成型，岂非无敌了？大家都暗暗倒吸了口冷气。

“看到黑暗之神的力量了吧，你们所有人加起来也不是他的对手。而我，肖龙，将成为这力量唯一的使用者，成为这个世界真正的王。”肖龙一脸野心勃勃小人得志的奸诈模样。

“你别得意得太早，虽然反六芒阵不能被终止，但是也不代表你是最后的赢家。”攸婆婆对着肖龙说，“既然当年三族最强的法师能够封印住那个怪物，那么今天也可以……”

肖龙的笑容凝固在了脸上，他望了望来的这些人，魔族、神族、人族，确实三族强者都到齐了。他的额头冒出了冰冷的汗水，但是他用一阵奸笑消除了这个小小的恐惧：“那又怎么样？就算你们三族到齐了，也不代表你们有实力能封印住黑暗之神，别忘了今天是九星连珠，连老天都帮我。哈哈哈哈。”

“不试过又怎么会知道，当年这妖怪最强时也被克制住了，今时今日他还只不过是团妖雾。”攸婆婆淡定地默默走到一根石柱前坐下，双手摆出莲花手势，嘴上对其余人等喊道，“血族一人坐我右位，相隔一根支柱，那是‘水’位，血族以鲜血为生命之本，应是对应‘水’；神族的人，快坐我左二位，那是‘金’位，你们以‘银叶子’为圣器，对应‘金’；而我们人类，天为父，地为母，我占‘土’位。其余各需一人护法，大家快，乘这个妖怪还很虚弱，把它重新封印起来。”随后攸婆婆不再说法，闭上眼睛，开始默默施法。小卉也自动坐到婆婆右边一根石柱坐下，动作也和婆婆一样，闭眼打坐，不再言语。 雷穆瞥了兰斯维一眼，语气既温和又充满了自傲地说：“你知道，现在我是血族的王，所以……我想这个位置应该是我去。”说完并不等对方的同意，他立刻坐到了“水”柱。

威德拦住正欲上前的兰斯维：“小姐恢复意识的话，一定会需要你的。老爷，让我去护法，你观望阵法，随时准备营救小姐。”兰斯维望了望还在圆柱中央痛苦挣扎的兰缪，无奈看着雷穆和威德分别坐到了“水”“火”两个柱位。

亚特疼惜地摸了摸尤吉的头，指了指小卉边上的“金”位，说：“去吧，尤吉。那是你的位置，我会保护你的。”

“哈哈，你终于承认我才是拉法族的继承人啦，亚特？当然理应由我尤吉大人代表神族的最强力量。”尤吉朝亚特做了个鬼脸后，一蹦一跳地坐上“金”位。尤吉虽然表现得滑稽，但内心却并不轻松，他正襟危坐，脸色凝重地闭上了眼睛。亚特神情复杂地坐到了“木”位。

肖龙内心不安地看着众人纷纷到位，又逞强地说：“你们这群笨蛋，老的老，少的少，真的以为冒充几百年的阵势就能击退黑暗之神吗？简直是异想天开。九星连珠可是加倍了黑暗之神的力量，你们这是以卵击石。”

“喂喂，你能不能稍微歇停一下？那里可用不着你来操心，你还是操心操心自己吧，我凡恩大爷可是非常痛恨被人玩弄于鼓掌之间的。”凡恩斜睨着肖龙，既然大家都已经归位，那么他现在能做的只有是打倒这个幕后黑手了。

“还有我，我也是相当不爽啊。”林从另一边围住肖龙，伤害兰缪的人，他一定会让他后悔的。

说时迟，那时快，林已经飞身踢向肖龙，肖龙侧身躲过，手上多了两团黑色的雾球，同时向林和凡恩砸去。凡恩避开，黑球却仿佛长了眼睛似地又贴身跟上。林抬手去挡，就在快要碰到时，他眉头微皱，手腕翻转避过。雾从袖口划过，一团黑烟升起，衣袖一角已成焦黑。

“有毒。”林对着凡恩说了一句，“你小心。”

凡恩点了点，表示明白。林看着凡恩微微一笑，凡恩一度以为那是幻觉，但是在这种危机时候，这个笑容让人觉得心里很温暖，他终于感到他和林之间存在的那种牵连，在这种危机时刻，他们要共同为血族的存亡而奋斗。

肖龙在黑暗之神的护佑之下，力量已经非同一般，林和凡恩小心应付着，希望能拖延多的时间，为攸婆婆封印怪物争取时间。

兰斯维用余光看着林、凡恩共同抵御肖龙，另一方面又全身心关注着六芒阵的进行。只见众人的额头上都冒出了汗水，而在中间的兰缪已不似刚才那样的痛苦了，身上的黑烟仿佛被什么压制着，一会儿往外冒，一会儿又缩了回去，如此这般来回折腾。那厢红头发的芒也开始气喘吁吁了，头上身上已经全部被汗水浸透，显然他也快要精疲力竭了。

兰斯维慢慢挪动脚步，希望能趁此机会打击一下芒，或许可以削弱黑暗之神的召唤。但是芒非常警觉地注意到了兰斯维的动向，他用余光瞥见肖龙正和凡恩、林打得不可开交，应该没有多余之力来帮助他对抗兰斯维。忽然他的脸上露出了诡异的笑容，他双手举向天空，发出尖锐的笑声：“我的黑暗之神，让我用我的身躯来辅佑您，我愿意为您灰飞烟灭。”话刚说完，芒就像突然蒸发成了一团浓厚的黑烟，迅速注入了兰缪的身体。兰缪头顶笼罩的黑烟仿佛弥漫了整个天空，那些黑烟开始舞蹈，仿佛有了四肢一般，渐渐显出实体。

攸婆婆的声音仿佛在空中回响起来，很平静，但是不容反抗：“芒用血祭奠加速了黑暗之神的觉醒，我们的牺牲在所难免，世界的安定就在此一搏，这原本就是一场轮回的命运。我开始施展血祭封印……”攸婆婆的话淹没在巨大的风啸声中，小卉的耳边传来攸婆婆温暖的声音，“小卉，希望你能继承人类占卜师这一重大责任，保护好人类。”小卉正在努力护法，没有多余的能力去回应，她感到自己的脸颊都让眼泪打湿了，她用力点了点头。她知道婆婆未必能看到，但相信自己的决心婆婆一定会感觉到。

雷穆的声音突破重重阻碍，传了出来："林，凡恩，一直没能照顾好你们两兄弟，希望你们从今天开始能以血族为重，守护好这片土地。"

林和凡恩互视一眼，满是悲切，知道这是父亲在向自己告别，他们咬牙向肖龙发起了更强力的进攻。

"怎么都弄得这么伤感呀，"稚嫩的童声传来，尤吉咯咯笑了几声说，"亚特，记得告诉那些长老们，我尤吉是不折不扣的神族继承人，告诉他们，选择我，他们很有眼光。"尤吉略带戏谑的话语让人听来更加伤感。

忽然天空的黑云开始急转，云层中传来轰轰的声音，肖龙的奸笑破空而来："你们这些蠢人，凭你们之力就能封印黑暗之神，你们只有自寻死路，听呀！黑暗之神已经开始呼唤了，哇哈哈……"

天空中仿佛有一只爪子伸了出来，抓住了兰缪的身体，将她一步一步往天空的方向拉去。攸婆婆、雷穆、尤吉的头顶白气蒸腾，他们紧闭双眼，没有一丝血色。

"不要，我不会输的，我要战胜你。"仿佛听到兰缪的呼唤声，大家都忍不住一震。

攸婆婆、雷穆和尤吉听到了兰缪的呼唤，迅速站起身。攸婆婆的眼中忽然射出了一道金光，这道金光仿佛带着她的躯体一起冲向了兰缪。雷穆从腰间的一个袋子中取出一个红色的小瓶子，化身一道红色光芒随着攸婆婆的金色光芒一起飞向了兰缪。尤吉脱下了颈间发光的银色叶子，他的脸上依然充满笑容，一道闪着光芒的银色迅速与前两道光芒融合，变成了一个巨大的光球，将兰缪整个保护在里面。兰缪倒在光球里面，不省人事。黑色云雾依然在那儿张牙舞爪，空中轰轰的声音震耳欲聋，仿佛要把耳膜都震碎了。光球和黑色浓雾似乎在强烈抗衡着，光球越来越小，黑色雾气也越来越淡，最终光球把兰缪围成一个很小的光团，黑色烟雾犹如一支利剑被吸入了光球内部，光球犹如被一股爆炸般的力量弹了出去。威德不顾施法的反扑伤害，急忙一个飞身，向光球冲去。护法的小卉和亚特都被弹出了很远。

凡恩和林不知情况，只见到包裹着兰缪的光球瞬间弹了出去，想要追出去看个究竟，但是被肖龙苦苦缠住。肖龙似乎也认清了这个结局，黑暗之神是没有希望再复活了，但是兰缪也别想活，黑暗之神的爆破之力又怎么让你们破解？他脸上露出了绝望的笑容，在这个分心之余，被林和凡恩打飞出去。

林和凡恩急于想知道兰缪的情况，看到肖龙已经没有任何还手之力，于是用束缚术将肖龙绑在了祭坛上。

兰斯维已经先一步冲了出去，林和凡恩跟在后面，亚特扶起小卉选择在原地等候。

兰斯维、林和凡恩陷入了莫名的恐慌，一眼望去没有任何光球的迹象，难道兰缪就这样被黑暗吞噬了？漫天沙石之间，忽然出现了一个蹒跚的身影，他们迅速冲了上去，看到一个老态龙钟的白发老人抱着兰缪，仿佛用尽了最后的气力，已经摇摇欲坠了。

"威德！"兰斯维冲上去，从他手中接过了昏迷的兰缪

林和凡恩迅速扶起老人，但对于这个样子的威德他们无法接受。兰斯维眼眶湿润地说："威德一定是为了抗衡这股爆炸的力量，耗尽了他所有的法术，回复到他最本来的面目。"

威德满脸皱纹，满头白发在空中无力地飘着。林示意他来背，于是凡恩扶着威德，但是他们都觉得威德仿佛一具骨架一般，不知道他哪来的力量把兰缪抱了回来，这个老人让他们两个男人忍不住流下了眼泪。

兰斯维抱着兰缪向祭坛走去，兰缪的胸口有着一个圆形的黑色印记，似乎还在冒着黑烟，他知道这就是集合攸婆婆、雷穆和尤吉三人之力封印起来的黑暗之神，兰缪将用孱弱的身体来束缚这股强大的黑暗之力。想到这里，兰斯维忍不住将兰缪抱得更紧。

看到他们一行人回来，亚特扶着小卉上来询问情况，看到兰斯维抱着兰缪松了口气。亚特向众人转告，肖龙化解了束缚术，

化作一阵烟雾逃脱了。

兰斯维摆了摆手，这个时候再谈论一个毫无反抗能力的敌人在他看来已经毫无意义。

“不知道兰缪何时会醒，不知道会不会醒。”兰斯维喃喃着，这个时候他丝毫没有魔族的气势，就像一个看着生病女儿的父亲，他关爱的眼神，任何人都会动容。

“让我来照顾兰缪，我知道她一定会醒过来。”林将威德慢慢扶坐在一边，用非常认真的眼神看着兰斯维。兰斯维看着林，似乎是男人之间的一种默契，他点了点头，把兰缪放进了林的怀里。

“林，你要带着兰缪回魔族吗？”凡恩问林，他万分关切地走向林，看了看兰缪的情况。

“不了，凡恩，魔族就交给你了，我觉得你可以胜任魔族首领的位置。”林看着凡恩，对着他点了点头。

凡恩看着林许久，终于默认地点了点头道：“我知道了，哥哥，我一定会代你保护好我们的族人，不会辜负父亲的期望。”

“大家都平安的话，我就先离开了，我要去完成婆婆的使命。”小卉低着头说，她的眼睛没有焦点。

“小卉，你的眼睛？是不是因为刚才受伤了？”凡恩惊讶地问。

“不是，让大家担心了，失明是我们人类占卜师的命运，这样我们才能开启占卜的天眼，而守护人类最重要的圣眼就隐藏在我们失明的双眼中。”小卉说完，给大家作了作揖，转身离开了。她步伐矫健，丝毫没有觉得她已经从此失去了光明。

“兰斯维大人，不如跟我回神族一次吧，我正好将尤吉留下的圣物交给阿莉娅公主。”亚特示意一下手中尤吉留下的银叶子。

“阿莉娅……”兰斯维在口中轻轻念着这个名字，脸上露出了复杂的表情，但是眼神闪着光芒。

“据说神族的圣树更有治疗的效果，能否让我带着威德一起前往。”兰斯维扶起奄奄一息的威德。这个跟着他这么多年的老人，终于可以完成夙愿，看到他从小照顾到大的兰斯维大人和他的妻子阿莉娅公主团聚了。

“当然可以。”亚特点点头说，“要不是兰缪小姐身上的状况特殊，我也一定坚持让她回到神族，但是黑暗力量我们实在是无能为力，只能靠她的意志，还有爱。”说到这里，亚特意味深长地看了一眼林。

林抱紧兰缪道：“兰缪醒了，我一定会带她来神族，她一定非常想见到自己的母亲。”

众人在这块荒沙之地分手，兰斯维带着威德跟随亚特回神族。凡恩向林告别，嘱咐他照顾好兰缪，回了魔族。林看着沉睡的兰缪，看着她胸口依然发着黑光的印记，心里一阵绞痛，他自言自语地说：“兰缪，我们该去哪儿呢？或者我们让一切重新来过，在一切开始的地方。”

尾声

初春的阳光总是让人觉得懒洋洋的，圣约翰大学的草地边，一个浅棕色长发的女子正惬意地坐在长椅上看着草地上的一对父子。她的皮肤雪白，在阳光的照耀下仿若冬雪溶化，透出光芒，她的眸子闪出蓝紫色的神采，一席素色长裙，套着一件厚棉的外套，显得宁静安详。男人和孩子一看就知道是父子，两人都是一头乌黑的头发，脸型相似，五官深刻，让路人都不禁多留意几眼。他们都穿着白色的运动装，但是丝毫没有顾及地在草地上打着滚，惹得长发女子咯咯直笑。小孩听到女子的笑声，一骨碌从地上爬起来，乖巧地拍拍身上的泥土，然后拉着男子的手道："爸爸，妈妈在笑话我们呢。"

男子露出了疼爱的笑容，摸了摸男孩的头发道："走，去问妈妈为啥笑我们。"

小男孩一溜烟跑到女子身边，扑入她的怀中道："妈妈！"

男子缓缓走来，坐在女子身边，怜爱地挽住了她的腰。

小男孩蹲下身，对着椅子上的玩偶道："琪琪乖不乖啊？"然后他转向男子道，"爸爸，你说琪琪一直在睡觉，他什么时候才会睡醒陪我玩呢？"

男子微笑地说："你自己问他呀，等他睡醒了，他就会起来了。不过在这之前，他会一直守护你的哦。"

小男孩笑呵呵地抓起玩偶，一路奔一路道："我们去玩吧，琪琪，你要快点醒过来噢。"

"林，凡恩又给小修寄了很多玩具来，我已经回信感谢他了。"女子眼神温柔地看着跑远的小修说道。

"应该感谢他，他把最好的留给了我，你说是不是，兰缪。"林紧紧挽住他身边的女子。

兰缪将头枕在林的肩头，阳光照在草地上，青草复苏的味道原来是这样让人愉悦。